高校英美文学教学理念与模式研究

徐刚 著

天津出版传媒集团

天津人民出版社

图书在版编目（CIP）数据

高校英美文学教学理念与模式研究 / 徐刚著. -- 天
津：天津人民出版社, 2020.12
　ISBN 978-7-201-17162-3

　Ⅰ. ①高…　Ⅱ. ①徐…　Ⅲ. ①英国文学－教学研究－
高等学校②文学－教学研究－美国－高等学校　Ⅳ.
①I561.06②I712.06

中国版本图书馆 CIP 数据核字(2020)第 271333 号

高校英美文学教学理念与模式研究
GAOXIAO YINGMEI WENXUE JIAOXUE LINIAN YU MOSHI YANJIU

出　　　版	天津人民出版社
出 版 人	刘　庆
地　　　址	天津市和平区西康路35号康岳大厦
邮政编码	300051
邮购电话	(022)23332469
电子邮箱	reader@tjrmcbs.com

责任编辑	孙　瑛
封面设计	吴志宇
内文制作	牧野春晖(010-82176128)

印　　　刷	北京市兴怀印刷厂
经　　　销	新华书店
开　　　本	710毫米×1000毫米　1/16
印　　　张	14
字　　　数	206千字
版次印次	2021年4月第1版　　2021年4月第1次印刷
定　　　价	79.00元

前　　言

随着多元文化格局的形成，我国在国际上的地位和影响力得到了不断提升，与世界各国的交流合作日益紧密。英语作为国际通用语言之一，在国际交流中起着举足轻重的作用。英语的广泛传播和使用使得世界各国对英语人才的需求更加强烈。英语教学是英语人才培养的重要途径，也是英语人才培养的重要手段。因此，英语教学受到了我国教育界的高度重视。可以说，在网络化和信息化的今天，英语教学迎来了发展的黄金时期。

英美文学学习是英语学习过程中必不可少的部分，英美文学教学是英语教学的重要组成部分。学习英美文学是学好英语的一种手段，也是理解欧美文化的一种方法。它不仅可以丰富英语专业学生的语言文化知识和内涵，激发学生学习英语的兴趣，还能够提高学生的思维和语言表达能力，促进英语专业学生的全面发展和整体素质的提升。随着经济一体化的发展，实用型英语人才备受欢迎。在高校，由于英美文学教学不够"实用"，英语专业学生对于学习英美文学的兴趣大不如前。尤其是近年来，很多高校压缩了英美文学的课时和教学内容，文学课教师趋于边缘化。同时高校外语教学的重点由文学转为语言教学、翻译教学与实践等内容，英美文学教学面临着空前的挑战。因此，英语教学中的英美文学教学改革势在必行。在此背景下，作者精心总结了多年的英美文学教学经验，撰写了本书。

本书具有以下三个方面的特点。

第一，观点新颖。市面上的关于英美文学教学的书籍大多停留在分析英美文学表层上，理论性过强，缺乏一些方法的指导。笔者将英语教学与英美文学教学有机结合，并针对英美文学教学中存在的问题，提出了具体的、新型的改革策略。

第二，实用性强。本书在具体论述英美文学教学改革策略的基础上实现了策略的创新，还论述了英美文学的实践。

第三，系统性强。本书涵盖了英美文学教育的诸多内容，体系全面，能够对英美文学教学实践的改善提供借鉴。

本书得到以下基金项目支持：

1. 英美文学多维教学模式与学生综合素质的培养，内蒙古民族大学教学科研项目，（项目编号：MDYB201413）；

2. 内蒙古高等教育学会 2019 年度"英语学科专项课题"，"基于自我效能理论的内蒙古高等院校英语专业免费师范生培养模式研究"，（项目编号：WY2019015-A）。

笔者在撰写本书的过程中查阅了国内外的很多资料，吸收了最新的相关研究成果，借鉴了一些学者的观点，在此表示诚挚的谢意！限于水平，书中难免存在不足或遗漏之处，敬请广大读者批评指正！

著　者

2020 年 9 月

目　　录

第一章 英语教学中的英美文学解读

第一节 英国文学

一、英国古代文学

早期的英国文学包括古英语文学和中古英语文学两部分，其中"古英语"是 19 世纪语言学家为强调英语的延续性而创造出来的术语。确切地说，古英语指盎格鲁－撒克逊人使用的语言。盎格鲁－撒克逊人并非土生土长的英伦岛人，而是来自北欧的三个日曼部族盎格鲁人、撒克逊人和朱特人的简称。我们现在所说的古英语文学就是指盎格鲁－撒克逊时期流传下来的英国文学，该文学写于四百年间(约 680－1100 年)，主要是头韵体诗歌。由于基督教在英国的广泛传播，宗教题材文学一度相当繁荣。古英语时期的另外一种文学样式是散文，早期散文主要是用拉丁文写成的宗教著作和法律文件。14、15 世纪的中古英语文学与古英语时期相比，呈现出诸多地域色彩，在北部和西部地区，用古英语的头韵诗体写成的寓言依然盛行。浪漫传奇是这期间的一种主要文学样式，该文学样式是中世纪骑士精神的产物。传奇文学专门描写高贵的骑士所经历的冒险生活和浪漫爱情，体现了英国封建社会发展到成熟阶段的一种社会理想。中古英语时期，口头文学也占有一席之地，民间抒情诗以及讲述历险故事的民间歌谣是这一时期下层人民喜闻乐见的文学样式。

(一) 古英语文学

1. 古英语诗歌

古英语文学主要分为古英语诗歌和古英语散文两部分，古英语诗歌主要是头韵体诗歌，现存三万多行，保存在四个中世纪的抄本中，其中最具影响力的作品当属《贝奥武甫》。宗教题材文学在盎格鲁－撒克逊时期相当繁荣，凯德蒙(Caedmon)是英国第一位宗教诗人。而古英语散文中最具代表性的诗人当属彼德和阿尔弗莱德，本书将重点分析诗歌《贝奥武甫》和凯德蒙、彼德、阿尔弗莱德的文学创作。

《贝奥武甫》是盎格鲁－撒克逊时期出现的唯一一部完整诗篇，是叙事诗，它的作者不明，但肯定是盎格鲁－撒克逊人，即英国人。它既是迄今已知的英国文学中最古老的叙事诗，是所有日耳曼文学中最古老的英雄史诗，也是中世纪时整个欧洲最早用民族语言写成的长篇诗作。在现存的古英语诗歌中，《贝奥武甫》最能体现古英语诗歌思想和艺术特色，不愧为古英语时期最宝贵的文学遗产。

《贝奥武甫》是民间传说与英雄史诗的结合体。讲述主人公贝奥武甫斩妖除魔、与火龙搏斗的故事，具有神话传奇色彩，并"在一定程度上反映公元 7、8 世纪英格兰社会生活的风貌，呈现出新旧生活方式的混合，兼有氏族社会时期的英雄主义与封建社会时期的理想，既体现出异教的日耳曼文化传统，又带有基督教文化的印记"[①]。这首叙事长诗在结构上与古希腊史诗《伊利亚特》相仿，全诗大体分为两部分。

凯德蒙生活在 7 世纪末，是英国基督教诗歌的第一位代表人物。相传，凯德蒙起初在诺森伯里亚一处修道院放牛，没有上过多少学，根本不懂吟诗作赋。据说，是上天的恩赐使得凯德蒙成为吟诗的能手，他采用盎格鲁－撒克逊语言介绍并改写了许多以《圣经》故事为内容的宗教故事。

由于凯德蒙不识字，僧侣们把《圣经》内容读给他听，他用盎格鲁－撒克逊语言把《圣经》故事改编成了押头韵诗歌。但是，很多学者认为凯德蒙名下的许多诗歌是那些模仿他创作风格的姓名不详的诗人所创作的，而不是出于他本人之手。

有一天晚上，凯德蒙梦到有一个人站在他身边要他唱一下关于上帝造世的故事，在那个人的鼓励下，他试着唱了起来，忽然发现自己的歌声是如此动听。醒来后，凯德蒙就把梦中所唱的歌写了下来，这就是后人肯定出自凯德蒙之手的唯一作品——《对造物主上帝的赞美诗》，这首诗也是凯德蒙的重要作品。

2. 古语散文

比德(Bede)生平不详，后人从他的作品中推知他的一生生活在宗教环境中。他学识渊博，拉丁文很好，也懂些希腊文，尤其热衷于研究宗教并把毕生的精力

---

① 王守仁，方杰：《英国文学简史》，上海：上海外语教育出版社，2006 年，第 14 页。

都献给了宗教。其著作涉及的题材包罗万象，有法律手册、评论文集、科学论文、《圣经》评论、教徒生平、布道、诗歌等。这些用拉丁文撰写的著作在中世纪的欧洲广为流传。然而，他最重要、最有名的著作还是公元 731 年以拉丁文形式出版的《英国宗教史》，这是古英语文学时期最重要的历史著作之一。

《英国宗教史》是一部难得的散文著作，风格流畅，描述客观，文字简洁，主要写基督教在英国传布的历史，歌颂上帝的恩惠，传布圣人们的事迹，讲述基督教带来的奇迹等。由于比德往往从宗教的角度描述历史，因而此书又有很强的宗教性和说教目的，书中有些故事不免显得怪诞。此外，此书还概述了英国早年历史的全部过程，从恺撒率领罗马人入侵不列颠(公元前 1 世纪)到作者逝世前的公元 731 年，讲述了盎格鲁－撒克逊人进入英国以及其后小国混战的情况。可以说，《英国宗教史》无论内容和形式上都使得同时代作品相形见绌，是今天世人了解英国的发端及基督教的传播的主要资料来源。

《英国宗教史》共五个部分，四百多页，前二十一章写奥古斯丁到英国以前的历史情况，从早期作家如奥洛修斯、吉尔达斯、普洛斯伯以及教皇格雷戈里的信札等处汲取了不少资料。此外，书里还插入了传说和口头传言。从 6 世纪末以后，比德的材料来源减少，主要从当时存在的英国和罗马书籍里寻找信息，也认真地审核和引用了一些口头资料。而在文学方面最著名的部分是第四部分第二十四章里他对凯德蒙生平的叙述。另外，对盎格鲁－撒克逊人入主英国的历史的叙述等，也颇为世人称道。

虽然当时各地小国独立，部落不和，但比德在《英国宗教史》中把英国北部的居民，包括撒克逊人、朱特人以及盎格鲁人统称为"英国人"，可以说他是在向当时的人们和后人表明英国是一个统一整体。因此，从历史角度看，是比德首次明确提出"英国是一个民族"的观念，赋予了英国人这个名称和身份。

此外，《英国宗教史》是实行公元纪年后的第一部史书。此书按照教士埃克西古厄斯在 525 年开创的公元纪年安排历史事件，有力地推动了公元纪年的广泛使用。另外，比德在这部书里还使用了类似"纪元前"的说法。

总之，《英国宗教史》代表了古英语时期用拉丁文写成的散文著作的高峰。"阿尔弗莱德大帝后来将该书从拉丁文翻译成古英语，成为历史上用古英语进行翻译和创作散文的第一人，被誉为'英国散文之父'。"①

阿尔弗莱德大帝(King Alfred the Great)是盎格鲁－撒克逊时期伟大且强有力的国王，曾为英国的存亡浴血奋战长达七年，终于成功地遏制住丹麦人侵占英国的步伐。之后，阿尔弗莱德为加强国家生活各个领域的改革，在国内实施了一系列措施，在发展文化和文学方面取得了尤为突出的成就，激励了后世作家们的文学创作。

他最早提倡用盎格鲁－撒克逊本族语言来改写和翻译早先优秀的诗歌和拉丁文作品，监督和参加了当时国内多部权威书籍从拉丁文到英文的翻译工作，还把五十首赞美诗翻译成古英语，因而被视为英国散文之父。这些翻译、介绍工作采用自由灵活的方式，大大加强了不列颠人民和世界各国人民的联系，使当时的英国更为广泛地了解了其他国家的文化、历史、地理、人文等方面情况。此外，阿尔弗莱德还是提倡运用英语代替拉丁文作为国内的基本交际和学校教育与成人教育语言的第一人，并且努力协调英国各地的法律，激励国人书写编年记和史书。

阿尔弗莱德对英国文学最重要的贡献，是在他的指导下开始编写并且在他死后由他人继续编写的《盎格鲁－撒克逊编年史》。该编年史记载了从 9 世纪中叶到 1154 年间的英国历史，涉及政治、经济、文化、宗教、战争等方面发生的重大事件，从中可以清楚地看出古英语向中古英语的演变。该书既是一部非常重要的历史文献，又是英国文学史上第一部重要的散文著作，其简洁明快的散文风格对后世的散文创作产生了很大的影响。

(二) 中古英语文学

中古英语时期的英国诗歌呈现出不同地域文化特点既冲突又融合的景象，诗歌形式具有多样性，而浪漫传奇和民间歌谣是这一时期两种重要的文学形式。

"浪漫传奇原本指用中世纪早期地中海沿岸西部地区(尤指法国南部)的一种用诺曼语讲述的故事，它由诺曼人带入英国，成为盎格鲁-诺曼时期英国上层社会的主要文学样式。由于浪漫传奇始终以爱情为主要题材，描写骑士对国王、妻子、

---

① 王守仁，方杰. 英国文学简史. 上海：上海外语教育出版社，2006 年，第 15 页。

上帝的忠诚，以及他们惩恶扬善、扶危济困的历险经历，因此又称作骑士传奇。"①可以说，浪漫传奇是中世纪骑士精神的产物。

英国的浪漫传奇专门描写高贵的骑士所经历的冒险生活和浪漫爱情，大致分为罗马"事迹"、法国"事迹"和英国"事迹"三类，体现了英国封建社会发展到成熟阶段的一种社会理想。

《高文爵士和绿衣骑士》的作者是一位不知名的诗人，以亚瑟王与其圆桌骑士的传奇故事为题材，歌颂勇敢、忠贞等美德，堪称中古英语文学中最为精美的作品之一，也是英国中世纪文学最出色的诗体传奇。

该诗采用古英语诗歌的头韵体，用英格兰西北部的方言写成，共两千五百三十行，分为四个部分。故事开始时，亚瑟王正在与部下一起举行盛宴欢庆圣诞，一名绿色骑士突然闯入宴会，要求别人与他斗法。这名绿色骑士说可以让人先砍他一斧头，但砍他斧头的人要在一年后前往绿色教堂，并受他一斧头。亚瑟王的侄子高文爵士听后，欣然应战，一斧头便砍下了绿色骑士的头。可是，那骑士却拾起脑袋，扬长而去。一年后，高文爵士如约前往绿色教堂，历经艰险，后见一城堡。受城堡主人的邀请，高文爵士在城堡逗留歇息了三天。每天早上美丽的女主人都要来他的房间诱惑他，他虽然不为女主人的美色所心动，但还是接受了她的亲吻和她赠送的一条绿腰带，据说这条绿腰带能够逢凶化吉。然后，高文爵士离开城堡，前往绿色教堂，终于在教堂里找到了绿色骑士。他如约让绿色骑士用斧头砍自己，结果他只受了点轻伤。后来他恍然大悟，原来绿色骑士就是城堡的主人，而他受的那点轻伤是惩罚他接受其夫人的亲吻和绿腰带。

《高文爵士和绿色骑士》是典型的骑士时代的产物。作为一个高贵的骑士，高文爵士的形象具有高度的概括性，他勇敢、忠诚、彬彬有礼、信奉上帝。他所经历的一切是一个怀有宗教忠诚的人克服个人享乐所得到的教益，而不是简单、纯粹的冒险故事。诗人认为"宗教感与道德感是互为补充的"，于是，他写到高文爵士需要克服大自然的凶险，同时也要抵御肉欲的诱惑。同时，诗人也表达了主题：赞扬代表骑士精神的勇敢、忠诚、忠贞等美德。

---

① 王守仁，方杰. 英国文学简史. 上海：上海外语教育出版社，2006 年，第 21 页。

此外，该诗的魅力主要表现在"诗人对中世纪生活的深切感悟，以及诗中对服装、甲胄，以及围猎场面的细致描述，其中倾注着诗人对大自然的深厚感情。这一因素是此前的英国文学中所没有的"。①

二、文艺复兴时期的英国文学

文艺复兴是从 14 世纪到 16 世纪遍及欧洲许多国家的文化和思想运动，是文学艺术和科学繁荣发展的时代。它以复兴灿烂辉煌的希腊罗马古典文化为契机和形式，表现出反封建反教会文化的强烈倾向，所以又被认为是新兴的资产阶级文化的萌芽。文艺复兴始于意大利，后来扩展到法、德、英、荷等国，在英国的起止较晚，通常认为它始于 15 世纪后期并延续到 17 世纪中期这一时期(为便于阐述和顾及整本书的章节结构，这里把英国的文艺复兴时期划分为 15 世纪后期到 16 世纪)。这一时期，英国社会政治、经济发生了深刻的变化，文学艺术也得到了空前的发展，其中诗歌呈现出多样化发展，其突出的表现就是在彼特拉克体十四行诗基础上衍生出莎士比亚体和斯宾塞体等几种变体，同时出现了传奇体冒险小说，而戏剧的发展则达到了兴盛状态。

文艺复兴时期的伊丽莎白时代，英国造就了大批杰出的诗人，创作的诗歌数量之多、质量之高、技巧之多种多样都是空前绝后的。这特别地表现在对意大利歌咏爱情、格律严谨的诗体十四行诗的介绍、引进和创新。16 世纪初，十四行诗体传到了英国，风行一时，到 16 世纪末，十四行诗已成为英国最流行的诗歌体裁模式。除约翰·斯凯尔顿(John Skelton)、克里斯托弗·马洛(Christopher Marlowe)这两位诗人外，托马斯·魏亚特(Thomas Wyatt)、亨利·霍华德·萨里(Henry Howard Surrey)首先将意大利的十四行诗引进英国，而菲利普·锡德尼(Philip Sidney)、埃德蒙·斯宾塞(Edmund Spenser)、威廉·莎士比亚(William Shakespeare)等人则继承和发扬了前人开创的无韵诗体的传统，将十四行诗体进行改造运用和创新发展，使得十四行诗几乎完全英国化了。其中，由于莎士比亚对英国式十四行诗的出色运用和创新贡献，英国式十四行诗也被称为莎士比亚式十四行诗，而

---

① 王守仁，方杰. 英国文学简史. 上海：上海外语教育出版社，2006 年，第 22 页。

斯宾塞则发明了全新的"斯宾塞诗节"，也叫斯宾塞体。

16世纪的八九十年代里，传奇故事和反映社会现实的故事在英国蓬勃发展，出现了传奇冒险类小说，英国小说得以成形。此时，一群号称"大学才子"的人所创作的传奇冒险类小说对英国小说的成形做出了重要的贡献。他们都受过大学教育，且多来自牛津、剑桥两所大学，包括罗伯特·格林(Robert Greene)、托马斯·纳什尔(Thomas Nashe)等人。其中，格林的传奇故事、纳什尔的传奇体冒险小说都是16世纪这一特定时期英国小说成形过程中的重要实验作品。另外，菲利普·锡德尼(Philip Sidney)的"田园传奇小说"也不容忽视。以下就上述提及的几位作家的传奇冒险类小说展开分析。

罗伯特·格林作为"大学才子"的一员，是英国文艺复兴时期小说写得最多而生活却最贫困的作家。他出生于英格兰，早年在剑桥大学就读，并在读书期间开始了文学创作。1583年，他发表了自己的第一部小说《哺乳纲》。后来，他进入牛津大学深造，并坚持文学创作。到1590年为止，他采用黎里的"尤弗伊斯体"散文体创作了十五本"爱情小册子"，并发表了许多诗歌、戏剧和散文作品。1592年，格林在忍饥挨饿中去世。

格林的小说作品数量较多，有《哺乳纲》《尤弗伊斯，及其对菲罗特斯的责难》《科生纳基的重要发现》《潘朵斯托》《梅纳风》《再见吧，愚昧》《诈骗术》《菲勒梅拉》等，其中影响较大的是《潘朵斯托》和《梅纳风》。

《潘朵斯托》是一部充满了传奇色彩的小说，不仅刻画了波希米亚国王潘朵斯托的形象，而且描绘了流行于该国的种种骗人的把戏，具有情节有趣、在风格上模仿"尤弗伊斯体"等特点。

《梅纳风》又名《格林的阿卡狄亚》，是格林最为著名的一部小说。小说生动地描绘了牧羊人梅纳风与塞弗斯蒂娅王妃之间的浪漫爱情。美丽的塞弗斯蒂娅王妃及其儿子被父王达姆克利斯赶出宫廷，母子俩坐着小船在海上漂泊。不料，王妃的儿子被海盗劫走，她的船则漂到阿卡狄亚。牧羊人梅纳风见到王妃，萌生爱慕之情，而王妃的丈夫麦克辛姆也来到了阿卡狄亚。经过一场主人公隐姓埋名和阴差阳错的"错误的喜剧"之后，最终王妃与其丈夫和儿子重新团聚，而梅纳风则与其过去的情人佩莎娜重归于好。这部小说展示了较为错综复杂的故事情节，还加入了不少抒情诗，可见 16 世纪英国诗歌对小说的影响。

锡德尼大部分时间都在从政，但在文学创作方面仍表现突出。1590 年，他创作了英国文学史上第一部"田园传奇小说"《阿卡狄亚》，这和他的十四行诗一样都具有其独特的意义，发表后被誉为"18 世纪之前发表的最重要、最富于独创精神的英国散文小说""英国 16 世纪最优美的一部骑士小说"。锡德尼写《阿卡狄亚》时从未想过让此书和公众见面，主要是通过手抄本的形式在朋友中流传，但最终还是传到了出版商的手中。《阿卡狄亚》有两个差异很大的版本。早期的版本是锡德尼在其妹家暂住时写的，仅仅是为了愉悦其妹所写，采用的是直接叙述的手法。在后来的版本中，锡德尼有了更宏伟的计划，便重新修改了作品。他完成了前三部书的大部分内容，但是直至他去世这项工程也没有完成。在前三部书的出版引起人们的兴趣之后，现存的版本是用第一个版本中的内容充实的。

约翰·黎里(John Lyly)出生于肯特郡的一个书香门第，早年先后在牛津大学和剑桥大学学习，但成绩平平，对逻辑和哲学等课程没有多大的兴趣。然而，他却是一位思维敏捷、才华横溢的才子。大学毕业后，他到了伦敦，跻身政界，奔走于权贵之门。同时，他在伯里勋爵的庇护下，开始了文学创作，并希望凭借自己的文学成就获得伊丽莎白女王的认可。然而，他始终未得到女王的赏识，因而一生怀才不遇，郁郁不得志。黎里以散文小说《尤弗伊斯》驰名当时文坛，他在戏剧创作方面也颇有成就，是他将初期的英国喜剧推向更成熟更高雅的阶段。黎里革新了喜剧形式，率先用散文体代替诗体写作剧本，用复杂交错的情节代替单线情节构筑故事，把严肃的场面和滑稽的场面糅合在一起，将莎士比亚之前的英国喜剧推向更高的艺术境界。

黎里的剧作以古代神话和古代文学为题材，引进田园诗的笔触抒写爱情。在 1584 年发表的《坎巴丝佩》一剧中，亚历山大大帝为他的女囚坎巴丝佩的姿色所倾倒，请画家爱帕尔为她作画，不料两人坠入情网。爱帕尔屡屡毁坏已经完成的画像，以拖延时日的方式使两人能经常相处。亚历山大识破他们的骗局之后重返战场，临行时扪心自问："亚历山大如果连自己也不能号令，他将何以号令世界！"

《恩底弥翁》一剧出版于 1591 年，剧中的月中人恩底弥翁因迷恋辛西娅(月亮)而抛弃泰勒丝(地球)。泰勒丝与女巫合谋使恩底弥翁长眠四十年。辛西娅破除符咒，用一阵热吻将恩底弥翁解救出来。1588 年前发表的《加拉西娅》用女演员假扮男孩(当时戏剧中的女角都由男孩扮演)，在《坎巴丝佩》中将仙女引上舞台，这些革新后来均为莎士比亚所借鉴。

英国戏剧经过威廉·莎士比亚之前的剧作家的探索和创造，无论在题材内容和艺术形式上都得到了极大的发展。随着莎士比亚的出现，英国戏剧终于走上了巅峰。

莎士比亚一生编写三十七个剧本，加上近年来经学者专家考证又发现的两个剧本，总共三十九个剧本。研究者一般将他的创作生涯分为四个阶段。

第一个阶段：从 1590 年到 1595 年。此时的剧本语言多夸张华丽，在无韵素体诗行中喜用押韵的偶句。与当时其他剧作者一样，此时的莎士比亚主要是改编移植旧作的题材，模仿学习前人的风格，其间黎里和格林对他的喜剧创作影响最大，而他早期的悲剧写作则得益于马洛的著作。这个时期的主要作品有英国历史剧《亨利六世》(共三部)和《理查三世》，喜剧《错误的喜剧》《驯悍记》《维洛那两绅士》和《爱的徒劳》，悲剧《罗密欧与朱丽叶》。

第二阶段：从 1595 年到 1600 年。此时莎士比亚的创作迅速发展，趋向成熟，充分展示出善于编写历史剧和浪漫喜剧的天赋和善于刻画各色人物的才能。历史剧有《理查二世》《约翰王》《亨利四世》(共二部)和《亨利五世》，而《仲夏夜之梦》《威尼斯商人》《皆大欢喜》和《第十二夜》都是一流的喜剧。另外，此时的《裘力斯·恺撒》是一部巨星陨落式的悲剧和罗马历史剧的混合。

第三阶段：从 1600 年至 1608 年。这一时期的成果是堪称皇皇巨著的四大悲剧《哈姆雷特》《奥赛罗》《李尔王》和《麦克白》，此外还有两部罗马历史悲剧《安东尼与克莉奥佩特拉》和《科利奥兰纳斯》。这时的喜剧也蒙上了浓厚的悲剧色彩，如《终成眷属》《量罪记》和稍后的《泰尔亲王配力克里斯》等，被称为阴郁的喜剧或黑暗的喜剧。

第四个阶段：从 1608 年到 1612 年。这个时期的剧作除历史剧《亨利八世》之外都被称为传奇剧，计有《泰尔亲王配力克里斯》《辛白林》《冬天的故事》和

《暴风雨》等。这些作品具有浓郁的神话和浪漫色彩，悲剧性的冲突常借助超自然的力量和奇迹式的变化而取得喜剧性的圆满收场。

莎士比亚的剧作大致可分为悲剧、喜剧、历史剧和传奇剧等几大类。悲剧是莎士比亚创作的巅峰。喜剧作品中有浪漫轻快的喜剧和阴郁凝重的喜剧之分。历史剧常有严峻的悲剧性，有以英国历史为题材的编年史剧，也有以罗马历史传说为基础的罗马历史剧。传奇剧主要出现于最后阶段，《泰尔亲王配力克里斯》《辛白林》《冬天的故事》和《暴风雨》这四部富有浪漫传奇色彩的剧本自成一体。

三、英国近代文学

17 世纪，英国社会经历了较大的变动。伊丽莎白女王去世后，即位的詹姆斯一世鼓吹"君权神授"，与代表资产阶级和商人利益的国会在商品专卖权、宗教等问题上的矛盾日益加重。后来即位的查理一世更是采用了强硬的措施，解散了国会，虽然在 1640 年，国会得以重新组建，但是国王与国会之间仍然存在着不可调和的矛盾，最终导致了内战的发生。1649 年，内战结束，英国宣布成立共和国。随着共和国社会政治斗争的日益激化，英国最终建立了君主立宪制度。在这样的社会背景之下，英国文学也产生了重要的变化。总的来说，17 世纪的英国文学属于转折时期的文学，起着承上启下的作用。

17 世纪上半叶的英国文学是伊丽莎白时期文学的延续。这主要表现为很多作品充满了伊丽莎白时期的浪漫主义精神。17 世纪后期，有些人开始对伊丽莎白时期的文学进行思考，认为当时的文学感性较多、理性较少，文学创作自由较多、文学原则和规范较少，就像一个蓬蓬勃勃、没经过修整的自然植物园。于是，文学的规范化就开始了。经过几十年的努力，英国文学确实具备了形式美，章法明白，线路清晰，然而却缺少了充沛的感情。

17 世纪初，英国的诗歌创作表现出新的创作特征，"当年成百个诗人竞写十四行诗的场面不见了，以彼特拉克为代表的意大利诗风减弱了，学习的对象转到了古罗马和希腊诗人。"[①]17 世纪上半叶，英国局势动荡，诗歌领域出现了"玄学

---

① 王佐良，何其莘. 文艺复兴时期文学史. 外语教学与研究出版社，1996 年，第 357 页。

派"和"骑士派"两个主要流派，带有明显的巴洛克风格。玄学派和骑士派诗歌都以语句雕琢、意象奇幻、缺乏严肃真实的情感为共同特点，表现出对动荡复杂现实的逃避。这段时期在英国历史上常被称为"詹姆斯和查理王阶段"，在文学上乃是伊丽莎白时期文学的继续。17 世纪下半叶，英国诗歌更多地反映出革命与复辟的现实，当时活跃在英国文坛上的诗人最著名的要数约翰·弥尔顿(John Milton)，他写出了伟大的史诗《失乐园》，促进了史诗的兴盛。

17 世纪英国小说的发展受到了当时散文的深深影响，尤其是性格描写散文直接推动了英国小说的发展。17 世纪上半叶，一些作家的现实主义小说在英国倍受青睐，小说的读者群从原来的贵族阶层扩大到了受过教育的普通百姓。到了 17 世纪下半叶，资产阶级革命和斯图亚特王朝复辟不仅使整个国家长期处于混乱无序、动荡不安之中，而且也使这个时期的文学创作黯然失色。尽管如此，英国的文坛上还是出现了一些杰出的小说家，如约翰·班扬(John Bunyan)、阿弗拉·班恩(Afra Behn)等。他们的创作实践进一步提高了英国小说的艺术质量，有力地扩大了小说的社会影响，促进了英国小说的规范化和健康发展。他们的小说代表着英国现实主义小说的初步发展。

约翰·班扬出生在贝得福郡附近一个名叫埃尔斯托的村庄，家庭贫苦。16 岁时，他应征入伍，参加了内战。其间，他结识了不少清教运动的领袖和社会各阶层人士，为他以后从事小说创作收集了重要的素材。英国资产阶级革命时期，他参加了议会军，反对封建王朝。退役还乡后以补锅为生，开始对宗教发生兴趣，不久加入了浸礼会，成为传教士。他专心致志地传教、布道，却由于无证传教触犯了英国当时的教规，还参加了秘密会议，于 1660 年遭逮捕，拒绝认罪后被关押了十二年之久。在狱中班扬并没有停止传教、布道活动，他还奋笔疾书，完成了多部作品，其中包括一部具有浓郁的宗教色彩的自传《功德无量》。1672 年，班扬出狱，并担任地方教会的牧师，继续从事传教、布道活动。1675 年，他的传教执照被吊销，次年，他因无证传教而再次入狱。在狱中，他开始起草《天路历程》。六个月后，他获准出狱，随后仍以补锅为生，并继续写作、传教。班扬一生经历坎坷曲折，年轻时贫困交加，在狱中度过了中年时代，而晚年风尘仆仆。1688 年

8 月，他被大雨淋湿发高烧，后不治离世。

班扬最具代表性的小说是《天路历程》《败德先生传》和《圣战》。这些小说不仅以讽刺的笔触描绘了 17 世纪下半叶英国的社会弊病和道德腐败，而且还集宗教寓意和现实描写于一体，具有很强的讽喻性、启示性和时代性。

在英国内战时期，由于英国的政权掌握在清教徒手中，清教徒认为所有的娱乐都是罪过，因此，他们出于对道德的严格要求，关闭了所有的剧院，甚至把一些演员关进监狱。他们还取消了公共假日。受清教徒的影响，英国的戏剧在此时呈现出了衰落的趋势，只有简单而原始的假面剧、木偶戏以及一些取自还没有被禁止的剧目中的闹剧场景能够得以演出。1660 年查理二世复辟之后，禁戏令被取消，剧院重新开放。1660 年，托马斯·基利格鲁(Thomas Killigrew)创立皇家剧院的国王剧团，威廉·达文南特创立约克公爵歌剧院，当时这两个剧院几乎垄断了戏剧市场，一直维持到 1800 年。但莎士比亚时期的盛况不再，出入剧场的也仅剩一些王公贵族和依附于他们的时髦男女，来自普通平民的观众还占不到观众总数的五分之一。在当时，如果演员不是受到某个王公贵族的荫护，就只能成为流浪演员。剧作家更是如此。如果剧作家无法得宠于某个王公贵族，其作品便难以上演。同时，这些从清教徒统治中走出的英国人"就像是刚从学校中被放出来的小学生一般，玩笑嬉戏，快乐地打发时光"。这群"小学生"很快便改变性质，他们的娱乐再也不是天真的、单纯的娱乐，而是逐渐变得放荡堕落。以查理二世为首的贵族阶级追求享乐，生活放荡，社会的道德规范从清教的清规戒律中松绑，一头栽进放纵的深渊。因此，这一时期的戏剧主要是为这些上层人物提供一种时髦的消遣娱乐，搬上舞台的多是一些法国式的古典"英雄悲剧"和摹写浮华淫靡生活的"风俗喜剧"，往往以情调低下的爱情故事为主线，风格浮夸轻佻，体现了宫廷贵族的庸俗趣味。观众的喧哗和舞台的嬉闹融为一体。

英国浪漫主义诗歌在 19 世纪初期进入了辉煌时期，取得了很高的成就，成为英国文学史上仅次于伊丽莎白时期的第二个重要时期。这一时期的诗人个个都显示出自己独特的、卓尔不凡的才华，在诗歌创作中都取得了宏伟的成就。而在这些诗人中，出现了两代浪漫主义诗人，第一代是"湖畔派"诗人，他们讴歌了古朴的农村生活和美好的自然景色，或表现了神秘氛围和异国情调，或表现了对法国革命的赞许和支持和对下层人民的同情。第二代是积极浪漫主义派诗人，他们的诗歌受到了上一代浪漫主义诗人的极大影响，但反对他们对现实的逃避态度和消极倾向。进入 19 世纪中期以后，资本主义机械文明的高速发展和社会生活的巨大变化，使得浪漫主义的诗风不再适合英国动荡不安的社会现状和风云变幻的时代气息，气势恢宏、内容丰富的现实主义诗风逐渐兴起。这一时期的诗人不再热衷于表达诗人炽热的情感，而转向表述维多利亚时代社会的变革。

19 世纪的英国小说取得了高度的成熟和繁荣，现实主义小说和浪漫主义小说是这一时期小说发展的两个主要方向，它们交相辉映，共同促进了英国小说的蓬勃发展。

19 世纪是英国资本主义和殖民主义由全盛开始走向衰落的时期，也是英国现实主义小说的辉煌时代。在 19 世纪前期，随着工业化和资本主义的发展，英国社会开始发生变化，许多作家看到这种变化，并指出其中存在的危机，而批判现实主义小说随之兴起。这期间著名的现实主义小说作家有查尔斯·狄更斯(Charles Dickens)、威廉·梅克皮斯·萨克雷(William Makepeace Thackeray)、夏绿蒂·勃朗特(Charlotte Bronte)、乔治·艾略特(George Elliot)等人。19 世纪后期，英国现实主义小说在到达辉煌灿烂的高峰后开始呈现出下降趋势，但是这并不妨碍英国现实主义小说佳作的出现。这一时期的小说家中，托马斯·哈代(Thomas Hardy)无疑是其中最卓越、最著名的现实主义小说家。下面将对这些作家及其创作进行介绍。

1901 年，维多利亚女王去世，爱德华七世上台，这标志着一个传统、鼎盛时代的结束。在新的社会条件下，维多利亚时代的种种传统开始受到质疑，新的传统尚有待建立，英国开始进入历史上一个重要的社会转型期。先后两次世界大战以及经济危机给英国造成了沉重的打击，此外，殖民地解放运动此起彼伏，政治局面剧烈动荡，社会矛盾层出不穷。在这种背景下，20 世纪上半叶的英国文学呈现出一种明显的时代特色，出现了多元发展的局面，在继续 19 世纪浪漫主义和现实主义辉煌的同时，现实主义和现代主义交替统治，相互融合。

20 世纪上半叶，英国先后经历了两次世界大战，加上经济危机的爆发，英国社会陷入一片萧条之中。在这种背景下，英国文学的表达手法和形式发生了明显的变化，在诗歌上有以下几个表现：首先，大众对于诗歌表达情感诉求的需要使得出现了以迪伦·托马斯(Dylan Thomas)为代表的"浪漫主义复兴"的诗歌潮流；其次，传统的诗歌创作手法再度抬头，以威斯坦·休·奥登(Wystan Hugh Auden)为代表的一批青年诗人走上诗坛，在吸收现代主义风格的同时，融入自己对社会人生的考量，创作了许多优秀的现实主义诗歌；再次，爱尔兰文学出现复兴，以威廉·巴特勒·叶芝(William Butler Yeats)为代表的一批具有爱尔兰本土特色、个性鲜明的诗人创作了一系列具有爱尔兰特色的诗歌；最后，具有学院风格的诗歌在诗坛占据一席之地，其代表人物是罗伯特·格列夫斯(Robert Graves)和威廉·燕卜荪(William Empson)。

20世纪初期，现实主义小说在英国继续发展，注重暴露社会黑暗，抨击丑恶现实，宣扬人道主义，英国文坛又掀起了一个现实主义文学的创作高潮。20世纪20年代后，现代主义思潮在英国文学中达到了鼎盛时期，现代主义小说家们以社会批判和心理学探索相结合的方式深刻地揭露了资本主义工业文明对自然和人性以及对人的价值的摧残。

20世纪上半叶，一场戏剧复兴使英国戏剧获得新生，出现了一大批优秀的现实主义戏剧，以戏剧大师萧伯纳的作品为代表。同时，以叶芝为代表的爱尔兰民族戏剧也蓬勃发展，成为英国戏剧发展史上重要的一环。此外，诗剧在这一时期也东山再起。

20世纪下半叶，英国的文学得到了极大的发展。诗歌方面，运动派诗歌、爱尔兰诗歌、女性诗歌和非裔诗歌等竞相发展；小说方面呈现出了多元化的格局，现实主义小说、"愤怒的青年"小说、实验主义小说、后现代主义小说、新一代小说以及族裔小说都得到了巨大的发展；在戏剧方面，荒诞派戏剧以及左翼戏剧的发展使英国的戏剧获得了新的繁荣。

20世纪下半叶，现代诗歌在英国出现了回潮，很多人意识到了理性、传统在诗歌中的重要性，于是出现了运动派诗歌。到了20世纪六十至七十年代，爱尔兰诗人的创作逐渐增多，并形成了爱尔兰诗人群体。与此同时，英国的女性诗人与非裔诗人也通过各自的诗歌发出了属于自己的声音,促进了 20 世纪下半叶英国诗歌的多样化发展。

20 世纪 50 年代,现实主义的回潮成为英国文坛引人瞩目的现象,除了出现了一些具有一定影响的现实主义作家外,还出现了一批愤怒的青年,他们创作的小说以第二次世界大战后英国青年一代的追求和生活方式为内容,抨击了上流社会的虚伪。20 世纪六七十年代,实验主义小说形成了一股新浪潮。随着作家对小说创作形式的不断探索,小说中的后现代主义倾向得到了加强,小说界出现了一些重要的后现代主义小说作家及重要作品。20 世纪七十年代之后,英国文坛出现了一批新人,他们刻意求新,形成了新一代小说流派,使英国小说进入一个富于创造性的新时期。此外,这一时期英国的少数民族作家和女性作家越来越多,他们以独特的素材和写作手段为英国小说界注入了一股新的活力。总体来说,20 世纪下半叶以来,英国的小说创作呈现出了多元化的格局。

第二节　美　国　文　学

一、早期美国文学

(一) 殖民地时期

15 世纪末,当意大利航海家克里斯托弗·哥伦布发现美洲大陆后,人们逐渐开始对这块陌生的土地产生兴趣。

西班牙人是最早向美洲移民的欧洲人。早在 16 世纪中叶,西班牙就不断地向美洲拓展,并且在美国留下了第一个欧洲城镇的圣奥古斯丁,随后一连串永久居民点在佛罗里达海岸建立,被称为新西班牙。在与当地印第安人的战争中,他们又取得了新的胜利,把占领的疆域称为新墨西哥。1662 年,荷兰殖民者也在美国划分了自己的势力范围,建立了新荷兰殖民地。之后法国殖民者也先后将圣劳伦斯河以及五大湖、现今的加拿大境内的魁北克及东部地区和美国的密西西比河地区划为新法兰西。

16 世纪末,英国殖民者登上美洲大陆。在与其他殖民国家的斗争中,英国逐渐趋于霸主的地位，成为新大陆殖民地的主要宗主国。17世纪后，大量的英国清教徒移民来到美国。1607年之后，英国在北美的殖民地规模迅速扩大。相关的数据表明，1620—1640年，英国在美国居住的清教人口达到2.5万人。英国的政治、经济、文化迅速被传播到这里，促进了美国文明的发展。美国殖民地时期的文学在这样的历史背景下逐步产生。

殖民地时期的美国文学以写实为主，内容多讲述美国沦为殖民地后当地人悲惨的生活状况，大多数的作家作品都表达了想要摆脱殖民统治的愿望。这一时期主要的代表作家有爱德华·泰勒(Edward Taylor)、乔纳森·爱德华兹(Jonathan Edwards)、威廉·布拉德福德(William Bradford)、安妮·布拉德斯特里特(Anne Bradstreet)。

爱德华·泰勒是北美殖民地时期最伟大的诗人。他出生在英国莱斯特郡，在清教共和护国公克伦威尔(Oliver Cromwell)当政时代长大。1668年，爱德华·泰勒到达马萨诸塞海湾殖民区，进入哈佛大学学习，毕业后担任韦斯特菲尔小镇的牧师。泰勒是一个思想敏锐而活跃的人。他长期保持了对教会政治和历史、神学、医学、金属学及自然现象的兴趣并对其进行研究。他的著作最能体现他渊博的学识。例如，他的诗歌内容是丰富多样的，包括一部诗歌形式的《基督教史》，一部内容和形式都颇复杂的诗作《上帝的决心》，几卷讲道和翻译文稿，数篇悼念新英格兰名人和他的私人朋友的挽歌，二百一十七首《受领圣餐前的自省录》(简称为《自省录》)，以及其他一些内容纷杂的诗歌。

乔纳森·爱德华兹出生于康涅狄格州温莎镇一个宗教气息极其浓郁的家庭里，是最为出色的美国清教徒之一。他聪明、早慧，13岁就进入耶鲁大学。大学毕业后，他做过牧师和助教。外祖父去世后，乔纳森·爱德华兹继任他的职位，成为这一教区的教长。在北安普敦，他致力于宣传宗教意识。1750年，受宗教论争的影响，他选择辞职到偏远的地方去继续他孤独的思考。1758年他应邀赴纽泽西学院(普林斯顿)就任院长职，但是上任不足三个月便因注射天花疫苗而去世。

爱德华兹是一个善于思考的人。早在耶鲁学院就读期间，他便表现出出类拔萃的观察和思维能力。他是唯心主义者，认为主观意识决定物质，意识才是第一性的。

威廉·布拉德福德出生在英格兰约克郡，父母都是农民，家境还算富足。他十几岁的时候就开始关注稳健派清教教会，并对他们表示同情。1621 年他与一大批反分离主义先民一同到达日后马萨诸塞州的普利茅斯所在地。他与公理派的所有男性先民共同签署了新世界的第一份社会公约——五月花号公约。随后他登上美洲大陆，并担任了长达三十一年的新殖民地总督。他一生都致力于传达宗教使命，精神高尚，智慧超群，是殖民时期最伟大的人物之一。

（二）启蒙时期

18 世纪中叶至 19 世纪初的六十多年称为美国的启蒙文学时期。在这一时期，欧洲的启蒙思想在美国得到了全面的发展，理性主义被越来越多的美国人接受。在文学领域，美国作家先是为民族独立进行宣传动员，随后直接对独立战争摇旗呐喊，美国文学逐渐走上了独立创作的道路。

18 世纪后，随着资本主义经济的发展，包括资产阶级在内的人民群众与封建势力的矛盾日益尖锐化，于是，在欧美的一些国家先后兴起了反对封建思想和教会势力的思想解放运动，历史上称为启蒙运动。

欧洲人移民美洲为美洲带去了理性主义的光辉，因而美洲也出现了启蒙运动。从 1765 年开始一直到 1875 年，美国的启蒙运动持续发展。他们通过各种途径跨洋搬借欧洲的科学成果，移植欧洲新的自然观和思维模式，接受新的宇宙概念，想象支配整个宇宙的客观科学规律，并从自然的客观性和规律性中引申出社会平等的概念。

在启蒙运动的影响下，理性主义逐渐存在于美国人民的思维当中，人们对宗教的狂热感情慢慢地消退下去，但是反对正统宗教的自然神论却逐渐发展起来。倡导自然神论的人试图把科学的自然知识与宗教相融合，并把伦理哲学体系建立在科学的真理基础上。

二、近代美国文学

进入 19 世纪后，美国的文学开始呈现出自己的独特个性，诗歌、小说、戏剧领域都有进一步的发展，特别是在诗歌和小说领域，出现了一批具有世界影响的作家与作品，丰富了世界文学。

19 世纪时，受浪漫主义文学思潮的影响，美国浪漫主义诗歌出现了强劲的发展势头，在浪漫主义诗歌创作取得巨大成就的同时，现代主义诗歌出现了萌芽，预示着现代主义诗歌将会在美国诗坛上大放异彩。

从 19 世纪开始，美国的资本主义经济发展逐步走上了正轨，从而进入了这个世纪第一个大规模的经济腾飞时期。19 世纪初期，受欧洲的浪漫主义文学影响，美国的浪漫主义文学得到了迅速的发展，出现了一批具有美国特色的浪漫主义小说家，他们通过小说这种形式展现了美国民族所独有的特色。到了 19 世纪后半期的时候，美国文坛上的浪漫主义风尚开始消逝，取而代之的是现实主义文学思潮。这一时期的现实主义作家通过小说对美国社会进行了描摹。而 19 世纪八十年代以后，受欧洲自然主义文学理论与创作实践的影响，美国文坛上出现了一批具有自然主义色彩的小说作品，这些作品进一步丰富了美国小说的种类。

美国浪漫主义文学经历了一个稳定的、健康的发展过程。作为一个新兴的国家，美国在紧跟世界文学发展潮流的同时，不断发掘着自己的特色，因此，与其他国家的浪漫主义小说创作相比，美国的浪漫主义小说创作体现出了两个特点，首先，它所表现的是美国所具有的独特风貌，是"一种真正的新的经历"；其次，它表现出了美国民族之"新"。在 19 世纪美国的浪漫主义小说创作中，做出重要贡献的是华盛顿·欧文(Washington Irving)、詹姆斯·费尼莫尔·库柏(James Fenimore Cooper)和纳撒尼尔·霍桑(Nathaniel Hawthorne)。

华盛顿·欧文生于纽约市一个富有的商人家庭中。他自幼酷爱读书，19 岁就已经在报刊上发表了以讽刺文坛和纽约生活为主的散文。20 岁时，欧文被查出患有肺病，于是去了欧洲疗养。在疗养期间，欧文有意识地锻炼了自己观察生活的能力。疗养结束后，欧文回到了美国，并进入大学攻读法律，毕业之后成为一名律师。1807 年，他与哥哥、好友一起创办了杂志《大杂烩》，专门从事写作，先后发表二十多篇系列散文和评论。1809 年，他用笔名"尼克包克尔"出版了《狄德里克·尼克包克尔的纽约外史》，对荷兰殖民统治时期的纽约社会进行了嘲讽，受到英国小说家司各特的赞赏，同时也受到美国文坛的关注。在第二次独立战争期间，欧文担任了《文选杂志》的编辑，发表了一系列叙述美国海军英雄事迹的文章，表现出了爱国热忱，在这次战争后期，欧文获得了纽约州民军上校军衔。

1815 年，欧文远赴欧洲。由于没能照看好哥哥在英国的五金进口业务，欧文躲进了文学创作的圣殿中，写出了让他名垂青史的《见闻札记》。但是在之后的创作中，欧文的创作没有出现新的特色，1922 年出版的《布雷斯布里奇田庄》和 1824 年出版的《游人的故事》并没有获得读者的认可，欧文自己也感到了创作素材的枯竭。

1826 年，欧文应美国驻西班牙公使之邀，赴西班牙任公使馆随员，在那里接触到了西班牙和拉美历史，从而创作出了一批"西班牙"著作，如《哥伦布》《攻克格拉纳达》《阿尔罕拉伯》等，其中，《阿尔罕拉伯》被称为"西班牙《见闻札记》"。

1832 年，欧文回到了美国，受到了国人的热烈欢迎。这次回国加深了欧文对自己国家的理解，通过旅行，欧文写出了《草原游记》《阿斯托里亚》《博纳维尔船长历险记》等。后来欧文还发表了一些传记作品，如《哥尔德斯密斯传》《华盛顿传》，其中《华盛顿传》从 1825 年就开始酝酿，直到他生命的最后时刻才完成。1859 年 11 月 28 日，欧文在坦莱镇因病逝世。

欧文对美国文学的发展产生了深远的影响，他被称为"美国文学之父"，也被人称为"美国第一位作家""新世界派往旧世界的使者"。在小说创作方面，欧文受到浪漫主义的影响，他目光敏锐，对人的一言一行，对物的形、声、色、味，看得都十分仔细，从而使他的作品融入了自己的感官体验，与此同时，他还擅长烘托气氛，制造悬念，借助仙鬼等，使得作品中充满了浪漫主义色彩。在欧文所创作的众多作品中，最著名的是收录在《见闻札记》中的《瑞普·凡·温克尔》和《睡谷的传说》，这两篇短篇小说是依据德国的传说写成的，在创作的过程中，欧文将其与美国的社会状况相联系，从而使其具有了浓厚的美国特色。

19 世纪，美国爆发了南北战争，这场战争既是美国资本主义经济发展的转折点，同时又是文学上现实主义产生和发展的转折点。在 19 世纪中后期，浪漫主义文学思潮逐渐让位于现实主义文学思潮，在美国的文坛上，出现了一批现实主义小说创作者，如马克·吐温(Mark Twain)、威廉·迪恩·豪威尔斯(William Dean

Howells)等，他们创作出了一批具有影响力的现实主义作品，这些作品追求细节的真实性，反映一般的生活，对人性和人生进行了客观的评价，在美国文坛上引起了重大的反响。

马克·吐温的原名为塞缪尔·朗荷恩·克利门斯，出生在密苏里州的佛罗里达村中，他小的时候举家移居该州密西西比河岸上的汉尼巴镇。他的父亲是一位很有雄心壮志的法官和店主，曾在田纳西州购买过大片土地，但始终一事无成。受家庭经济环境的影响，马克·吐温在上学时就帮助家里做各种事情。12 岁时，马克·吐温的父亲去世了，由于没什么经济来源，马克·吐温不得不辍学开始独立工作，以养家糊口。他做过报童、印刷所学徒、排字工等。自 1853 年起，他开始在圣路易斯、纽约、费城、依阿华州的基厄卡克及辛辛那提等地工作，这使他开阔了眼界，丰富了阅历。1856 年，他乘轮船沿密西西比河南下到新奥尔良去，计划前往亚马逊河去闯荡一番，不料终未成行，结果拜了河上的领航员为师，成为名副其实的领航员，实现了他童年的一个梦想。在密西西比河上，他经常听到轮船上的水手在测量水深时呼喊："马克·吐温！马克·吐温！"意思是说水有十二英尺深，轮船可以安全通过。他开始向领航员学习领航技术，并以精湛的航行技术受到船长的重用。他的笔名马克·吐温便是水手报告测水深度的惯用语。在密西西比河上的经历也成为他日后进行文学创作的重要素材之一。

美国南北战争爆发后，马克·吐温到了弗吉尼亚市，被聘为州《企业报》记者，开始以"马克·吐温"为笔名撰写通讯报道和幽默故事。1864 年，他到旧金山，任《晨报》记者，正式踏上文学创作的历程。之后，陆续出版的作品有《卡拉弗拉斯县的著名的跳蛙》《傻子出国记》《艰苦岁月》《镀金时代》《汤姆·索亚历险记》《哈克贝利·费恩历险记》《王子与贫儿》《在亚瑟王朝廷里的康涅狄克州美国人》等。

19 世纪 80 年代末，马克·吐温经营的出版公司以及投资入股的"佩奇排字机"工程每况愈下，经济陷入困境。1891 年，他移家到欧洲，以期节省开销，但是于事无补，1893 年，马克·吐温宣布破产。为了偿债，他带着妻子和女儿开始巡回演讲，先在国内，其后到了加拿大，踏上了环球旅行的长途跋涉之路。1897

年，马克·吐温在发表的《赤道环游记》详细记述了他在那几年的经历。他在国外期间，幼女检查出患有癫痫症，而长女又死于脑膜炎。也是在这几年中，他的妻子体质迅速恶化，成为长期病人，马克·吐温自己的身体也显现出了衰老。此时美国社会贫富不均，道德风尚败坏，这让具有满腔同情心和正义感的马克·吐温怒火中烧，个人的不幸和对社会的不满让马克·吐温的思想产生了改变，使他的写作风格从乐观主义变成了悲观主义，作品中的幽默开始让位于尖刻的讥讽和抨击。1904 年，马克·吐温的妻子去世，1909 年圣诞节前夕，他的小女儿也突然病逝，这让马克·吐温的身心受到了重大的打击，使他变得更加忧郁了。1910 年 4 月 19 日，马克·吐温在二儿女的陪伴下辞世。

南北战争以后到第一次世界大战前的五十年间，是美国商业化戏剧向艺术戏剧过渡的阶段，是美国浪漫主义戏剧影响缩小，现实主义戏剧崛起的时期，也是美国现代戏剧的酝酿准备阶段。在这期间，欧洲批判现实主义戏剧传入美国，对美国戏剧走向成熟起到促进作用。在 19 世纪后三十年里，许多剧作家的剧作不再像佩恩、伯德、博克等人那样热衷于以异国他乡为背景写历史事件了，而是把创作的重点转向从现实生活中撷取写作题材，写美国主题，创造美国人物形象，剧中布景和演出风格拥有了浓郁的现实主义色彩。奥古斯丁·戴利(Augustin Daly)、布朗森·霍华德(Bronson Howard)、詹姆斯·赫恩(James A. Herne)、克莱德·费契(Clyde Fitch)等一大批剧作家为 19 世纪后半期美国戏剧的发展做出了卓越的贡献。

三、20 世纪的美国文学

(一) 20 世纪上半叶

20 世纪上半叶的美国由于在两次世界大战中大发横财而成功跻身超级大国行列，但是经济的繁荣并没有让美国的贫富差距缩小，相反，资本垄断更加严重，由此带来的精神危机、种族矛盾也日益尖锐。在这样的背景下，美国文学的发展受到了政治、经济、哲学等的深刻影响，呈现出鲜明的特色。

20 世纪上半叶的美国诗歌在发展过程中呈现出鲜明的现代主义倾向，埃兹拉·庞德(Ezra Pound)、罗伯特·弗罗斯特(Robert Frost)、罗伯特·洛厄尔(Robert

Lowell)等都是这一时期著名的现代主义诗歌大家,下面具体分析一下埃兹拉·庞德和罗伯特·弗罗斯特的现代主义诗歌创作。

埃兹拉·庞德(Ezra Pound)出生于爱达荷州梅利,长于宾夕法尼亚州,曾在哈密尔顿学院和宾夕法尼亚大学先后获得学士学位和硕士学位。出于对美国学术界狭隘的地方主义的蔑视,他曾远赴欧洲游历。1908—1920 年寄居伦敦,后由英国到巴黎,与海明威、乔伊斯等人为友。1924 年,庞德从巴黎到意大利西北部待了二十年。1941 年第二次世界大战期间,庞德竟在意大利罗马电台数百次公开发表反美讲话,因而在 1945 年以"叛国罪"被捕,并押回美国受审。后来,他经检查被认为精神失常,从而免于受审,并接受治疗。1958 年,在众多好友的共同努力下,庞德终于未经审判取消了叛国罪,从精神病院出来。1972 年,庞德病逝于威尼斯。

罗伯特·弗罗斯特出生于旧金山,11 岁时父亲去世,全家返回祖籍新英格兰。中学毕业后,弗罗斯特进入达特第斯学院学习,但不久退学打工,业余坚持写诗。16 岁时,弗罗斯特就发表了自己的第一首诗歌《诺什·特黑斯》。1897 年,弗罗斯特进入哈佛大学,但两年后因病辍学。此后,他在写诗的同时,还教书、经营农场。1912 年,他卖掉农场,举家去英国,其间结识了一些年轻的意象派诗人,并在庞德的鼓励下,分别于 1913 年、1914 年出版诗集《少年的意愿》《波士顿以北》。其中,收录在《波士顿以北》的诗篇《雪夜驻足在林边》《修墙》《摘苹果之后》《雇工之死》被广泛流传。1915 年,弗罗斯特又举家返回美国,继续写诗、务农和教书。1916 年,诗集《山间》出版,其中富有哲理性的诗篇《未走过的路》《白桦树》就被收录于内。至此,弗罗斯特的诗歌创作进入了成熟阶段。1923—1939 年发表了多部诗集,包括《新罕布什尔》《向西流去的小溪》《又一片牧场》《见证树》《诗选》。1963 年,弗罗斯特在波士顿去世。

哈莱姆文艺复兴又称"黑人文艺复兴",是当时的黑人知识分子发起的一场"以复兴美国黑人民间文化遗产、表现种族自我、反对种族歧视和振兴美国黑人文化为主要内容,在保持黑人尊严和个性的前提下,以融入美国主流社会为宗旨的文化思想启蒙运动"①。它大致起于 1919 年,1925—1928 年达到了巅峰,1932 年后

---

① 黄立峰:《美国新黑人文化运动的特点》,学术论坛,2002 年第 5 期。

逐渐停止。在哈莱姆文艺复兴过程中，产生了一批新的黑人作家，从而大大推动了 20 世纪美国黑人文学的发展。但要特别指出的是，哈莱姆文艺复兴时期的作家面对的主要问题不再是种族偏见，而是如何获得种族身份。他们的主要任务不是暴露种族不公，而是描写并尽可能地解释美国黑人的生活。因此，这一时期的文学作品从主体、背景到价值观都有了很大发展，冲破了题材禁区和人物模式，开始了民族的自我剖析和批判，为以后黑人文学的发展打下了坚实的基础。其中，在黑人诗歌创作方面，涌现出了大量优秀的诗人和作品，克劳德·麦凯(Claude Mckay)、兰斯顿·休斯(Langston Hughes)、康梯·卡伦(Countee Cullen)等就是这一时期极具代表性的黑人诗人。

克劳德·麦凯出生于英国属地西印度群岛的牙买加，家境富裕，兄弟姐妹众多。克劳德作为家中最小的弟弟，他的长兄鼓励他到美国读书。到了美国之后，麦凯曾到堪萨斯州立大学农艺系读了两年，希望通过自己的所学来帮助农民科学种田，从而造福乡亲。后来，他对诗歌产生了极大的兴趣，于是停学写诗。与此同时，为了维持生计，他干了许多杂活。1920 年，他出版了诗集《新罕布什尔的春天及其他》，这是按欧美传统的格律诗写成的。1921 年，他在美共主办的刊物《解放者》和《群众》编辑部工作，接触了马克思主义，思想倾向进步。1922 年，她的诗集《哈莱姆的影子》问世，在文学界引起了热烈反应。1923 年，他赴苏联访问，见到了列宁，并作为美国工人党的代表参加了共产国际的领导和组织工作。离开莫斯科以后，他曾去英、德、法、西班牙和摩洛哥等地旅游，增长了阅历。1934 年回国后，他专心致力于文学创作。晚年的麦凯皈依了天主教，从而思想逐渐沉闷。1948 年，麦凯因病去世。

现实主义小说是美国 20 世纪初期最重要的一种小说形式，在继承了 19 世纪现实主义小说创作传统的基础上，企图在处于高速工业化和现代物质文明的时代中对人性的本质的困惑进行表现。欧·亨利(O．Henry)、伊迪丝·华顿(Edith Wharton)、西奥多·德莱塞(Theodore Dreiser)、薇拉·凯瑟(Willa Cather)、杰克·伦敦(Jack London)、厄普顿·辛克莱(Upton Sinclair)、辛克莱·路易斯(Sinclair Lewis)、迈克尔·高尔德(Michael Gold)和约翰·斯坦贝克(John Steinbeck)等都是这一时期著名的现实主义小说家，下面具体分析一下欧·亨利、西奥多·德莱塞、薇拉·凯瑟、杰克·伦敦、厄普顿·辛克莱和迈克尔·高尔德的现实主义小说创作。

欧·亨利(O. Henry)的原名威廉·西德尼·波特(William Sidney Porter)，出生于北卡罗来纳州格林堡附近，因父母早逝而被当小学老师的姑母抚养长大，并因此养成了爱读书的习惯。他幼年读了大量外国古典文学名著，这为他日后的文学创作生涯奠定了坚实的基础。17 岁时，他到叔父的药店当助手，接触到了各种不同的人，学会了观察人的言行举止，也增长了社会知识，这也为他日后的文学创作奠定了基础。1882 年，他到得克萨斯州去当土地局的制图员，后来又做过房地产公司的记账员和绘图员、银行出纳等。1877 年，他与女友艾斯蒂私奔结婚，后任银行出纳员。1895 年，他陆续为休斯敦一家日报《邮报》写了约六十篇幽默小品，其中不少内容、情节及场景后来又再现于他的著名短篇小说中。1896 年，他被指控挪用银行的钱，不得不经新奥尔良逃往洪都拉斯，寄居了半年左右，后因妻子病危不得不回国。妻子去世后，他被判有期徒刑五年，因服刑表现好获减至三年。在狱中，他开始以欧·亨利的笔名进行短篇小说创作，写了《口哨王迪克的圣诞袜》《乔治亚的判决》《午后奇迹》和《黑夹山来的买客》等十四篇作品，1901 年出狱时已经成为受读者欢迎的作家欧·亨利。之后，他又发表了《麦琪的礼物》《白菜与国王》等轰动全国的小说，《四百万》《修剪过的灯》《城市之声》《西部的心》《温文尔雅的贪污者》《命运之路》《选择》和《仅是公事》等十二部短篇小说集。自此，欧·亨利的声誉传遍了欧美各国。1910 年，欧·亨利因酗酒过度染上肝硬化不幸病故。

现代主义小说在 20 世纪上半叶的美国也逐渐发展起来，代表性的作家有特鲁德·斯坦因(Gertrude Stein)、舍伍德·安德森(Sherwood Anderson)、凯瑟琳·安·波特(Katherine Anne Porter)、约翰·多斯·帕索斯(John Dos Passos)、佛朗西斯·司各特·菲茨杰拉德(F. Scott Fitzgerald)、威廉·福克纳(William Faulkner)、欧尼斯特·海明威(Ernest Hemingway)、纳撒尼尔·韦斯特(Nathanael West)等。下面具体分析一下舍伍德·安德森、凯瑟琳·安·波特、佛朗西斯·司各特·菲茨杰拉德、威廉·福克纳、欧尼斯特·海明威和、纳撒尼尔·韦斯特的现代主义小说创作。

舍伍德·安德森出生于俄亥俄州克姆顿镇，父亲是个穷小贩，家境贫寒。安德森从小就卖报、打杂工，因而没有受到过正规的教育。在他 20 岁时，母亲不幸逝世，家里也变得更加困难，于是到芝加哥当了临时工。在美国与西班牙战争期间，他应征入伍，曾随军队到过古巴。由于表现出色，他在回国后获得了一笔奖学金，得以在威坦堡大学预科学习了一年。1900 年，他又回到了芝加哥，成为广告撰稿人，不久又返回了故乡俄亥俄州经营油漆厂。1912 年，安德森因突然精神崩溃而离家出走，病愈后迁居芝加哥，以撰写广告为生，同时开始写作，发表了《温迪·麦克弗孙的儿子》《前进的人们》《穷白人》和《数次结婚》等长篇小说，以及《小城畸人》《鸡蛋的胜利》和《马与人》等短篇小说集。其中，尤以短篇小说《小城畸人》最为著名。1941 年，安德森因意外去世。

在 20 世纪上半叶，美国戏剧创作由于受到现代主义倾向的影响，而出现了现代主义剧作，其中最引人注目的是美国现代戏剧奠基人尤金·奥尼尔(Eugene O'Neill)的剧作。

尤金·奥尼尔被誉为"美国现代戏剧之父"，出生于纽约市百老汇剧院区的一家旅馆里，父亲是一位很有天赋的演员，母亲出身于富裕商人家庭，爱好音乐。他在父亲演出的后台度过幼年，在孤独中长大，由于缺乏稳定的生活环境和家庭温暖，从小有一种无家可归的失落感，这种失落感在他的性格和创作中留下了很深的痕迹。1906 年，他进入普林斯顿大学就读，次年辍学，开始漂泊和闯荡，他干过多种工作，积累了丰富的创作素材。1913 年，他走上戏剧创作道路，出版了作品《警报》。1914 年，他进入哈佛大学贝克教授开设的戏剧课堂，学习戏剧写作技巧，同年出版了作品《雾》和《奴役》。1916 年，他开始投入小剧场运动，成为普罗文斯顿剧社等艺术剧社的领袖之一，同年出版了作品《东航加迪夫》。1920年，他以《天边外》一举成名，此后笔耕不辍，发表了《琼斯皇》《毛猿》《安娜·克利斯蒂》《上帝的儿女都有翅膀》《榆树下的欲望》《马可·百万》《大神布朗》《拉扎勒斯笑了》《奇异的插曲》《悲悼》《啊，荒野!》《送冰的人来了》《休伊》等大量的剧作。1953 年，奥尼尔因病去世。

(二) 20 世纪下半叶

20 世纪下半叶，经济的快速发展推动了美国文学创作的繁荣。在这一时期，现实主义文学思潮和后现代主义文学思潮并肩绽放，取得了不俗的成绩。在诗歌方面，黑山派、垮掉派、自白派、纽约派等诗派创作呈现出鲜明的后现代主义特征；在小说方面，以传统现实主义小说为基础的心理现实主义小说和以现代主义为基础的后现代主义小说占据主流，族裔小说也不遑多让，进入持续繁荣阶段；在戏剧方面，现代主义戏剧呈现出多元化的发展趋势，推动了美国戏剧的发展。

20 世纪下半叶，随着美国战后经济的复苏和超级大国的确定，庞德和威廉斯的诗学压制了艾略特诗学的影响，美国诗坛涌现出黑山派、垮掉派、自白派、纽约派等美国文坛流派纷呈，新一代文人陆续崛起。

黑山派诗歌产生于 20 世纪 50 年代中期北卡罗来纳州，其名来自文科教育中心——黑山学院。黑山学院最初建于 20 世纪三十年代，到五十年代发展成为一个在文学艺术及学术事务方面持不同意见者的积聚点。院长查尔斯·奥尔森首先提出"投射诗"的理论，提倡"开放型"诗歌，反对传统的"封闭诗"，力求摆脱传统的学院派和形式主义诗歌的束缚，追求形式和语言的自由开放。他还创办了由罗伯特·克里利主编的《黑山评论》杂志，吸引了不少青年诗人和艺术家。《黑山评论》最先对学院派发起攻击，在美国诗坛反响很大，虽然仅出版七期，但触动了许多诗人。金斯堡和奥尔森都是《黑山评论》杂志的撰稿人。威廉斯、斯奈达、凯鲁瓦克及韦伦等都是在该杂志出版过作品的作家。他们受庞德和威廉斯的影响，力求摆脱对过去学院派诗学的依赖，对艾略特所代表的广征博引、讲究辞藻的形式主义诗风提出挑战，提倡开放型的诗歌，以代替"新批评派"倡导的封闭型智性诗。他们创新的理论、自成一统的风格以及不断推出的作品引起了评论界的极大关注。后来，随着黑山学院的关闭，"黑山派"的骨干诗人相继出走，"黑山派"作为一个整体基本不复存在。但是，尽管身处黑山学院以外的地方，"黑山派"的几位主要干将仍然致力于"黑山派"诗歌的创作和宣传，并最终成为这一流派的标志性诗人。他们是查尔斯·奥尔森(Charles Olson)、罗伯特·邓肯(Robert Duncan)、丹尼丝·莱弗托夫(Denise Levertov)、罗伯特·克里利(Robert Creeley)等人。这些诗人在奥尔森倡导的"投射体诗"诗学创作理论的指导下，结合自己的特点，创作出了许多优秀的诗作。

20 世纪五十年代，美国旧金山爆发了轰轰烈烈的"垮掉运动"。它的代表人物也被人们称为"垮掉一代"。所谓"垮掉一代"，现在一般指 20 世纪五六十年代美国的一批诗人和艺术家，他们以一种浪漫、甚至激进的态度来反对主流文化的价值观和生活方式，以及中产阶级对诗歌、小说等的品评方式。他们崇尚民主自由，勇于挑战权威，对现存的几乎一切规制和章法表现得不屑一顾。在日常生活上，他们独立不羁、我行我素。许多人甚至通过吸毒、迷恋爵士乐和参与同性恋等"堕落"的方式来反对正统的保守主义。在文学创作的层面，"垮掉一代"的作家们也雷厉风行、大胆革新。他们作品的主题是直露和反传统的，不少内容触及当时社会的禁区。在表现手段上，他们也突破了传统的尺度，大量采用触目惊心的字眼、梦呓般的思路和名词的堆砌，以凸显自我的疯狂和愤懑，从而达到批评美国令人窒息的社会体制和僵化的精神氛围的目的。这一团体在 20 世纪 60 年代初期迅速崛起，除了小说家凯鲁亚克外，以诗人金斯堡(Allen Ginsberg)、加利·斯奈达(Gary Snyder)为其杰出代表。

第二次世界大战后继黑山派和垮掉派诗歌在美国诗坛崛起的，是以罗伯特·洛厄尔(Robert Lowell)为代表的自白派诗歌(the Confessional Poetry)，是 20 世纪五十年代中期至六十年代一个成就显著的诗歌流派。它继垮掉派之后向艾略特的形式主义诗歌提出挑战，但它并没有采取大胆且直接的嚎叫，而是以平静的姿态，坦述个人的生活和心态，以此表露对社会习俗和旧文化传统的不满。他们诗歌的主题往往是个人的疾病、生活的不幸、精神的疯狂和自杀。作品的基调带有浓厚的弗洛伊德主义色彩，偶有自我怜悯和赞美，视自己为社会的受害者或忍受痛苦的英雄，但充满怀疑、不安和神经质。诗中不乏浪漫主义气息，但没有拜伦或雪莱那种气壮山河的风度，更多的是自怨自艾，自怜自卑。不过，他们倒不把希望寄托在上帝身上。他们往往在诗中尽情地宣泄受压抑的情绪，构建现代的"自我"神话，向读者揭露种种痛苦的真相，将美国政府所支配的社会、追求物质的时代和侵略战争的灾难作为痛苦的根源而加以责难。

自白派的代表诗人主要有罗伯特·洛厄尔(Robert Lowell)、安妮·塞克斯顿(Anne Sexton)等人。他们既没有纲领，又没有像黑山派那样的组织和同人刊物，更缺乏奥尔森那样的领衔主将。但他们坚持自己的独特追求，几个诗人不约而同地创作了以自我为生活原型的诗歌。自白派诗人认为，精神崩溃是美国六十年代的社会通病。它是极度痛苦的表现，其结果常常导致自杀。自白派诗人大都接受过精神分析治疗。他们将自己心灵深处的感受写进诗里，毫不掩饰，而且大谈自杀的奥秘。最著名的四名自白派诗人中，洛厄尔多次住进精神病院，抹不掉自杀的念头；贝里曼和普拉斯最后都走上自杀之路；安妮·塞克斯顿长期患有精神病，也自杀而死。这是他们精神完全崩溃的结局。他们以自杀来抗议社会的腐败。这种以自我毁灭的方式来与社会抗争的做法，有人称为西方现代人"异化"的一种模式。但是，自白派诗人忠于读者，毫无保留地掏出心里话，在作品里坦述自己的经历，带有浓烈的个人感情，激起读者心灵的共鸣，因此，它推动了当代美国诗歌的发展。

所谓纽约派，广义上指由一群与纽约有着这样或那样联系的诗人、画家和音乐家组成的一个非正式的团体。1960年，随着唐纳德·艾伦出版了其著名的《当代诗歌选集》，约翰·阿什贝里(John Ashbery)、弗兰克·奥哈拉(Frank O'Hara)和詹姆斯·舒亦勒(James Schuyler)等纽约派诗歌的主将脱颖而出，引起了读者和评论界的关注。这些人都受到法国诗歌和绘画的影响，对超现实主义和达达派艺术怀有浓厚的兴趣，主张用自由开放的形式写诗。这给人一种印象，即纽约派是一伙超现实主义者、达达主义者、抽象拼贴者，不值得严肃对待。他们往往通过对日常琐碎生活的戏剧化和滑稽幽默的描写，向读者呈现自己对整个世界的观感。他们选择了"欲进先退"的策略，把自己沉入艺术思考之中。他们通过对友谊、艺术融合、生存与生活的思考和联系而形成一个派别。他们对所谓正统的文学理论普遍持激烈的反对态度，但是，按照法国超现实主义者一贯的行事方式，纽约派的诗人们并没有制定任何共同的纲领或行为准则，也没有公开发表什么宣言以昭告天下。有时，他们也会显得脱离大众，作品中间或夹杂有对现实的不信任，或轻微的暴力倾向。正因为如此，他们曾被指责为浅薄和只适合制造离奇的感官刺激。不过，非写实性、抽象拼贴、口语(甚至俚语)化和荒诞幽默的倾向，正代表了纽约派的鲜明特点。

纽约派诗歌在当代美国诗坛占有重要地位，其中涌现出一些有影响的代表人物，最有影响力的是约翰·阿什贝里、弗兰克·奥哈拉两人。

自 20 世纪下半叶以来，美国的小说创作呈现出空前繁荣的局面。其中，现实主义小说不断与各种现代主义文学相互抗衡和渗透，呈现出了错综复杂的艺术状态，尤以心理现实主义小说的创作成就最高。现代小说的创作进入了后现代派时期，在借鉴法国先锋派艺术风格、将历史与现实相结合的基础上，出现了后现代主义小说的创作；族裔小说的创作也获得了快速发展。

20 世纪下半叶美国现实主义小说的创作主要表现为心理现实主义小说的创作。心理现实主义小说侧重于通过对人物内心的描写，对人类社会的精神演变过程以及社会现实进行反映。在 20 世纪下半叶，美国文坛涌现了众多心理现实主义小说家，如亨利·米勒(Henry Miller)、约翰·契弗(John Cheever)、约翰·厄普代克(John Updike)等。其中，影响最大的是约翰·厄普代克和乔伊斯·卡罗尔·欧茨。

20 世纪下半叶以来，随着美国国内不断爆发的民权运动，各种族的觉悟日益提高，对自我和种族进行表达的热情也空前高涨，从而极大地促进了族裔小说的发展。而在族裔小说中，成就最大的是犹太小说、黑人小说、华裔小说、印第安裔小说。

第三节　英美文学与英语教学的融合

一、高校英语专业教学中英美文学教学缺失的原因

(一) 教师对培养学生的文学素养不够重视

受传统教学法的影响，高校英语专业的课堂教学以教师为中心，以课本为媒介，以语言知识传授为主线。教师在对课文进行自上而下的主导式讲授之后，对学生的训练通常是语法、翻译练习和篇章阅读，很少带领学生进行文学赏析，也很少指定相关的英文原著作为课后阅读书目。查尔斯华斯(Charles Worth R. A.)指出，轻视文学是一种普遍的现象，也是一种不合理的现象。在语言课程中排除文学这一基本组成部分就等于剥夺了第二语言学生们的一大资源，其结果是使学生失去对语言的一种亲近感，从而产生陌生感。这正是学生缺少语感，把英语学

成中式英语的根源所在。另外，英语专业教师自身文学素养不足也是制约文学教学的一个因素。由于缺乏长期的积累和沉淀，教师在课堂中不能游刃有余地穿插一些文学知识，在分析原著时可能会力不从心，这样自然不能帮助学生提高文学水平。因此，高校英语专业教师必须打破陈旧的教学模式，从故步自封中走出来，加强自我学习和提升，才能达到将文学融入英语专业课堂教学的目标。

(二) 学生学习英语的功利性倾向严重

很多大学生把英语当成一种工具，而不是当作一门语言来学习。在课堂中，学生习惯了被动接受，认为教师不讲的知识是没有必要主动去学的，加之课后并没有阅读文学作品的任务，学生便会把文学排除在英语专业的学习之外。甚至有一部分学生把英语专业学习等同于取得各类资格和等级证书。大学英语专业等级考试通过多次改革已逐年呈现淡化语法、增加阅读的趋势，但阅读题中只对文学偶有涉及，并不足以鼓励学生花时间去读作品，而其他的资格考试指向性更强，与文学鲜有关联。事实上，对英语的功利性学习是一种舍本逐末的做法，英语教学法专家胡春洞就曾指出，离开文学的英语学习路线是一种以实用主义哲学思想为主的路线，是近视而无远视的路线，是抄近路反而绕远路的路线。不摒弃这种功利主义的态度，学生就不能体会到英语语言的魅力所在，其语言水平也不会有质的提高。

二、高校英语专业教学与英美文学教学结合的必要性

(一) 通识教育的必然要求

通识教育的内涵丰富，它植根于古希腊自由教育的传统，是对这一传统的延续和改造。通识教育的根本目的是解放人的心灵，让人用一颗自由的心去寻求知识，体验知识的魅力。它关注的是知识的全面性和普遍性，排斥任何功利性和目的性。大学教育是以人的全面发展为目标的，虽然经济的发展和社会分工的细化使得职业训练和专业教育日渐重要，但通识教育的精神不能丢。大学阶段的英语专业教学若只局限于技能训练或应试练习，会束缚学生学习的自由，长久以往便会使学生失去学习的兴趣和探求知识的动力。在大学英语专业教学中融入英美文学和文化的内容是实践通识教育、提高学生全面素质的有效途径。通过让学生对

文学作品进行赏析和思考，逐步提高学生文学修养和审美能力，可以将学生从只注重听、说、读、写并考试为导向的学习中解放出来，使其对英语学习从技能学习升华至本质学习，同时利用文本对学生进行美的熏陶和教育，使其具有美的一般知识，在英语学习中发现美和感受美，从而建立起崇高的审美理想和标准，形成健康的审美情趣，最终使他们的情操得到陶冶，人格得到完善。

（二）了解英美文化的有效途径

英语专业教学目标之一就是提高学生的综合文化素养，以适应我国社会发展和国际交流的需要。要达到这样的目标，必须对大学英语专业课程有一个更高层次的定位。大学英语专业课不仅是一个学习语言知识的地方，更是一个了解英美文化、开阔视野、拓展思维的平台。依托这个平台，学生最终能够用语言交流达到跨文化交际的目的。其中，最为有效的媒介就是英美文学作品，学生想了解的一切西方文化背景、风俗习惯、思维方式都可以在文学中找到答案。比如，在丹尼尔·笛福(Daniel Defoe)的《鲁滨孙漂流记》(*The Adventures of Robinson Crusoe*)中，学生可以看到处于资本主义原始积累时期的新兴资产阶级"个性自由"的要求和勇于冒险的进取精神；狄更斯(Charles Dickens)的《双城记》(*A Tale of Two Cities*)向学生展示出法国大革命时期深刻的社会矛盾和人民群众的伟大力量；简·奥斯汀(Jane Austen)的《傲慢与偏见》(*Pride and Prejudice*)生动地反映了18世纪末到19世纪初处于保守和闭塞状态下的英国乡镇生活和世态人情；劳伦斯(D. H. Lawrence)的《儿子与情人》(*Sons and Lovers*)再现了19世纪末英国工业社会中下层人民的思想挣扎以及资产阶级伦理道德对人性的扼杀。

文学是对时代和生活审美的产物，优秀的文学作品承载着历史的重量和作者的智慧与思考。学生欣赏作品的过程就是与不同时代、不同背景的声音对话的过程。在这个过程中有疑问也有释然，有激烈的思想斗争也有豁然开朗的顿悟。阅读文学作品，可以接触到支撑表层文化的深层文化，即西方文化中带有根本性的思想观点、价值评判，西方人经常使用的视角以及对这些视角的批评。通过这种视角的转换，学生可以跳出固有的、狭隘的思维模式，用客观的眼光看待文化差异，学会在对比中批判，从而逐渐形成正确的世界观和价值观。

(三) 语言学习的有力保证

目前的大学英语专业课程虽然强调了学生的主体地位,但仍然以教师为主导。英语专业课程还是以课本知识讲授和语言技能训练为主要内容。学生的主要学习行为被局限在课堂,而长久单一的授课形式和被动接受知识会消磨学生的学习热情,也会产生误导使其认为学语言就是背单词、记语法、做习题。文学作品的引入可以为解决这种困境提供一种思路。在课堂内,文学文本为授课提供了丰富的素材;在课后,生动的文学作品更能够激励学生主动阅读。文学反映着社会现实。汇聚着人类的智慧,包含着作者的感情,会对学生产生很强的吸引力,满足他们对知识的渴求和情感的诉求。

文学语言是一种艺术的语言,它为语言学习者提供了最丰富的材料库。从词汇和语法上来说,文学文本向读者提供了无尽的精准词汇和地道表达,正如两位澳大利亚文学家和语言学家所指,既然语言是文学的媒介,那么文学本身就会给我们提供语言运用的例证。如果我们对语法结构感兴趣,那么就可以从文学作品中找到不胜枚举的范例,既包括规则的也包括不规则的语言运用形式……从文学作品中也可以获得词义、词义的延伸、词义的构成、人们对各种语言形式所采取的不断变化的态度以及书面语和口头语之间的关系。如果能够真正投入阅读中,学生就会摆脱枯燥的背单词的方式,理解英汉释义为什么不能一一对应,因为兴趣不断克服阅读困难,单词量也会有大的飞跃。从语言和文体上来说,英美文学文体众多、形式各异,不同时期的诗歌、散文、小说、戏剧任由读者欣赏,而不同体裁、不同作者的语言风格迥异,有的优美典雅,有的铺陈华丽,有的朴素凝练,学生品读这样的语言能提高其阅读理解能力,培养文学审美情趣,还能找到恰当的写作范本进行模仿,使读写基本功在不知不觉中获得提升。

二、高校英语专业教学与英美文学教学结合的途径

(一) 课堂上以课本为依托适当拓展

各高校英语专业课程所选用的教材都是经过精心挑选的精品教材,课文内容涵盖社会、历史、文化等方面,其中也包括不少文学作品片段,提到了许多著名

的文学家。教师应当敏锐地把握课本中的这些知识点，对学生进行文学知识的渗透和文学审美的培养。

（二）点拨英美文学发展脉络和赏析方法

英美文学课程是英语专业学生学习的重点，在教学过程中，教师要帮助他们厘清英美文学史大致的发展脉络，使学生在阅读时能大致定位作品所处的时代，不会盲目地、毫无关联地看待作品。教师可定期抽出专门的课时讲授英美文学概况，如英国文学在古英语时期、文艺复兴时期、浪漫主义时期、现实主义时期有何特点，当时怎样的历史背景造就了这样的文学特征，英国文学不同发展时期有哪些代表性人物，他们的写作风格和突出特征如何。通过这样的串讲，可以使学生在读作品时思路更清晰，把文本放到历史的大背景中去思考。如此，阅读中的许多问题便可迎刃而解。此外，教师在课堂中还应教授一些文学作品的赏析方法，如文本细读、对比与比较、人物分析、文体分析。这样学生在看作品时就不是笼统地读，而知道应该从哪个方面去体味和思考作品。

（三）确保学生课后阅读保量保质

课堂学习只是大学生学习的一个组成部分，英语学习尤其如此，因而高校英语专业教学对学生文学意识的培养也应渗透到课后的自学中去。阅读首先要保量，并且一定是完整的原著。美国大学生在大学期间通常读过十几部经典著作，而中国的大学生习惯读节选，喜欢把一个片段细细分析，许多人大学四年里没有完整读过一本原著。阅读量是最基本的思维训练，放弃阅读量要求，就是放弃训练学生的思维能力。因此，教师要鼓励学生在课后大量阅读，有了量的积累，才能逐步克服语言障碍，对作品才能有更深层次的思考。

阅读不一定要按照文学史的发展顺序进行，时代越久远的文学作品可能越艰涩，语言障碍越多，很可能会挫伤学生阅读的积极性。教师可以给出一些课外阅读书目，从简单入门，激发学生兴趣，再根据读书的效果布置下一阶段的阅读内容。学生还要将读书的成果记录下来，养成做读书笔记的习惯。这是一个回忆巩固的过程，也是锻炼思维和写作的好方法。

(四) 为学生提供课堂讨论与汇报的机会

课堂讨论是英美文学学习的必要环节。欣赏文学不是死板的被动接受过程，中间需要思考和交流。学生通过交流可以进一步加深对文本的理解，在各种思想的碰撞中受到启迪，产生灵感，提升自己的欣赏水平。因此，在课堂上读完作品后教师要及时组织学生讨论。讨论的形式可以灵活多样，或是两人交流，或是多人讨论，也可以是班内自由发言。讨论内容以分享心得为主，教师不宜做过多的限制和要求，因为课堂讨论具有即时性，要求学生在短时间内厘清思路、组织语言并较为流畅地表达，如果学生感到压力过大，担心自己的表达不准确，就会影响他们发言的积极性。学生在课后读完指定书目后也要及时进行汇报发言。教师可在布置书目的同时给出一些赏析作品的思路和研究的角度，让学生从中选择进行准备。这样，不仅使学生在阅读过程中思路更清晰，还能鼓励他们查阅相关资料，进行初步的文学研究。因为学生课下已进行过充分准备，在做课堂汇报时，可以适当提高要求，要求学生有条理地概述读书体会和研究成果，也不妨让学生放弃依赖 PPT(演示文稿)等现代化手段，回归传统的演讲方式，这对他们的应变能力和表达能力都能起到很好地锻炼作用。

第二章 当前教育背景下的英美文学教学

第一节 英美文学教学文化的实然存在

在一定意义上说，文化即"自然"的"人化"。因此，人的诞生，即意味着文化的诞生。人类历史发展的长卷总是这样：只要人存在着，文化就一定存在着。人创造着文化，文化又反过来滋养着人。作为文化的一种具体样态，英语教学文化同样存在着、发展着和变革着。德国哲学家恩斯特·卡西尔(Ernst Cassirer)指出，"认识自我乃是哲学探究的最高目标——这看来是众所公认的"。于是，认识人，认识人的文化世界，成了一切哲学探究的"阿基米德点"。带着这一公认之见，我们踏上了漫长的跋涉之旅，去探问人的诞生，追寻文化的存在，审视英美文学教学作为英语专业教学课程之一的文化本真。

一、人的实然存在及人与文化的共在

"人"与"文化"，实在是难分难舍，一方面，人是文化世界这座大厦的建筑师；另一方面，人又是这个大厦的砖瓦水泥。一方面，人创造了文化，在文化中进化，不断地向"文"而"化"；另一方面，文化又滋养着人，培育着人。只要人存在着，文化就一定存在着。

根据考古学的推断，文化世界的存在始于大约 175 万年前。在此之前，这个世界基本处于一种混沌的状态，它遗留下来的文物稀少而零星。然而，有意义的符号典籍对这个文化世界的陈述与言说，估计达到 7000 年以上的历史。

认识世界，认识自我，对世界和人事的理解，是一切哲学和文化论根本性的大问题。首先，我们应该区分的是自然世界和人的世界。其实，它们都属于自然

世界，可分为自然世界Ⅰ和自然世界Ⅱ。自然世界具有二重性，一是本真性，二是文化性。自然世界Ⅰ指的是"天"，只能被人们视察、冥思和言说。它赐予人类三件礼物：可见的光、可感的热和各种作用力。作为一种实体，它存在于人的生活圈之外。而自然世界Ⅱ则指"地"，即指文化世界，是看得见、听得着并可触及的。这个世界是由人的活动而形成的，是关于人事的世界，是文化的世界。这个"地"，并非狭义上的"地"或"陆地"，"而是指与'天'的远离人的特点相对的、人的直接的生存环境，用科学语言来讲，即地球及其所具有的一切自然条件"。

根据科学的地球史考察，人类在这个地球上出现之前，地球处于纯粹的自然状态，是一个自然的世界。太阳日复一日、自然而然地升起，又自然而然地落下；季节年复一年、春夏秋冬交替轮回；动物生老病死，代代繁衍；植物花开花落，自生自灭；山河湖海或豁然屹立，或静静流淌，或波涛汹涌……处于纯粹自然状态中的世界，其实和"天"一样，属于自然世界Ⅰ。这是一个没有也不可能有人事参与的世界，这是一个自然而然、自发自在的世界，是一个非文化的自然世界。

随着人类的出现，以及人事的逐渐介入，"地"开始有了人气，开始有了"文化气"。这个"地"不再是非文化的了，它开始成为一个"人气"和"地气"、"人事"和"地事"相互融合、相互作用的文化世界。

"地"，是人的母亲，"地"孕育了人，由于先有了"地"的存在，才有了人的产生。人的一切活动，或者说一切文化活动，都离不开"地"。由于有了"地"，人才具有发生作用的能力。古今中外，各种关于人类起源的经典神话传说，都对人的诞生进行了有声有色、充满想象力的陈述与记载。虽然它们只是神话，只是传说，但都在不同程度上印证了人对"地"那种自然的、母子式的、依附式的密切关系。

中国传统的"五行"——金、木、水、火和土，更是对"地"的自然含义做了经典的诠释，包括人在内的世界万物皆由"五行"而产生。作为中国传统的创世神话，《风俗通》对人的产生做了极富想象力的描述，其中写道："女娲抟黄土作人，剧务，力不暇供，乃引绳于短泥中，举以为人。"（《太平御览》卷七八）

此处的"黄土""绳"和"泥",就包含了五行中的土、木和水。唐朝末年李冗撰写的《独异志》中写道:"昔宇宙初开之时,有女娲兄妹二人,在昆仑山,而天下未有人民。议以为夫妻,又自羞耻。兄即与妹上昆仑山,咒日:'若天遣我二人为夫妻,而烟悉合,若不,使烟散。'于烟即合。其妹即来就兄,乃结草为扇,以障其面。"(《独异志·卷三》)此处的"烟"即指自然的云雾,属于五行之水。

如果这只是神话传说,不足以令人完全信服,那么,进化论则对人类的起源做了科学的诠释。"进化论学说创立了一个关于物种起源与物种进化的序列,在这个序列中,从无机物进化到有机物,生命出现,从低级动物进化到高级动物——哺乳动物,而人,则被认为是由哺乳动物中最高级的巨猿、猩猩的祖先在一定的漫长的气候变化的条件下进化而成的。"英国学者韦尔斯(Herbert George Wells)的《世界史纲:生物和人类的简明史》一书可谓关于人类历史的、进化论的代表之作,他在其中写道:"科学界流行的意见是,人同其他所有的哺乳动物一样,是从种类较低的祖先传下来的。他和巨猿、黑猩猩、猩猩、大猩猩曾有过一个共同的祖先,而这个祖先又是从更低级的类型演化来的,它是某种早起类型的哺乳动物,本身是从兽形爬虫传下来的,这种爬行动物又来自一个两栖动物的系列,两栖动物又是来自原始鱼类。"科学的进化论,同样阐明了人与"地"之间的密切关系。

大地母亲孕育了人。从那时起,人便开始在这块广袤的大地上繁衍生息,代代相传,存续至今;从那时起,自然世界Ⅱ便由于人这一伟大生灵的诞生,由于人带来的"人气"和"人事"而走进了文化世界,这个"纯粹的自然世界的自在秩序才被'文'上了人活动的'记号',从而,它的'自然而然'的自在面貌和自在秩序,遭到了人的'破坏'";从那时起,人与文化就盘根错节地交织在一起,相互滋养,比肩前行,由自然世界走向文化世界。

人使自然世界Ⅱ成为文化世界,这是由人的活动的文化性所决定的。何谓文化?在英语世界中,"文化"一词为"Culture",它来源于拉丁文"Oiltura",意即"培养""修治""栽培""修养""修炼""教化"等。大致来说,文化的基本含义可分为两种：第一，对自然界的事物进行某种改良、优化和有目的的培植活动，而这种活动的执行者是人；第二，对人自己进行教育、训练、培养，使人脱去野蛮、粗俗和愚昧，成为有教养的、文雅的和聪明的人。按照第一种意思，文化是人的活动，之所以需要进行这种活动，是为了人的生命存在，这是一种间接的优化过程。第二种意义则意味着人对人本身的生命存在的直接优化。所谓"文化"，可以划分为三个方面的内容：一是体质上的优化，也就是体育；二是精神上的优化，包括智育和德育；三是活动技能上的优化，即劳动能力。

根据汉语古意，"'文'就是在某物上做上记号、留下痕迹，或曰之'刻纹''画纹'，使某物上有'纹路''纹花''纹样'等。'文'是一个动作，这个动作包含了两个意义，其一，这是人'有意识地''改变'(或'改造')'原有的'自然世界，因而这是人的'有意识的'活动；其二，在这个过程中，'原有的'自然物根据人的活动改变了面貌和秩序，发生了变化，成为'属人的'，从自然物变为'文化物'，从自然秩序变为'文化秩序'。"既然"文"是人类有意识的活动，那么，它就是具有人类意义的人的活动。因此，在进行文化活动之前，"人"还不成其为"人"。由于其"未特定性"(unspecialization)，人才与其他动物有了区别，人的活动才打上了文化的烙印。"人再也不仅是理性的动物、政治的动物或经济的动物了，人就是符号，人就是文化。"

与其他动物不同，人与生俱来地具有某些先天的"劣势"。天气冷了，人的毛发不会自动长长、长厚；天气热了，人的毛发不会自动变短、变薄；凶猛的动物追来，人不会健步如飞，似乎只能成为进犯者的佳肴；望着飞行在空中的猎物，人只能望"空"兴叹，徒然扼腕……然而，正是人的这些先天"不足"，正是人的这种"未特定性"，促使人主动地适应自然进而战胜自然。于是，人便开始学着做衣服，冬天来了，就多穿几件保暖衣服，而夏天到了，就少穿或不穿衣服。人类虽然跑不过有些动物，但人发明了弓箭、火枪等武器，不等来犯者靠近，就将其一箭、一枪击毙、击伤。即使在高空中翱翔的飞鸟，也照样逃不过人的弓箭、火枪。文字的发明、交通工具的发明、飞行工具的发明、建筑物的发展和互联网的发明……这一切构成了人的"文化"。文化世界就是人的生活世界，文化世界的核心就是人的生命存在。"人既创造了文化又被文化所创造，人既是文化发展历史的产物又是文化发展历史的主体"；"人是在创造活动中并通过创造活动来完善他自己的。"人，也只有人，才是文化世界前进发展的真正动力。人存在着，于是，文化也存在着。这个世界，就是由人的实然存在及人与文化的共在所构成的文化世界。

二、英美文学教学的文化存在

在人类的进化过程中，人与文化走向了同一。人类所创造的特有的符号系统就是这种同一的中介。因此，产生了"文化符号"，语言即是一种基本的"文化符号"。语言是最重要的文化发明。人类文明发展至今有过无数创造发明，但最伟大的创造莫过于语言的创造，是语言将人类与其他动物区分开来，是语言造就了人类文明。一个共同语言可以团结一个社区，形成一股力量，可以分享今人和古人的经验智慧，使人们同心协力克服困难。在一个文化的世界中，人与人之间必然要进行交往与交流，这需要一种媒介，于是，作为交往或交流媒介的语言呼之即出。人在自己"成为人"的过程中"形成"了语言。语言是人的生命存在的方式之一，它是人类文化世界特有、普遍的现象，语言能用无数方法把记录社会结果和预示社会前景的意义凝缩起来。通过声音发出的是口头语言，写在书中的是书面语言。由于语言出现，人的精神才能够得以表达和外化。一方面，精神的世界即是语言的世界；另一方面，精神又并不笼统地等于语言。然而，一个重要的前提是："一个精神的世界，必然是语言的世界。"语言使精神形态化，更使人们达到精神交往，形成社会的精神，如意识、观念、思想等，而"社会化了的精神世界，是人的最重要的文化世界"。求美、求知、求善，是人的精神世界的三个领域或境界，对它们的追求，正是文化目的之所在。

语言是文化的有机组成部分，又是文化的载体。世界文化的多样性，在很大程度上表现为世界语言的多样性。从形式上看，语言呈现出各种形态，有口头语言、书面语言，还有体态语言、音乐语言等，它们都是人们交往、交流的重要方式。由于人栖居于地球上的不同角落，在漫长的进化过程中，居住在不同地方的人便形成了各自独特的语言。从类别上看，语言又分为不同的种类，有汉语、英语、法语、德语、西班牙语、阿拉伯语、俄语、蒙古语和朝鲜语等。即使在同一个国家内，不同民族的语言也大相径庭。据不完全统计，全世界目前共有5000～7000 种不同的语言。如果按谱系分类法或"发生学分类法"，还可以根据语言的共同来源及语言亲属关系的远近，把语言分为不同的语系、语族和语支。印欧语系分布在欧洲、亚洲和美洲等地，包括印度语、伊朗语、斯拉夫语、波罗的海语、日耳曼语、罗马语、克尔特语、希腊语、阿尔巴尼亚语和亚美尼亚语等；闪含语系分布在阿拉伯半岛、非洲东部和北部一带，包括阿拉伯语、古希伯来语、豪萨语和古埃及语等；芬兰乌戈尔语系分布在芬兰、挪威和匈牙利等地，包括芬兰语、爱沙尼亚语和匈牙利语等；阿尔泰语系主要分布在中国、土耳其、蒙古、伊朗和阿富汗等，包括阿塞拜疆语、土库曼语、哈萨克语、吉尔吉斯语、土耳其语、日语和朝鲜语等；伊比利亚高加索语系分布在高加索一带，包括高加索语和格鲁吉亚语等；汉藏语系主要分布在中国、越南、老挝、泰国、缅甸、不丹、尼泊尔和印度等国境内，包括汉语、泰语、缅甸语和越南语等；达罗毗荼语系分布于印度南部、斯里兰卡北部和巴基斯坦等地，包括泰米尔语、马拉雅拉姆语、坎纳达语和泰卢固语等；马来波利尼西亚语系也叫南岛语系，分布在北自夏威夷、南至新西兰，西自马达加斯加、东至马克萨斯群岛的广大地区，包括高山语、马来语、印度尼西亚语和爪哇语等；班图语系分布在非洲苏丹以南的广大地区，所属语言中，最通行的是斯瓦希里语。此外，还有美洲的印第安语言。

在人参与的文化世界里，人与人之间、区域与区域之间、民族与民族之间，进行文化交流是必然的。这些文化上的交流、冲突和融合，有的是单向的，有的是双向的。其形式有些是物质层面上的输入与输出，即贸易上的互通，有些是制度、道德风俗层面上的输入与输出，有些是空间、资源的占领。有的采用的是贸易的形式，有的采用的是观念、制度引人或推介的形式，有的则采用经济、武力征服的形式。其结果都是强势文化往往影响、改变了弱势文化，在不同程度上达到了外来文化与本土文化的融合。而实现文化交流、冲突与融合的重要手段则是通过语言的输入或输出。

在西方世界，早在 17 世纪，英国就凭借其强大的经济、海上实力，不断向外进行殖民扩张，其殖民统治几乎触及世界的各个角落，成为庞大的"日不落帝国"。在漫长的殖民与反殖民的斗争历程中，绝大多数国家现在都已独立，摆脱了英国的殖民统治。尽管从形式上独立了，但许多文化层面上的现象始终挥之不去。比如，这些国家对英语的认同、接纳乃至依附，就是一个非常明显的文化现象。如今，英语遍及天下，无可争议地成了全球通用语言，尤其在英国曾经的殖民地国家具有强大的文化市场。

现在，全世界五分之一的人具有不同程度的英语交际能力，全世界三分之二的科学家能读懂英文，全世界 80％的电子信息用英语存储，全世界 78％的网站为英语网站。国际上 80％以上的科技论文首先是用英语发表，一半以上的学术刊物语言是英语，75％的传真、电报和电子邮件是英语的。经济全球化、政治多极化和文化多元化的趋势，对英语的传播更是推波助澜。

外语最早进入中国，是秦汉时期的事情。那时，中国与外国的交往已十分密切，中国开始产生了对外语人才的需求。英语最早走进中国的教育领域是清朝，京师同文馆于 1862 年正式成立，英语始登中国外语教育的殿堂。"按清光绪二十八年、二十九年所颁布的'壬寅''癸卯'学制中，中学堂以上均开设外语课，因而我国大中学普遍开设外语课应以 1903 年为起点。"据此，1903 年应是我国中学和大学普遍开设英语课的起点。

在整个 20 世纪五十年代，俄语备受重视，掀起了全民学俄语的热潮，俄语几乎成了全国大学和中学所开设的唯一外语课程。六七十年代，中苏关系发生变化，中国加强了与东欧、非洲等国家的友好交往，英语教学的规模有所扩大。七十年代末以来，中国国门大开，进入改革开放、以经济建设为中心的新时代。科学迎来了春天，教育迎来了春天，英语教学更是迎来了明媚的春天。在出国热、考试热、证书热等热浪的激励下，英语热持续加温。在此形势下，英语教学的重要性和地位逐渐提升，其规模日益扩大，质量逐渐提高。

如今，英语专业教学已成为中国高等教育的一个有机组成部分，英美文学课程作为英语专业教学的重要科目，对文化的交流与输出起着重大作用。英美文学教学的学术研究机构、刊物和学术会议较之前明显增多，各种研究课题相继走进英美文学教师的视野。

英美文学教学是一种进入教育领域的文化，在文化哲学看来，是一种特殊的人的自我生命存在及其活动。人存在着，文化存在着，英美文学教学文化也同样存在着。从文化视角来看，这个世界就是人的存在、文化的存在及人与文化共在的实然世界。同理，英美文学教学也就是英美文学教学领域中的人的存在、教学文化的存在、人与教学文化共在的实然的教学文化世界。

三、英美文学教学肩负着文化传承与创新的根本使命

英语专业教学的主要目的是培养学生跨文化交际能力。但是，培养跨文化交际能力不是英语专业教学的最终归属，最终归属是文化传承与创新。通过英语专业教学，培养国际化的创新型人才，以人才的培养推动国际传播能力和对外话语体系建设，着力建设社会主义文化强国，增强国家文化软实力，提高文化开放水平，推动中华文化走向世界。英美文学教学作为一门外语专业的文化课程，其文化交流与传播责任重大。

(一) 英美文学教学承担着传播和借鉴英语文化的职责

语言不单是交流的工具，也是文化的重要载体。它是文化的核心要素，凝聚着特定的民族、特定的国家在特定时期下的社会政治经济制度和历史传统。同时，语言也受到文化、社会发展的影响，即语言与文化是一体两面。要学好一门语言，必须了解该语言所承载的文化。学习一门语言的过程，也是了解和掌握该国家文化知识的过程。文化既是语言学习的手段，也是语言学习的目的。学习一种语言绝不应该是超验层面上的知识体系，也不应该是单纯操作层面上的技能操练，而是通过语言获得语言本身及其背后深刻的文化意蕴。英语作为一种世界通用语言，与以其为母语的国家和地区的文化知识有着密切的亲缘关系，它在传播

英语国家文化上有着突出的优势。因此，我国英语专业教学，不仅进行英语词汇、英语语言规则的基本教学，而且还承担着传播、借鉴英语文化的任务。通过英美文学教学，学生应了解英美等国家社会与文化概貌，如地理、人口、经济、政治、历史、语言、文学、宗教、艺术等方面的基本知识，特别是科学技术方面的知识，而且在对英语文化学习、借鉴中，使学生的英语语言能力得到提高。同时，通过英语专业教学，培养学生英语自学能力和鉴别能力，以便在今后的学习和工作中，更好地学习、借鉴英语文化。

(二) 英美文学教学承担着传承和传播中华文化的责任

中国是四大文明古国之一，有着悠久的历史和灿烂的文化。中华文化源远流长，它既是中华民族一笔宝贵的精神财富，也是全人类共享的文明成果。英国学者汤因比在《展望 21 世纪》书中说，"中国的传统文化，尤其是儒家和墨家的仁爱、兼爱是医治现代文明病的良药"。古老而深厚的中华文化向来为外国人所看重，秦始皇兵马俑、故宫、长城、敦煌莫高窟、都江堰等珍贵的物质文化遗产被誉为东方奇迹，举世闻名。我国的京剧、中医、绘画、武术以及各种精美绝伦的工艺美术等非物质文化遗产，让世界人民喜爱和羡慕。作为世界文化的重要组成部分，中华文化理应为世界人民所了解。璀璨的中华文化必须面向世界，带给世界一个更全面更富有文化底蕴的中国。每个中国人特别是当代的大学生，应该有文化自觉和文化自信，有责任、有义务向外国人推介中国文化，让外国人真正相信中华文化博大精深，增强中华文化的国际影响力。因此，英美文学教学必然承担着培养学生运用英语介绍中华文化的交际能力的任务，承担着继承、传播中华文化的责任。英语专业教师和学生都应该有这种意识和担当。

(三) 英美文学教学在借鉴和传播过程中实现文化传承与创新

文化是民族的，也是世界的。一种文化对本民族来讲，需要传承、创新。对于其他民族来讲，需要学习、借鉴。从某种意义上讲，无论是本民族文化还是外来文化，始终都是在传承与创新中得到发展和繁荣的。在英语专业教学中，无论是对英语文化学习借鉴，还是对中华文化进行英语表达训练，实际上都是一个文化传承、创新的过程，是一个吐故纳新的过程。英语专业教学对英语文化的传播、学习和借鉴是有选择性的，不是所有的英语文化都可以搬到英美文学教学课堂，必须是英语文化的精华根据英语课程、课时安排，以培养高素质创新型人才为目标，对英语文化进行取舍。以本土文化能否认同为前提，按照建设有中国特色社会主义文化和树立社会主义核心价值观的要求，加入中国的元素，实现从"舶来品"到"中国化"的转变，做到"洋为中用"。进行以英语传播中华文化的训练，既要考虑中华文化的特点，又要注意英语与汉语的区别，还要考虑外国人的思维特点和用语方式，对中华文化进行再加工，让外国人听得懂、看得明白，把优秀中华文化及美丽中国展示给外国人。

第二节　大学英美文学的教学现状与困境

一、全球化背景下英美文学教学现状

英美文学是我国高等院校英语专业的一门重要的必修课。它的设置可以追溯到 20 世纪初期，当时，清华大学和北京大学的西语系都曾开设过此课。由于历史原因这门课曾一度中断，80 年代以后它重新回到了大学校园。多年的教学实践表明，该课程的开设对提高学生的人文素养，增强学生的文学欣赏力，扩大学生知识面起着积极的作用。与此同时，人们发现外语院校的英美文学教学也面临着种种困境和不足。鉴于此，笔者首先对英语专业英美文学教学现状进行一些探索。

（一）全球化、市场经济与文学课的边缘化

全球化是人们近年来广为探讨的话题。全球化在最一般的意义上，是指全球范围内不同空间的压缩，从而使整个世界显得变小。全球化有多种类型，如经济全球化、文化全球化。它的破坏性，对人类的文化艺术产生巨大影响，其后果之一就是文学的边缘化，文学影响力减小了。

近年来，由于市场经济的冲击，文学课受到很大影响。北京大学、北京外国

语大学、南京大学、复旦大学的英语系，历来以英美文学为重，因此蜚声海内外。在 1995 年以前的研究生考试中，选报英美文学方向的人数很多。然而，近几年这一情况发生了变化，报考语言学、翻译和英美问题的人数超过了报考文学的人数。语言学本来同英美文学同属"英语语言文学"专业，是密不可分的，但在语言学和英美文学教学、科研日益分化的情景下，这一现象便有了不同寻常的意义。

在国家颁布的高等院校英语教学大纲中，英美文学的课时量和内容大大被压缩了。文学课的生存逐渐成了人们广为谈论的话题。各个高等院校外语系教学的重点都已由文学转为语言教学、翻译实践和英美问题，以培养学生实用性的语言交流和具体的实践能力为主。因此，商务英语、经贸英语、旅游英语应运而生了，文学课面临着空前的尴尬境遇。

（二）文学的变化与教学内容的更新

传统意义上的文学是历史和哲学的结合，即我们伸开左手向历史要事实，我们伸开右手向哲学要思想。当代意义上的文学涵盖面更广，不拘泥于传统的视野中。就后现代艺术而论，它是对现代派艺术的超越、抛弃和否定，是一种新的范式对旧范式的取代，由"现代"向"后现代"过渡的基本特征是断裂、摧毁和颠覆。美国作家莱斯利·非德莱称："今天几乎所有的读者和作家，从 1955 年，都意识到这样一个事实：我们正经历文学现代派的垂死挣扎和后现代主义分娩的阵痛，那种自封为'现代'、其胜利的进军始于第一次世界大战前，结束于第二次世界大战后的不久的文学形态已经死亡。这就意味着它已经成为历史而不再属于现实。就小说而言，普鲁斯特、乔伊斯和德曼的时代已经结束。"

莱斯利·非德莱的论断可能有点危言耸听，但她的见地却有一定道理。同传统的文学相比，后现代派文学发生了很大变化。在内容上，文学作品更加包罗万象。雷蒙德·菲德曼(Raymond Federman)，约翰·巴思(John Bath)，托马斯·品钦(Thomas Pynchon)，沃尔克·佩尔西 (Walker Percy)等作家的作品就印证了这种变化。

　　文学包容性的典型例证就是文学作品对多元文化的书写。美国诗人弗罗斯特 (Frost)曾将文学分成两类：悲哀的文学和抱怨的文学。前一类是关于人类永久的生存的状况，后一类带有某时某地的文学痕迹。20 世纪中后期外国文学作品在继续书写后一类作品的同时，对人类的生存环境表现出更大兴趣和关注，其焦点是对多元文化的探讨，反映文化差异和冲突成了 20 世纪世界文坛上一道亮丽的风景线。

　　近年来，美国学术界发生的变化之一就是少数民族文化研究的发展，主要是重振和促进对黑人、美籍亚洲人和美洲土著人的作品研究。学术界把一个群体和一种文字传统联系起来，对强化它的文化特征与颂扬文化多元性和"多元文化主义"(multicuhuralism)的自由目标之间的关系展开了辩论。新编《哥伦比亚美国文学史》对"二战"后美国小说进行描述时曾指出："多元文化、种族冲突、地域差别、性别差异是现当代小说的主要内容之一。"

　　在形式上，作为储存和表现人类丰富的心理生活，记录过去时代生活和未来时代的小说，长期以来格外被人类重视。然而在后工业社会，由于各门学科独立发展相互渗透，文学边界内的"入侵者"越来越多，当大众文化、电视成为主流之后，小说的叙事描写功能在一定程度上受到更多的冲击。众所周知，小说最基本的功能是叙述和描写。虽然小说中人物内心世界的展示和描写是其他文体和艺术无法替代的，但是小说里人物的外在形象的描写、景物的描写所要达到的效果可以通过影视手段而轻易获得。这就使小说的书写变得更加困难，一方面需要去保护自己所独有的特性，发挥自己的文体优势，保存住独属于小说的形式和手段，另一方面又被迫同大众传媒抢夺读者群。

　　在这种境遇下，小说作者不断丰富其叙事功能。除了内心独白、时空错位、联想、象征、寓意，当代小说还采用了新的方式，如讽仿(parody)——对古典文学名著的题材、内容、形式和风格进行夸张、扭曲变形、嘲弄模仿；拼接(collage)——将其他文本组合在一起，从而打破传统小说的凝固方式，给读者的审美习惯造成强烈的震撼，产生常规叙述方式无法达到的效果；蒙太奇(montage)——将一些在内容和形式上并无联系的、处于不同时空层次的画面和场景衔接起来，或将不同文体、不同风格特征的语句和内容重新排列组合，采取预述、追述、插入、叠化、特写、静景与动景对比手段。

伴随文学内容的包罗万象和叙事功能的危机，文学批评也发生了相应的变化。纵观 20 世纪文学批评的态势，我们发现最明显的特征就是各种主义蜂拥而来，文学批评的手法不断更新，传统的批评方法显得捉襟见肘。文化批评已成为 20 世纪文学批评的主导方式。传统意义上的文学研究注重主题分析、人物分析，称为苏联文学研究模式。当代文学批评方法拥有更多的理论方法，如结构主义、形式主义、新批评、新历史主义、女权主义、后殖民主义。人们不仅从语言学、哲学和历史的角度去分析评判文学作品，而且还借助社会学、政治经济学、计算机统计分析等学科研究具体的文本。

例如，西方的一些学者试图运用经济学上的消费理论对欧·亨利(O. Henry)的《麦琪的礼物》进行诠释，认为这部作品反映了资本主义经济危机的根源所在以及生产、交换、流通和消费环节的不畅通。论及勃朗蒂(Brontë)的《简·爱》，有关西方学者称它的主题是关于妇女解放的，是女权主义的代表作。这种文学研究的例证表明传统文学批评方法风光不再，它正被一种新的方法所取代，即"文化批评"。

由此看来，传统的社会——历史批评方法显得有些滞后，已不能满足对现代文学作品的诠释。从某种意义上讲，当代外国文学教学所面临的问题就是要转变文学观念，更新文学批评的内容，有意识地向学生介绍 20 世纪的主要文学批评流派——形式主义、结构主义、女权主义、后殖民主义等，以提高学生阅读欣赏文学作品的能力。

(三) 文学史与文学作品选读之争

依据教育学的有关原理，教学质量的好坏受制于三个因素：教师、学生和教材。长期以来，在英美文学教学界存在着三种倾向：有人主张以"史"为主，让学生从宏观上了解和把握英国、美国文学的经纬；有人则认为文学贵在文本的分析和欣赏，提倡具体的作品选读；另外一些人采取折中的态度，鼓励

"史"与"料"相结合。第一种观点给人"见林不见木"的感觉，第二种观点"只见木而不见林"，第三种观点从理论上讲虽然较为理想，但由于课时限制和教学人员缺乏，在具体操作上难以施行。可见，英美文学教学需要寻求一种行之有效的模式。

文学史与文学作品两种观点相争最直接的反映是层出不穷的文学教材。笔者曾对 1980 年以来高校英美文学教材的版本做了统计，现列表如下：

表 2-1　1980 年以来高校英美文学教材版本状况

作者	书名	出版社	出版时间
杨岂深	英国文学作品选读	上海译文出版社	1981.6
万培德	美国 20 世纪小说选读	华东师范大学出版社	1982.5
陈嘉	英国文学作品选读	商务印书馆	1982.7
桂扬清	美国文学选读	中国对外翻译出版公司	1985.6
陈嘉	英国文学史	商务印书馆	1986.2
杨岂深	美国文学作品选读	上海译文出版社	1987.6
吴伟仁	英国文学史及选读	外语教学与研究出版社	1988.12
吴伟仁	英国文学史及选读	外语教学与研究出版社	1990.6
常耀信	美国文学简史	南开大学出版社	1990.6
常耀信	美国文学选读	南开大学出版社	1991.9
杜瑞清	20 世纪英国小说选读	陕西人民教育出版社	1997.3
张伯香	英美文学教程	外语教学与研究出版社	1998.8

上述教材各有特色，它们已成为我国外语院校英语系的教学蓝本，为繁荣外国文学的传播和教学起了很大的推进作用。它们的作用是不能低估的。在肯定这些教材积极作用的同时，我们也应当看到，教材种类过多过杂在不同程度上制约着文学课的教学质量。

篇幅过大。英美文学课都在大学三、四年级开设，周课时为两节，学时总量为八十课时。以此来衡量陈嘉的三卷本《英国文学作品选读》、常耀信的两卷本《美国文学选读》，就会发现它们的量偏大。在有限的时间内很难完成规定的教学任务。学期结束，教学进度还仅停留在"文艺复兴"和殖民地文学时期的作品上。

厚古薄今。现存的文学教材大都写到 1945 年前后，对英美后现代主义文学——

"愤怒的青年一代"文学、"垮掉派"文学、黑人文学和亚裔美国文学涉猎甚少。这就使现编教材在内容上显得有些陈旧。

忽视文学批评方法的介绍。翻开文学教科书，除了背景知识、作者介绍和语言难点的答疑，编者们很少介绍分析阅读作品的方法。而英美文学课的目的之一就是教授学生阅读分析文学作品的方法，以提高学生的能力。学生的阅读和建构能力，以笔者之浅见，源于对历史和哲学知识的汲取。历史提供史料，哲学提供认知方式。哲学，依据马克思主义观点，是关于方法论的科学。就同一部文学作品而言，不同的人和不同的阅读视角所做出的诠释往往大相径庭。这正如西方人所言，一千个人眼中有一千个哈姆雷特。中国宋代诗人苏轼在《题西临壁》里也同样强调了"视角"的重要性：横看成岭侧成峰，远近高低各不同。不识庐山真面目，只缘身在此山中。

现代阅读实践表明，学生掌握一定的当代西方文论知识(认知方法)对阅读欧美文学作品颇有益处。笔者在外语院校从事英美文学教学多年，时常发现许多学生习惯阅读传统的欧美文学作品，而对后现代派的小说、诗歌和戏剧常常感到难以理解。原因就是当代西方文论知识的匮乏。为此，要提高学生的阅读能力，要在高校中培养"理想的读者"，文学教师就必须借助文论教学教会学生一种认知方式，一种文学鉴赏的方法。古人曰：授人鱼，不如授人以渔。目前欧美大学的文学课堂教学非常注重文论在阅读实践中的作用，教师们借鉴不同的文艺批评理论，采用文本分析的方法对某一经典作品进行案例研究，从而培养学生新的阅读习惯和思维模式。圣马丁出版社曾编撰出版了一套由十一本组成的、专供学生使用的文学批评实践丛书，名为 *Case Studies in Contemporary Criticism*(当代批评中的个案研究)。在《黑暗中心》一书中，迈阿密大学教授罗斯·C. 莫非分别选取读者批评、女权主义和性别批评、解构主义、新历史主义和文化批评对约瑟夫·康拉德的这部经典名著进行了多元化阐释。该丛书对学生的阅读有很大的启迪作用。欧美大学的这种积极尝试大都富有成效。

当前我国高等院校英美文学的教学存在着一些弊病，传统的文学教学方法偏重文本分析、语言结构的解剖，忽视了从语境上评判具体的文本，从而导致学生无法从整体上评判文学作品。与此同时，全球化又将文学推向了尴尬的境地。庆幸的是，在 20 世纪末我国教育界一些有志之士已经意识到，目前高等教育所暴露出的"重技能、轻人文"的弊端，他们呼吁高等教育一定要重视素质教育。提高学生的素质教育、培养人文精神的渠道很多，文学教学在这个工程中的作用和功效是巨大的。鉴于此，英美文学教学还有着广阔的前景，即如何利用文学教学提高和培养学生的人文素质，使学生更好地适应社会、服务社会。我们要对教材的质量、传统的教学方法进行改进和提高，使这门古老而又年轻的学科充满活力，走出全球化所带来的"边缘化"的沼泽地。

二、英语专业教学中的工具理性情结

英语专业教学文化丰富多彩，但又呈现出令人担忧的另一种局面。当前深深植根于我国英语专业教学的工具理性主义，使英语专业教学陷入了难以自拔的困境。

工具理性主义肇始于西方的文艺复兴。在此之前，人并非世界的主体，而神才是世界的中心。根据卡西尔的见解，神话时代是人类文化的总源头，神话是人类最初的文化意识。在神话时代，人类生命存在的总体特征是人处于神话情境之中。世界混沌，人物同一，物我不分。

无论是神话时代，还是宗教时代，人都被悬置、遮蔽起来。

14 世纪起源于意大利的文艺复兴运动和 16 世纪兴起于欧洲的宗教改革，使文化世界的基本结构发生了根本性变化：以上帝(神)为中心的世界图景转化为以人自身为中心的世界图景。上帝的主体地位被否定，上帝作为最高者的宗教世界图景受到人的质疑和挑战。因此，这个文化世界上只剩下了人和自然物。由于人高于物、是物的管理者，人的身份便从"托管者""升职"为绝对的"管理者"，人不再是按照上帝的意志对"物"进行管理，而是必须按照自己的意志来管理"物"。不是要人管"物"，而是人要管"物"。人终于成为这个世界的主人，即主体，可以按照自己的意愿"随心所欲"地安排、布置周围的自然物的世界。人类开始进入一个世俗化的时代，即人文的时代。"'人文'，就是以人为中心的世界文化图景，就是对'人道主义'的张扬；同时，这个时代也是一个理性的时代，在这个时代中，人的理性、人的理智能力被人自己抬高到了绝对优越的地位，人自信自己可以'认识'外部世界，并且在这个认识的基础上达到对外部世界的改造。"

由于世俗化，人由上帝的"仆人"跃升为自然界的"主人"。这是一个哥白尼式的转变，是一次"壮丽的日出"，是人类文化的飞跃性的进步。在"以人为中心"的文化世界中，作为大自然的"主人"，人成了世界的"主体"，而自然物则成了"被奴役者"，成了"客体"。人与物成了世界上两种相互对立的基本要素。人与自然物的关系从"管理"与"照料"衍化为"征服"与"统治"，从此，人、物二分，主、客对峙。

"以人为中心"的文化世界即人文的世界。在人文世界中，人以其理性达到改造自然、征服自然、使自然为人服务的目的。理性者，知识是也。也就是说，"知识"是人达到改造自然、征服自然、造福人类的手段和工具。如此便形成了"工具理性"，其基本内容以科学，或具体地说自然科学为标志。近代西方文化走进了"理性文化"的时代。

人一旦得到解放，成为自然物的"主体""主人""主宰"，其潜能则如同泄了闸的洪水，一发而不可收。人运用自然科学的理性知识，对自然物进行人为的改造、征服和重组，使自然物日益"人化"。凭借理性知识，人住进了高楼大厦，乘坐着飞机在天上翱翔，驾驶着汽车满世界奔跑，操纵着轮船在大海里远航，通过电话、电脑就可以和远隔千山万水的朋友、同事即时通话、通信、视频交谈。凭借理性知识，人可以上天入地、开山填海；凭借理性知识，人可以使漆黑不见五指的夜晚灯火通明，宛若白昼；凭借理性知识，人可以将沉睡在大地深处的各种矿藏尽情开采；凭借理性知识，人可以使骄阳高照的天空骤降大雨；凭借理性知识，人可以飞出地球，访问月球，遨游太空；凭借理性知识，人可以对人体内的器官进行替换、移植；凭借理性知识，人可以使谷物、蔬菜缩短生长期、增长生产量……正是由于理性，人的生活方式和生产方式发生了巨大的、根本性的变化。正是由于理性，古代神话传说中的许多期冀才得以实现。理性使人走得更远，看得更远，听得更远，想得更远。人类社会的飞速发展理应得益于或归功于工具理性。

然而，物极必反，理性的发展，自然科学的发展导致了物的人化，同时也使人越来越物化。由于人的物化，大地的森林覆盖率越来越低，矿藏的储藏量越来越小，江河日益枯竭，气候愈加变暖，地震、海啸、洪灾、雪灾、干旱和矿难等灾难频频发生。这些灾难有些是自然灾难，有些是人为灾难，但归根结底都是人为灾难或灾害。它们都是人的物化或过于物化使然。人终于对自己的过度物化付出了惨重的代价而倍尝其恶果。

工具理性的发展导致人与自然的严重分裂和对抗。由于人口数量不断增加，人的理性和能力越来越强，各种需求越来越多，人便最大限度地改造、征服和利用自然。结果是各种能源越来越少，各种污染越来越严重，各种疾病越来越多，野生动物越来越罕见。人的欲望不止，人的潜能无限，对自然的利用和掠夺也就无限。人与自然分裂着、对抗着。人类在毁害着自然，自然也在毁害着人类，而最终人类在毁害着人类自己。

冯友兰先生说，"人不仅是人，而且是物，是生物，是动物。所以凡是一般物，一般生物，一般动物，所同有之性，人亦有之。"也就是说，人集"物性""生物性""动物性""人性"于一身。工具理性的发展使人的物质欲望与日俱增，无以复加，人的"物性"占据上风。被解放了的"普罗米修斯"——人，终于"当家做主"，可以无休无止地向自然索取。但正因如此，人的物化又由此形成了一种极端的物欲。由于人把向自然的索取和对自然物的获得看作其生命存在的最高能力和最终目的，因此，人向自然索取得越多，其物欲就越强。在世俗化时代，作为时代的欲望，作为人的一种普遍意识，拜金主义、物欲中心主义或物欲至上主义，致使人的道德沦丧，价值观扭曲。相对自然，人获得了物化的"主体性"，但在道德和精神层面，人放弃了自己的"主体性"。这种"嗜物"的"主体性"其实是反人性、反理智的动物性。

这种工具理性的发展，导致了人的自我意识和自我毁灭。在神话时代，由于其意识的幼稚性，人处于一种天真无邪、物我共在的蒙眬状态。在人文和科学的时代，人的最终的文化支持就是绝对主体、工具理性和实践层面上的技术能力。但是这些意识状态导致了人同物质世界的区分、分离和分裂，最后达到了尖锐对立的地步。"通过人与自然的这种区分到对立的过程，人构建了一个工业化的文明世界，获取了丰厚的文化财富。然而，人在使物质"人化"的过程中，由于文明或过度文明的物质世界的形成而使自己"物化"了。人的物欲越来越强烈，人也越来越成为自己物质改造活动的产品的奴隶和附属品。"物性"压倒了"人性"，"物化"征服了"人化"，致使人们对自我存在产生了怀疑，出现了对身份的迷惑，不时扪心自问：我是谁？作为人，我是我自己吗？还是大工业机器的附属零件？如果人类再继续任由自己更加"物化"，则无异于自掘坟墓。当今，越来越多的国家和个人意识到了这一问题和危机，绿色保护组织和非政府机构等越来越多，保护地球、保护资源及和谐发展越来越成为这个世界的主流意识。

工具理性主义充盈于文化世界的方方面面。在中国，教育中的工具理性主义虽然古代已经存在，但远没有向今天一样深刻地影响我们的教育。一百多年前，在西方列强坚船利炮的狂轰猛攻中，中国的国门被迫打开，从此掀开了中国近代史最沉痛的一页。一些传统的士大夫将此归咎于中国科技与工业的落后，于是催生了急功近利的教育价值观。五四时期，知识分子觉悟到，西方国家正是借助科技理性构建了强大的工业化社会。受此启示，他们在内忧外患中呼唤"德先生"和"赛先生"，对科学推崇备至。于是，伴随着西方科学技术的引入，工具理性也逐渐渗入中国的教育等领域。英语专业作为文化世界大厦的砖瓦，作为中国高等教育的一个有机组成部分，同样深受工具理性的影响。

概括而简要地说，工具理性在英语专业中的存在，主要表现在以下几个方面：

第一，在工具理性主义的影响下，学生对学习内容、教学方式、教学目标等教学要素的参与程度低，大多数时间只能被动接收知识。

第二，工具理性催生了教师在教学中过于强大的权威性。在工具理性的熏染下，教师成了教学的中心，教师在课堂上缺乏对学生主体地位的尊重，学生成了配角。

第三，工具理性导致了对语言"原子式"的肢解，语言的整体性遭受剥离。教师的课堂教学聚焦于词汇讲解和语法分析等，语言所蕴含的丰富的思想内涵极少涉及，语言的整体性被肢解得荡然无存。

第四，工具理性导致了教师过度依赖现代技术。现代教育技术的飞速发展促进了课堂教学方式的深刻变革，基于网络、电脑的教学方式给教师的教学提供了无限的便利条件，同时也导致了教师过于依赖教育技术。

第五，工具理性派生出了标准化的人才培养模式，统一的教学大纲、统一的教材、统一的教学进度和统一的教学方式，使得英语专业教学只见共性，缺乏语言教育的个性。

当然，对于工具理性的分析，不能简单地做出好与坏、积极与消极的结论与判断，我们必须把它置于特定的历史场合全面地、公正地审度。

一方面，工具理性促进了英语专业教学的不断发展。在我国特定的历史阶段，如新中国成立初期、改革开放初期，国家百废待兴，基于社会主义工业化和以经济建设为中心的目的，迫切需要各种外语人才。因此，工具理性所催生的标准化人才教育模式，对"早出人才"和"多出人才"起一定的积极作用。在我国把英语作为外语的环境下，以知识为中心的工具型教育，在很大程度上促进了学生英语能力的提高。传统教育模式在一定程度上有效地激发了学生的学习动机，一批批优秀人才脱颖而出。现代化的教学手段和方式大大提高了教学效率，使得英语专业教学立体化、趣味化和现代化。工具理性对英语专业教学的发展具有积极的促进作用，这是我们应该承认的事实，也是我们应该保持的一份理性。

另一方面，工具理性也对英语专业教学产生了极大的负面影响，使英语专业教学畸形发展并身陷困境，主要表现在如下几个方面：

首先，从课程研制的角度看，受工具理性主义的影响，我国的大学英语专业课程的研制长期推崇"目的—手段"范式，历次制订的教学大纲都沿用了泰勒的"目标—行为"模式，是学科中心主义的典型体现，是一种预设的静态课程。通过制度授权，教师获得在知识传授中的权威地位，学生所在教学过程中的主体性很难得到体现。工具理性主义对课程研制的影响，导致了课程内容组织及实施方式的单一、课程研制方式与制度的模式化，导致综合素质教育缺失。英语专业教学逐步与社会需要达成默契，蜕化为简单的供需关系，教育的育人作用没有得到充分发挥。

其次，受工具理性主义的影响，英语专业教学一味强调英语的工具性，过于强调对知识的认知，忽视了认知以外的目的，忽视了人的各种需要与整体人格的成长，忽略了人丰富多样的生命内涵，使得英美文学课程在相当一段时期内得不到应有的重视。大学英语多样教学最终成为传统教育目标的一种实现手段，学生的主动性、创造性没有被挖掘出来。

最后，工具理性主义催生出的英语专业教学的"工具型教育"，导致了以知识为中心、以教师为中心和以课堂为中心的教育模式。

在工具理性主义的影响下，大学一味追求英语专业四级、八级考试的通过率。因此，在英语专业教学中，出现了一部分"唯目的论"的教师。考试训练成了学校的中心任务，考分评序成了评价教学质量的唯一标准。英语专业四级、八级考试成了学生学习英语的最大动力，在缺乏主动性的学习中，学生的心理压力、精神压力和学习压力日益加重。

近年来有研究者指出，在当前工具理性主义的影响下，教育活动的功利性始终影响着教育效能的发挥。当前的英语专业教学活动，陷入了一种异化的对教育工具化的困境之中。具体来说，这种由工具理性主义导致的教学偏执主要体现在四个方面：第一，表现为教学对技术过分依赖，教学过程模式化、简单化；第二，表现为教学过程中过于强调"教"的主导和权威，过分注重对教学过程的控制，违背了教学的民主性；第三，理性的工具化、技术化导致教学设计过细、预设过多，不符合教学生成性的要求；第四，教学忽视学生的情感体验并挤占思维探究空间，偏向知识、技能的识记、训练和再现，违背了教学的全面性。

总之，工具理性主义对英语专业的影响是深刻的、严重的和多方面的。随着英语专业改革的逐渐深化，摆脱工具理性的影响，走出工具理性的困境，是现代英语教学文化发展的基本趋势。

三、英语专业教学的时代吁求——文化自觉

人类进入世俗化时代以后开始成为世界的中心、主体和主人，开始变成物的绝对的统治者和征服者，存在于人之外的"物质世界"和"自然世界"成了"为人的"和"文化的"世界。在一定意义上，自然世界或物质世界沦为一只温顺的羔羊，任由人随心所欲地改造、征服、索取和宰割。在自然世界逐渐人化的同时，人越来越物化，人的物欲越来越强盛。过度的物化和物欲导致了当代危机，使人的自我意识逐渐消解，人对自我存在产生了怀疑，对人的文化世界的发展产生了迷茫。

于是，有识之士开始了漫长而艰苦的问"路"和寻"家"之旅。从莎士比亚到卡莱尔，从卢梭到狄德罗，西方近代的许多著名思想家都对物欲中心主义或物欲至上主义进行了辛辣的讽刺和尖锐的批评，对人的世界的发展进行了深刻的文化反省与自觉反思。不断的文化反省与自觉，使人们逐渐意识到，与这种失控的工具理性主义相对比，"生态主义"的文化观才是当代人类文化意识的最新走向。这种生态主义的文化观，"既反对单纯的自然主义，又反对单纯的人文主义，而以人与世界的共同存在的合法性为依据，建构人与自然的和谐"。它追求人与自然的和谐共在，实质上是一种和谐发展的文化观，是一种使人与自然一体化、追求二者和谐发展的动态的文化观，因此，是一种在"和谐"中求"进步"的文化观。

人置身于文化中，而人本身又是文化的一部分。思考人的世界的发展，文化不能也不应缺席。在当今世界一体化的时代，我们需要具有比较开阔的哲学眼光，而这种哲学眼光应该是"文化"的，从而使我们对人的世界进行文化的、哲学的"自觉"。

从历史的角度看，文化自觉，中外早已有之。早在欧洲启蒙运动和文艺复兴时期，人们就对自然宇宙的逻辑进行探问和思索。对一百多年来西方资产阶级在全世界的扩张并造成的"全球化"现象，没有人预见得如马克思和恩格斯当年那样深刻和到位。科学的预见性本身就是一种文化的大自觉，仁人先贤试图通过文

化自觉，使人过于物化的欲望、过度工具化的理性得到节制与遏制，从而让精神的历史浮出水面。

在 21 世纪的今天，全球化浪潮扑面而来。全球化起源于经济领域，首先表现为经济全球化，之后，引发社会生活和文化的全球化。经济、文化的全球化使得世界主要文化处于大规模的接触、冲突、嫁接和融合中。由于现代工业文明已走上自我毁灭的不归路，因此，后工业时期必然发生的文化大转型便成为人类面临的一个共同问题。文化自觉，正好表达了当前思想界对经济全球化的反应，是世界各地多种文化相接触引起的人类心态的迫切要求。

多元化、全球化的文化转型期呼唤文化自觉。1997 年，我国著名人类学专家费孝通先生首先明确提出了"文化自觉"这一命题。费孝通先生认为，"文化自觉只是指生活在一定文化中的人对其文化有'自知之明'，明白它的来历、形成过程、所具有的特色和它发展的趋向，不带任何'文化回归'的意思，不是要'复旧'，同时也不主张'全盘西化'或'全盘他化'。自知之明是为了加强对文化转型的自主能力，取得决定适应新环境、新时代时文化选择的自主地位"。据此，我们可以体会，文化自觉其实就是在认识本国文化、理解多种文化、确立自身位置的基础上，取长补短，与他文化和平共处，各舒所长，共同发展，最终实现费孝通所期望的"各美其美，美人之美，美美与共，天下大同"的文化图景。

文化自觉是无止境的。当今时代，处于一个全球化的趋势越来越凸显的世界，文化自觉已开始再次出发。英语专业是时代的产物，英语专业教学不光是语言的教学，更是文化的接受与容纳。文化自觉无疑是吸收容纳与发扬的前提。英美文学课程的地位随着文化的交融也越发重要。

第三章 教育改革背景下的英美文学教学理念

第一节 语类研究与英美文学教学

一、修辞学派

(一) 语类的界定

新修辞学派也被称为北美学派，因为该学派的主要研究者都集中于北美地区。相对于澳大利亚的以系统功能语言学为基础的悉尼学派，虽然新修辞学派的研究也是围绕着语类方面的关键问题，如书面文本分析的框架和准确度、框架和模式对文本与社会背景之间复杂关系的解释力度、写作教学中显性教学法以及隐性教学法的适合度等，但是，由于该学派的研究基于修辞转型理论以及社会建构理论，因此，语类与修辞的概念都被赋予新意。

例如，传统的语类定义集中于文本或文字的规律性，十四行诗、悲喜剧、诗歌等文学体裁都是根据文本的内容和形式的规律界定的，新闻报道、实验报告、商务函电等非文学性体裁都是根据文本的信息传递特征描述的。新修辞学派在保留传统的语类概念的基础上对语类的研究更深入一步，将文本中语言以及其他方面的相似性与人类活动的规律性联结起来，也就是说，将语篇类型中的规律性与语言的社会、文化意义联系起来。

该学派普遍接受斯韦尔斯(Swales)对语类给出的定义。语类就是指一类交际事件，这些事件都共享同一个的交际目的，交际目的由语篇社区系统中"专家级"成员确认，从而构成了语类背后的逻辑支撑。这个逻辑支撑勾画出语篇的图式，影响和束缚着内容和风格的选择。除了交际的目的以外，语类以各种各样的变体形式出现，这些变体形式在结构、风格、内容和意向性读者群方面都是极为相似的。如果某一变体在这些方面都达到了预想的期望值，那么语篇社区就会确认这种变体为"原型语类"，其余都是原型的具体体现。根据这个界定，修辞就是指在一定的社会情景中为实现某种交际目的而使用的口头或书面表达形式。

(二) 理论支撑

1. 修辞转型理论

如果说 20 世纪人类学家和社会学家倾向于以人类使用语言的能力来定义并区分人类的话，那么是语言能力中修辞这一维度抓住了研究者的注意力。20 世纪中期，肯尼斯·伯克(Kenneth Burke)的思想使人类行为研究者认识到修辞的重要性，他和朗格(Langer)、卡西尔(Cassirer)一起坚持人类创造符号的能力的重要性。除此之外，他独自一人还强调创造符号与劝说艺术的相关性，认为语言符号具有最纯粹的科学术语所具有的说服力。最初，是 Kuhn 使人们普遍地认识到修辞的力量，作为科学家和科学哲学家，他的权威决定了这一切。库恩(Kuhn)提出，最纯净的自然科学理论也是通过修辞在一定的范围内建立起来的。社会科学家们发展了他的思想，并竭力阐明科学家们是如何利用修辞构建相关领域的知识。修辞意念很快使研究者们对语类进行了重新思考，特别是从知识构建这个角度。

2. 社会建构论

20 世纪 80 年代，社会建构主义以强大的哲学力量开始影响写作的研究和教学，其主要代表人物有哲学家理查德·罗蒂(Richard Rorty)和他的学生肯尼斯·布鲁菲(Kenneth Bruffee)。罗蒂曾勾勒出人类描述自己生活的主要方法，即通过在一定的社会背景下对所有好的、正确的东西进行现实的评价从而构建意义。在这样的理论框架下，知识是指借助语言为适应社会的背景、需求和目标而建立起来的一切。布鲁菲也曾提出，所有的概念、观点、理论，包括现实世界，都是由知识社区建立并使用，以保证社会自然发展的语言产物。不仅如此，文化人类学家克利福德·格尔茨(Clifford Geertz)也指出，语言不仅影响知识的构建，还影响人类的认知、情感、动机、知觉、想象、记忆等一切直接与社会有关的事物，所有这些对知识社区的强调、对社会文化的重视为语类的重新定义打下了坚实的基础。

3．言语行为理论

影响语类新定义的另一个理论是言语行为理论。哲学家约翰·奥斯汀(John Austin)指出，语言不仅可以陈述事物的状态，语言还可以做事。至于具体做什么，则取决于当时的社会情景、说话人以及听话人的社会角色以及相关的权力。由此可以折射出两点含义，第一，语言，尤其是口头表达的言语，是做事的一种方式；第二，把言语作为一种行为来理解，必须考虑到言语发生的背景，研究者在研究言语行为时要从当事人的角度出发。言语行为理论本身解释不了社会行为领域中复杂的现象，然而，语篇作为社会行为，具有强大的影响力，支撑言语行为理论的思想，尤其是对语类的研究。

(三) 研究成果

理论上的重新思考引起了对学术性以及职业性文献的实证性研究。奥德尔(Odell)和戈斯瓦米(Goswami)以论文集 *Writing in Nonaccademic Settings*(《非学术性领域的写作》)最先进入这个研究领域。研究者们用"地方志"的研究方法研究生物学家们的学术论文特征、税务文献的语类特征、实验报告的制作、中央银行的文献和各类语篇、社会工作者的记录以及报告、商务报告、私营企业文献的作用以及大学里的写作规则和束缚。

这些研究成果揭开了特定环境写作过程中复杂的社会、文化、场所等限制因素对作品最终形式的影响。例如，耶茨(Yates)表明了管理哲学中的变化以及新技术的引进导致了新的商业语类的出现，即备忘录和商务报告。同时，其他研究者也指出了文本形式的变化所产生的社会影响。例如，语篇社区如何利用修辞来吸收新成员以及排除外界人士，文本本身是如何反过来影响产生文本的社会以及物质环境的。

二、系统功能语言学派

(一) 语类的界定

以系统功能语言学理论为基础的语类研究学派其研究目的是提高语言教学水平，因此，他们的研究侧重于语言的符号(语法、语篇、文本)以及语言的功能。

虽然研究的目标一致，但在给语类下定义时，该学派内研究者从各自的研究角度出发，最终形成两种定义。

以马丁(Martin)和琼·罗瑟利(Joan Rothery)为首的研究者们认为，语类是一个以一定的目标为中心一步一步展开的社会过程。在他们看来，语类涵盖了描述以及理解文本所涉及的所有因素，囊括了从语言上掌握文本的一切内容。在研究中，他们注意文本参与者的目的以及他们使用文本所要完成的任务。研究中强调文本步骤的展开，因为这些步骤体现了文本使用者所要完成的社会任务的步骤。

以克雷斯(克雷斯)为首的研究者们认为语类是整个文本结构中的一个方面而不是全部。克雷斯认为，语类是分析交际中程式化语言的性质、语言的体现、语言的功能一种手段。因此，在研究中，他们并不注重文本所要完成的任务，而是关注产生文本特定的社会情景的结构特征，着重研究社会特征是如何产生特定的语言形式，从而实现或反映这些社会关系和结构。

(二) 理论支撑

该学派的研究理论基础是系统功能语言学，认为语言的意义以及使用语言的社会情景都是符号系统，两者之间相互包容、相互作用。语言的意义也就是语言的功能，它是由概念、人际、语篇三大元功能组成的系统，这三大元功能投射到使用语言的情景中分别折射出场所(语域)、人物(语旨)、方式(语式)三个变量，构成社会符号系统，与语义系统相呼应。

从语言内部来看，语言也是一个系统。叶尔姆斯列夫(Hjelmsleve)认为语言可以分为内容和表达两个层面。内容负责释义，表达负责信息的组织形式。韩礼德(Halliday)把叶尔姆斯列夫的理论向前发展了一步，认为语义分为句法语义和语篇语义，前者将语言的概念、人际、语篇功能融合为语句或更小的单位，而后者则将语句融合为更大的单位，即语篇。在理想的状态下，语句和语篇是自然的过渡，语篇包含语句，共同组成叶尔姆斯列夫所提出的内容层面，内容层面和表达层面共同构建语言系统。

系统功能语言学集中研究语言的社会功能及其实现的过程，即研究语言的形式与意义之间的内在联系。

(三) 研究成果

韩礼德在《功能语法导论》一书中提出"通过语言学习语言，通过了解语言学习语言"。他的宗旨是将语言学与教育学融合到一起，建立一个跨学科的教育语言学，只有这样才能对语言教育进行一场彻底的革命。韩礼德的思想指引着以系统功能语言学为基础的悉尼语类学派的研究。

1978 年，马丁在悉尼大学为应用语言学的硕士生开设了功能语法课程，以格雷戈里(Gregory)的语言社会功能系统理论为基础，进一步发展了韩礼德与哈桑(1976)的思想。这个课程的开设为他后来的语篇分析理论的提出打下了基础。最初，他分析了多年来所收集的学生们习作的样本，确认关键的文本类型，分析它们的语域、语旨、语式之间的关系以及三个语境因素与语言功能之间的关系，其目的是研究语篇语义以及词汇语法中情景变量的实现过程。在分析过程中，马丁发现韩礼德的人际功能理论很难解释语篇中的复杂人际关系。在这个阶段，马丁提出了评价理论，发展了人际功能理论。

马丁的研究集中分析学生们的习作，这些语篇都较短，而且语类也较单一。渐渐地，他转向科技英语文本，特别注意科技因素对现实的描写所起的作用。他研究出科技文本的语类特征，并提出了自然科学文本，如地理、生物等学科，文本的结构不同于"硬"科学文本，如物理学等学科。同时，马丁对大量的学校课本进行分析，提出了语类结构、语类组合理论。

悉尼学派的另一代表人物克雷斯沿着另一个方向在研究。当他担任 Murray Park 高等教育学院文化交际系主任时他对语类研究产生了兴趣。他注重研究学生读写能力的习得过程。在他的专著 *Learning to Write*(《学会写作》)中，他首次提出了语类的概念。

克雷斯认为，语言应该成为一个对社会能做出反应的独立的学科，但是，当时的语言学理论还不能发挥应有的作用。虽然学科内的知识是相互关联的，但知识的组织结构很松散。他认为知识的组织形式在很大程度上影响知识的使用，因此，克雷斯和霍奇在他们的专著 *Language as Ideology*(《语言作为意识形态》)中竭力阐释语法是如何载有社会意义，并提出了相应的功能语法理论，这一理论为批评语言学理论的产生做出了一定的贡献。

克雷斯坚持语类是社会过程，文本是按照特定文化中社会交际的模式而组织起来的，社会模式与文本模式交汇而成语类。语类是社会的体现，语类不是个人在交际时自己创造出来的，要有意义，它们必须具有社会性。个人在一定的文化背景中，拥有不同书面和口头文本产生了社会效果的知识，但是语类使个人进入社会进行交往，并实现了社会影响与权威。克雷斯的思想可见于他的 80 年代后期90 年代早期的研究成果之中。

马丁和克雷斯只是该学派的两位代表，还有其他很多研究者在进行类似的研究，如寇博和卡兰茨、罗瑟利、克里斯蒂和马丁等。

三、语类研究对英美文学教学的启示

2000 年初教育部颁布的《高等学校英语专业英语教学大纲》明确指出，"高等学校英语专业培养具有扎实的英语语言基础和广博的文化知识并能熟练地运用英语在外事、教育、经贸、文化、科技、军事等部门从事翻译、教学、管理、研究等工作的复合型英语人才……这些人才应具有扎实的基本功、宽广的知识面、一定的相关专业知识、较强的能力和较高的素质。"为了达到这一培养目标，势必要对传统的外语教材、课程设置、教学理念、教学方法、评估体系等进行改革，语类研究的成果为这方面的改革提供了方法和途径。

根据语类研究，人的读写能力不仅在于掌握一套技术、技能或单一的语法能力，人的读写能力更多涉及对相关语言社区的思想意识形态的把握。这为大纲的设置和教材的编写指明了方向。

在语言教育中，特别是在外语教育中，应该向学习者提供特定言语社区有影响力的、代表性的语篇，使学习者尽可能多地接触并掌握未来工作和生活中将会遇到的种种语类，满足他们在社会交往中的实际需求。应该加强各专业的专门用途英语教学研究。

在具体的英美文学教学过程中，教师也应该自觉地运用语类分析方法。例如，在对文本进行剖析时，始终将语言的规律性与产生文本的背景联系在一起，让学习者对语篇进行分析，揭开文本中社会的、文化的、思想意识形态和政治的基础，同时了解这些因素是如何相互影响、相互作用的。在教与学的过程中层层展开不同语类的交际性、互文性和层次性。

语类研究成果不但在宏观上对外语教学加以指导，而且在微观技能训练方面具有指导作用。例如，语类分析的结果可以作为图式知识帮助学习者提高听读能力。国外的实验结果表明，语类分析方法用于写作教学效果良好。甚至对于语言测试内容的设计，语类研究也具有很好的指导作用。

当然，语类研究的成果在很大程度上更适用于高等外语教育，但并不排除在基础外语教育中的作用。任何一句话都可以看作是对特定语境的一种反应，是一种语言行为，只有让初学者明白特定的语言形式与特定的环境之间的关系，才能使他们自如地运用目标语言。

第二节　文化语言学与英美文学教学

一、关于文化

(一) 文化的定义

"文化"(culture)一词来源于西方，源自拉丁语的"Culture"，含有"神明""崇拜""耕神""练习""动植物培育"及"精神修养"等意思，这表明，文化实际上是以人为中心的生产实践和社会实践的成果。18 世纪以后，"文化"在西方语言中演化成个人的素养、整个社会的知识、思想方面的成就、艺术和学术作品的汇集，并被引申为一定时代、一定地区的全部社会生活内容。随着 19 世纪下半叶人类学、文化学、社会学等学科的兴起，文化问题才得到学者的关注，并得到广泛的研究，在此之前是文化的"前科学"状态。

最早对文化给出定义的学者是英国人类学家泰勒(E．B．Tylor)，他在《原始文化》一书中指出："文化，或文明，就其广泛的民族学意义来说，是包括全部的知识、信仰、艺术、道德、法律、风俗以及作为社会成员的人所掌握和接受的任何其他的才能和习惯的复合体"。之后，人们对文化的定义有林林总总数百种。

对于文化的种类，不同学者有不同的看法。有的学者将所有的文化归为两类，一类是大写的文化，一类是小写的文化。大写的文化指人类文明的各个方面，包括文学、艺术、音乐、建筑、哲学、科学技术成就等；小写的文化包括人们的风俗习惯、生活方式、行为准则、社会组织、相互关系等，即把文化看作一系列特征。

有的学者则将文化分为三类。戚雨村将文化划分为三个层次，物质文化，通过实物产品形式表现，包括建筑物、服饰、食品、用品和工具等；制度和习俗文化，通过社会规范和行为准则的形式表现，包括制度、法规及相应的设施和风俗习惯等；精神文化，通过思维活动和思维活动的产品表现，包括价值观念、思维方式、审美趣味、道德情操、宗教信仰，以及哲学、科学、文学艺术方面的成就和产品。胡文仲和高一虹将文化同样分为三层，"第一个层次是物质文化，它是经过人的主观意志加工改造过的。第二个层次是制度文化，主要包括政治及经济制度、法律、文艺作品、人际关系、习惯行为等。第三个层次是心理层次，或称观念文化，包括人的价值观念、思维方式、审美情趣、道德情操、宗教感情和民族心理等"。赵爱国和姜雅明则将文化分为物质文化、关系文化和精神文化，其中关系文化是指人们在文化的创造、占有或享受过程中形成的各种社会关系，如生产关系、经济关系、民族关系、国际关系等，其核心是人和人的关系，也包括为维护这些关系而建立的各种组织形式和与之相适应的各种制度——生活制度、社会制度、家庭制度等。

还有的学者将文化分为四类。马林诺夫斯基在《文化论》中把文化划分为物质文化、精神文化、语言和社会组织等四种类型。司马云杰在《文化社会学》中，根据人类与自然的关系和人类与社会的关系，把文化分为两大类、四小类，第一类文化指人类在认识、改造、适应和控制自然界的过程中所取得的成果，这一类中包括智能文化和物质文化；第二类文化指认识、改造、适应、控制社会环境所取得的成果，这类文化包括规范文化和精神文化。刘守华在《文化学通论》中将文化分为物质文化、制度文化、行为文化和精神文化。物质文化包括人类加工自然创制的各种器具，是可触知的具有物质实体的文化事物，即人们的物质生产活动方式和产品的总和，是构成整个文化的基础；制度文化是由人类在社会实践中组建的各种行为规范、准则以及各种组织形式所构成；行为文化主要由人类在社会实践中，尤其是在人际交往中，以约定俗成方式构成的行为规范——风俗习惯来体现；精神文化是由人类在社会实践和意识活动中长期育化出来的价值观念、思维方式、道德情操、审美趣味、宗教感情、民族性格等因素所构成，是文化的整体的核心部分。

综观以上各位学者对文化的理解，文化至少包含物质文化和精神文化，物质文化位于最表层，精神文化则渗透到人的思想、行为的深层。"简而言之，文化是指一个民族的全部生活方式，它不仅包括城市、组织学校等物质的东西，也包括家庭模式、语言等非物质的东西"。文化是"人们所思、所言(言语和非言语)、所为、所觉的总和"。

(二) 文化的特征

1. 文化的共性

人类共同居住在同一个世界，这个世界拥有相同的春华秋实、草长莺飞、阴晴冷暖、日夜消长，不同文化的人们都经历过或正在经历生老病死、喜怒哀乐、悲欢离合、爱恨离愁。不同的文化存在相当程度的共性特征，这些特征不取决于地理位置、社会形态、自然环境，而属于整个人类，这为不同文化的个体能够理解彼此提供了可能。

首先，尽管全世界的人类分为不同的种族、民族，但他们都具有相同的生理结构，这为文化的共性提供了共同的生理基础。相似的生理特征和感觉功能决定了人类都以维持自身的生存和繁衍为最终目标，在具有类似情绪或心理状态时具有相似的表现方式，如碰到喜事时会笑，碰到不如意的事情时面部表情会严肃；当与说话人关系亲密时距离较近，关系疏远时距离较远等。

其次，全世界的文化都经历了由低级到高级、由蒙昧到文明的过程，在此过程中人类社会的道德约束、规范机制起到关键的作用，为文化共性特征的形成提供了历史基础。全人类都处于各自的社会规约中，认为符合全民道德准则的行为和现象就是真的、善的和美的，阻碍了社会发展的行为和现象是假的、恶的和丑的。而且在一定历史阶段出现过的观念会保留在许多文化当中，如对神明的崇拜、对不可抗力的畏惧等。

2．文化的个性

与此同时，文化还具有个性。"每一种文化都以原始的力量从它的土生土壤中勃兴起来，在它的整个生活期中坚实地和那土生土壤联系着；每一种文化都把自己的影像印在人类身上；每一种文化各自有自己的观念，自己的情欲，自己的生活、愿望和感情，自己的死亡。"人们按照有利于自己生存的原则来改造世界，并进行文化创造，由于所处的自然环境和历史条件的不同，人们改造自然的具体方式也不尽相同。人类对不同地理和生存环境的适应，导致了文化具有鲜明的地域特征和独特的历史积淀，从而产生了不同民族、不同地域、不同历史的文化特殊性，体现为文化的个性。一个民族具有民族所特有的思维方式、行为规范、处世原则、生活态度，具有特有的民族性格、心理特征、价值观念，具有独特的民族精神文化。

文化的共性和个性是同时存在的，承认个性是实现不同民族交往的关键。文化间的相互交流和取长补短，是当今世界的主题和今后的必然趋势，因此，必须在充分理解文化共性的基础上，深入挖掘各个民族文化的个性，并探索出跨文化交际过程中克服这些差异的途径。

3．文化的动态性

从历史的角度看，一个民族的文化并非一成不变，文化的内容和形式始终处于不断的发展变化中。不同时代物质生产水平不同，制度、风俗、艺术、心理、价值观念也各不相同。文化始于无意识，而后取得了很大的明确性和肯定性，之后又扩展到其他的行为。随着时代的发展，新的历史时期具有新的生产力水平，原有的文化就会被新的文化要素所取代。"每一种文化都有自我表现的新的可能，从发生到成熟，再到衰老，永不复返。"在文化发展的进程中，原有文化被新的元素代替的同时，还有一部分会被继承下来。原有文化对新文化的建立、发展起到了一定作用，一个社会团体的文化总是保持相对的稳定性，这种文化通过各种方式被人们世代传承下来。因此，"文化是一种历史现象，它是历史的积淀物。"历史衍生及选择的传统观念，尤其是世界观、价值观等文化核心部分，会深深镌刻在一辈辈人的意识深处，决定着他们的思维、行为方式、言语交际。例如，社会制度的变革会影响社会生活的方方面面，也自然会影响到人们看待问题的方法，影响到人们的价值取向，影响到时代的文化，但有一些文化特质是属于该民族文化的恒定部分。中国有着悠久的历史，原有的"君君臣臣""父父子子""三纲五常"等封建社会的文化在现今社会中已失去了当时的地位和影响力，但中国人崇尚道德、礼仪，卑己尊人的传统文化却世代流传。

4. 文化的符号性

文化的基本要素是符号，人类斑斓的文化世界是由符号构成的，符号承载着民族文化景观，成为文化的基础，更是人类文化传承、交流的基本手段。

文化具有符号性(symbolism)，文化领域的相关概念通过符号联系起来，这种联系的基础是社会的共同约定。符号是社会化的意义载体，符号的这种功能是通过人们对不同地域、不同时段文化对象相似性的抽象归纳实现的。用于表征文化的符号具有物质性，能够通过感观被体验。符号代表的意义不仅是符号本身，而且是关于文化过程和文化关系的，符号与符号之间有着某些共同的意义成分，并构筑了强大的文化意义网络。符号背后的文化意义存在于每一个文化参与者的脑海中，是社会化的人在生活实践中通过一系列认知活动获得的。之所以说符号具有社会性，是由于符号是具有社会参与意义的实体，每个符号与其他符号共有的文化意义是维护社会构成和通过约定俗成操作的符号网络的基础。

文化的符号性在人类文化的产生和发展中始终发挥着重要的作用，文化的符号性概念在人类学和文化理论领域都占有至关重要的地位。

二、语言与文化

（一）不同学派的不同认识

不同语言学派对语言和文化间的关系存在不同认识，有的将语言与文化割裂开来，认为文化不是语言学家所应关注的内容，如结构语言学、转换生成学派等。还有一些学派认为，语言反映了文化，文化体现在语言当中，文化因素是语言研究必须考虑的问题，持这种观点的学派包括文化语言学、认知语言学、社会语言学等。

1. 语言与文化割裂观

索绪尔提出语言符号是一种"两面的心理实体"(Saussure)，这两面分别是概念和音响形象(所指和能指)。语言符号的意义不是物质实体，而是一种关系结构。这种意义的二元观是以语言的静态、封闭的系统观为背景的，重视系统内各语言单位的对立关系，语言单位因彼此间差别而获得价值。他强调语言符号的价值在于系统内部符号间关系，忽视语言外因素，认为历史的、文化的、个人的因素应被统统排除在语言研究之外。

乔姆斯基代表的生成语言学派认为自然语言是一种天赋的(Innate)、自治的(Autonomous)形式系统。人的头脑中存在生成句子的系统，其核心部分包含了人类语言共同的普遍特征，它是由某些抽象规则构成的有限系统，这就是"普遍语法"(Universal Grammar)。语法的自足性和自主性决定了语法完全独立于语义之外，语法构造无须参照语言之外的诸多因素，如文化因素、认知因素等。

2. 语言与文化联系观

较早对语言和文化的密切关系做专门研究并取得丰硕成果的是，19 世纪德国语言学家洪堡特(Humboldt)以及 20 世纪上半叶美国语言学家萨丕尔(Sapir)和沃尔夫(Whorf)("萨丕尔—沃尔夫"假说的建立者)。他们对语言和文化关系的认识对以后文化语言学、认知语言学、社会语言学产生了重要影响。

洪堡特用"语言世界观"来概括自己对语言和文化的认识。洪堡特认为，"每一种语言都包含着一种独特的世界观。人用语言的世界把自己包围起来，以便接受和处理事物的世界。我们的这些表述绝没有超出简单真理的范围。人同事物生活在一起，主要按照语言传递事物的方式生活，而因为人的感知和行为受制于自己的表象，我们甚至可以说，他完全是按照语言的引导在生活。人从自身中创造出语言，而通过同一种行为，也把自己束缚在语言之中；每一种语言都在它所隶属的民族周围设下一道樊篱，一个人只有跨过另一种语言的樊篱进入其内，才有可能摆脱母语樊篱的约束。所以，我们或许可以说，学会一种外语就意味着在业已形成的世界观的领域里赢得一个新的立足点。在某种程度上说，这确是事实，因为每一种语言都包含着属于某个人类群体的概念和想象方式的完整体系。掌握外语的成就之所以没有被清楚地意识到，完全是因为人们或多或少总是把自己原有的世界观，甚至原有的语言观，带进了一种陌生的语言。"

洪堡特从认识论的角度对语言世界观问题做了阐述，提出语言作为认知手段制约着人的认知活动。在对语言和文化的关系上，洪堡特强调了语言和民族文化的密切关系，"民族的语言即民族的精神，民族的精神即民族的语言。二者的同一程度超过人们的任何想象"。因此，语言揭示并影响了人们认识世界的途径和方式，语言代表了人的基本文化样式。语言世界观的提出是欧洲人文主义语言研究的一大建树，并为后来的"萨丕尔—沃尔夫假说"的产生奠定了基础。

萨丕尔对语言与民族文化、风俗习惯和信仰之间的关系进行研究后，指出"语言的词汇多多少少忠实地反映出它所服务的文化"，认为"语言不脱离文化而存在，也就是说，语言是不脱离社会流传下来的、决定我们生活面貌的风俗和信仰的总体"。萨丕尔的学生沃尔夫研究了世界上多种语言后发现，由于不同民族的语言表达不同，人们对世界的看法也有很大不同。沃尔夫曾以万有引力为例，比拟语法的形式构造规律对人类思维和精神的影响，"没有受过教育的人完全意识不到任何与引力有关的法则，因为他从来不会设想这样一个宇宙，其中的物体运动方式不同于在地球表面的运动方式。"萨丕尔和沃尔夫对语言和文化关系问题进行探讨的主要观点集中反映在"萨丕尔—沃尔夫假说"当中。该假说的主要思想是强调语言的结构会影响使用者的习惯性思维，现实世界是不知不觉地建立在人群集体的语言习惯上的，人们对世界的认识受到民族语言的制约。这种"语言范畴影响人的思维和认知"的看法引起了语言学界极大的兴趣，并引发了一系列争论。后人将该假说分为强式和弱式两种，强式即"语言决定论"(The Linguistic Determinism)，认为语言决定思维，弱式即"语言相对论"(The Linguistic Relativism)，认为语言影响思维。

（二）语言与文化的联系

语言与文化的联系，总结起来主要有以下观点。

1. 部分观

罗常培曾指出，"语言不是孤立的，而是和多方面联系的。任何社会现象都不能和别的现象绝缘而孤立存在或发展"，同时，"语言学的研究万不能抱残守缺地局限在语言本身的资料内，必须扩大研究范围，让语言现象跟其他社会现象和意识联系起来，才能格外发挥语言的功能，阐释语言学的原理。"语言是人类文化不可分割的一部分，是人类后天习得的一种文化能力。语言作为民族文化的重要表现形式、建构手段和传承方式，具有其他文化形式不可比拟的重要地位和意义。古迪纳夫(Goodenough)曾在《文化人类学和语言学》中指出，"一个社会的语言是该社会文化的一个方面，语言和文化是部分与整体的关系，语言作为文化的组成部分，其特殊表现在于：它是学习文化的主要工具，人在学习和运用的过程中获得整个文化。"同时，由于语言兼有精神文化的特点(表达抽象意义，传递抽象观念)和物质文化的特点(有物质形式，可以以文字的形式被看到，可以以声音的形式被听到)，又像社会制度一样具有社会规约性和全民性，因此不可能将其归人这些文化中的任何一类，马林诺夫斯基就将语言独立于物质文化、精神文化和社会组织文化之外。韩民青同样认为，"语言是一种十分独特的文化现象。它具有其他文化现象的特点，但又不能轻易归属于哪种文化现象。语言与意识文化关系密切，没有语言就没有思维没有意识。人们常把语言叫作思维的外壳和工具，这足见它与意识文化的关系达到何种密切的关系，因此，人们大多把它列为意识文化。然而，语言本身不是观念性的东西，恰恰相反，它是由声音、墨迹等物质组成的符号系统。同时，语言又总是以言语活动的形态存在着，言语活动属于行为文化活动。所以，语言是兼有意识文化、物质文化、行为文化三种品格而又不能简单归于某一种文化的特殊文化现象。"

语言是文化的基石，是文化中最核心的、最具影响力的部分。如果说任何领域的文化(如宗教文化、历史文化、政治文化、经济文化等)反映的都是文化的局部，那么作为文化一个构成成分的语言中同时包含了整个文化世界。人类通过语言把握文化的各个论域，要了解人类的文化就必须先了解语言。语言包含了人类对世界的知识和行为准则，它所包含的文化意义以及在人类生活中的根本作用巨大。语言具有社会性和人文性，因此语言不仅是一套符号系统，更是一套价值系统和意义系统。语言植根于社会生活中，不了解语言的社会文化背景就无法理解语言的确切含义，语言结构和语义功能特点是相应语言文化的体现。

2．载体观

语言国情学将语言的功能分为三种。交际功能，强调语言是人类传递信息的手段，是最重要的交际工具；文化载蓄功能，指文化具有反映、记录和储存文化信息的功能；指向功能，指语言引导、影响和培养人的个性的功能。其中"文化载蓄功能"集中体现了语言作为民族文化的承载体和民族文化的镜像在文化形成、发展、传承和交流中的作用。

克拉姆什(Kramsch)在《语言与文化》(*Language and Culture*)中指出，语言具有三大文化功能，即"语言表达文化现实，语言体现文化现实，语言象征文化现实。"由于语言中存储着各民族人民的劳动和生活经验、他们对世间万物的观察和体悟、心中蕴含的丰富情感，以及对大千世界的理性思考，因而语言是观察该民族文化的最佳途径。语言是人与周围群体在交流过程中产生的，有其特定的历史文化土壤，语言体系背后是该民族的文化体系，反映了独特的民族特质。

由于语言反映了民族文化，是文化的镜像，所以一些明显带有文化信息的语言单位(包括词汇、成语、谚语等)受到了语言研究者的关注。

社会语言学家古迪纳夫曾说过，"一个社会的语言是该社会的重要组成部分，其特殊性就表现在它是学习文化的主要工具，人们在学习和运用语言的过程中获得整个文化。"语言是文化的符号，是反映民族文化的镜子，文化精神的内容通过语言体现，语言的产生为文化的产生发展创造了条件。作为文化储存器的人类语言在人类发展的各个历史阶段，记录了社会生活的方方面面，并将民族文化和集体经验固定下来世代相传。语言中反映了人民的社会、历史、文化、心理特征，从语言中可以窥见他们的民族性格、气质情感、思维方式、价值取向、宗教信仰、风俗习惯、心理状态，以及对世界的态度和看法。文化是人类社会发展中文明的积累和沉淀，这些积累和沉淀往往通过语言体系系统地表现出来。

3．互动观

语言是文化的符号，文化是语言的管道或轨道。不同民族的语言如同镜子或影集，反映和记录了不同民族特定的文化风貌；不同民族的特定文化犹如管道或轨道，对不同民族的语言的发展，在某种程度、某个侧面、某一层次起着制约的作用。语言与文化始终处于相互影响、相互制约的互动关系中。语言反映文化，文化在各个层次(词汇、语法、篇章等)均对语言产生影响；反过来，语言对文化也有影响，语言是文化形成和发展的基础，不同语言的表达特点构成了具有民族特色的文化面貌。对文化的研究不能脱离语言孤立进行，这是由于语言是文化最重要的表达手段，对语言的研究也不能脱离文化孤立进行，原因是文化对语言的渗透无处不在。

　　一方面，文化从各个方面影响和制约着语言的产生和发展，文化作为语言表达的内容，从根本上决定了语言作为一种文化符号的表达特点。从文化的角度看语言，语言是文化的载体和编码符号系统，文化则是语言的深层构建机制，一个民族的精神文化制约着该民族语言的形成和发展，所以对语言的研究必须从新的高度加以认识，妄图脱离语言的产生和发展的历史背景、文化渊源、哲学精神的做法是不可取的。只有了解语言背后所蕴藏的民族的文化精神、哲学思想，才能以全面的视角、科学的态度对待一个民族的语言，才能对语言现象做出符合其本质的阐释，也才能树立正确的语言观，找到科学的语言研究方法。各种语言中都有一些词汇反映了所属民族的特有事物，从而揭示了该民族的特有文化。例如，英语中的 hotdog(热狗)、cheese(奶酪)，cathedral(大教堂)、chapel(小礼拜堂)、pan(平底锅)、bikini(比基尼)、kilt(苏格兰方格呢短裙)、jazz(爵士乐)、soap opera(肥肥皂剧)、bungee(颇极)等，汉语中也有一些词汇表示的事物是汉民族独有的，如饺子、粽子、月饼、年糕、冰糖葫芦、牌坊、花轿、唢呐、旗袍、乌纱帽、绣花鞋等。一些习语也反映了不同民族的思维特点。例如：

(1) It is a wise father that knows his child.

直译为：明智的父亲了解自己的孩子。

(2) Birds of a feather flock together.

直译为：一种羽毛的鸟聚集在一起。

　　句(1)中所表达的意思是"即使是父亲也不一定了解孩子"，这与汉语中"知子莫若父"(父亲最了解儿子)的意义是相反的。句(2)表达的意思为"物以类聚，人以群分"，相应地，汉语中用"一丘之貉"表示。

　　不同民族对世界的认识不可避免地带有自身的特点，这种特点具有约定俗成性，从不同的语言中可以窥见不同民族特有的事物、概念以及对世界的认知方式。这些均是外语专业教学中应重点注意的方面，因为这些内容的掌握将直接影响跨文化交际是否能够顺利进行。

另一方面，语言受文化制约的同时，还对文化具有反作用。作为民族文化的符号形式和承载物，其背后蕴藏着一个民族的文化精神和认知方式；作为人类的交际工具和认知工具，语言对人类社会的发展和文化的进步起着举足轻重的作用。语言的组织机制和语义特征影响并制约着语言使用者的感知和思维，它是人们维系人际社会关系、人与自然关系的纽带，同时还决定了人的文化心态(cultural mentality)。

人们赋予语言符号意义的同时，就决定了使用语言的人的概念化方式，不同语言中对应语言符号的赋值并非绝对相同，这影响到不同民族的认知方式和认知经验。例如，英语中一些词汇的意义范围要大于汉语对应词，如 uncle 对应汉语的"叔父""伯父""姨父""姑父""舅舅"，aunt 对应汉语中的"姑母""姨母""伯母""婶母""舅母"，nephew 对应汉语的"侄子"和"外甥"，niece 对应汉语的"侄女"和"外甥女"，brother 对应汉语的"哥哥"和"弟弟"，sister 对应汉语的"姐姐"和"妹妹"；dog 对应汉语的"公狗"和"狗(统称)"，duck 对应汉语的"雌鸭"和"鸭(统称)"，goose 对应汉语的"雌鹅"和"鹅(统称)"，chicken 对应汉语的"小鸡"和"鸡(统称)"，lion 对应汉语的"雄狮"和"狮子(统称)"。以上英语中的词汇反映了与汉语不同的概念化方式，外语学习者在使用这些词汇时，不知不觉地用新的方式将世界分门别类，目的语语言单位对学习者的思维方式产生的影响理应得到充分的关注。

既然语言是与民族的文化精神体系同构的文化符号系统，那么在外语专业教学过程中，应认识到语言能力的培养和跨文化交际能力的培养之间的紧密联系，认识到纯粹语言的学习与真正掌握语言之间还有很大距离。要掌握一种语言，不但要掌握这门语言的语音、词汇和语法系统，而且要了解该语言背后的社会文化系统。在某种意义上说，学习一门语言，就是要了解这门语言所反映的整个社会生活，有关目的语社会文化的知识任何时候都不可能独立于语言知识之外。

三、语言与文化研究在英美文学教学中的应用——文化导入

(一) 文化导入

文化导入(acculturation)，又称文化植入、文化移入。1978 年，最早由舒曼 (Schumann)提出，该概念适用于二语习得领域。舒曼从社会心理学角度构建了"文化导入模式"(acculturation model)，认为第二语言学习过程中最重要的是社会因素和个人情感因素，文化导入的程度决定了第二语言习得的成败。

20 世纪 80 年代，中国学界开始关注外语教学中的文化因素，赵贤洲较早提出"文化导入"概念，许国璋较早探讨了英语教学中的词汇文化内涵问题，胡文仲较为系统地阐明了外语专业教学中的文化、交际问题。陈光磊对文化导入的内涵作了界定，他认为，文化导入就是在教授语言结构规律的同时，使学习者了解和习得所学语言具有的文化内涵和遵循的文化规约，并在一定程度上转化为交际能力，从而在一定范围内顺利加入该语言社团的交际活动。林汝昌认为，文化导入是外语专业教学的延伸和补充，他详细地探讨了外语专业教学中文化导入的层次问题。笔者将英美文学教学中文化导入分为三个层次，第一个层次为讲授目的语的语言结构知识，消除外语学习中影响理解和使用的文化障碍，重点是导入有关词汇的文化因素和有关课文内容的文化背景知识；第二个层次为系统导入相关的文化知识，根据每篇课文或每册书的内容，归纳出能涵盖课文或全书内容的文化框架；第三个层次为导入更广泛的文化内容，包括一个民族的历史与哲学传统，即综合与概括一种文化的社会模式及其价值系统的文化表现形式。

(二) 文化导入的原则

赵贤洲、束定芳、鲍志坤、张安德和张翔以及赵爱国和姜雅明等诸多学者曾专门探讨文化导入的原则问题。总的来看，在英美文学教学中进行文化导入要遵循以下几点。

首先，文化导入应当侧重目的语同母语相异的方面。学生在跨文化交际以及习得外语的过程中，两种语言中存在的文化共性方面不会成为学习过程中的障碍，引起学习者困惑的往往是母语社会中不曾有过的，或者母语社会与目的语社会的

理解存在差异的语言、言语现象。这些内容应当作为文化导入的主要方面，在编写教材、课堂授课、课下作业、测试等各个环节得以充分体现。例如，在维列夏金和科斯托马罗夫提出的词汇背景理论中，文化伴随意义基本等值的共有事物和现象不应是外语教学的重点，而文化导入应侧重于仅在一种语言中有文化伴随意义或在两种语言中有不同的文化伴随意义的词汇，因为这部分词汇在学习者习得过程中需克服来自母语的干扰，需要付出更多的努力。例如，汉语中"吃狗肉"这一表达没有独特的文化伴随意义，而英语中"eat dog"表示替别人干别人不愿意干的事情，这个意义来自美国土著印第安人的习俗。印第安人在有重大事情需要商议的时候吃狗肉，有白人不愿吃，但为避免对主人不敬，他们被允许将一块银圆放在盘子上，别人替其吃狗肉并收起银圆，于是在早期的美国政治中有为别人吃狗肉一说。在外语教学中"吃狗肉"这类存在文化差异的语言现象是需要格外注意的，因为这类现象容易导致外语学习中的误解，导致"文化休克"。

　　其次，文化导入应当遵循一定的阶段性。人们对异文化的感知和适应是一个渐进的过程，这决定了文化导入必须遵循这个规律。跨文化研究专家汉威(R. G. Hanvey)指出，人们对文化差异敏感性可以分为四个阶段，第一个阶段是对于表面的、明显的文化特征的识别，人们的反应通常是认为新奇、富有异国情调；第二阶段是对于细微而有意义的，与自己的文化迥异的文化特征的识别，反应通常是认为不可置信或难以接受；第三个阶段与第二个阶段相似，但通过道理上的分析认为可以接受；第四个阶段是能够做到从对方的立场出发感受其文化。从第一阶段到第四阶段不是一蹴而就的，这期间必定经历一个由新奇到疑惑、排斥，再到从理智上理解，并最终从情感上忘却文化间的隔阂，能够站到他文化的角度上，感受和理解他文化。英美文学教学的目标只能是使外语学习者最大限度地接近第四个阶段，想让所有外语学习者达到empathy("神人"，即感受不到是不同的文化，认为是自然而然的，就如同母语文化一样)的程度是不现实的。

　　文化导入的过程也要分阶段进行。在学习的初级阶段，文化导入主要涉及一些容易理解的表层文化。随着学习的深入，学习者对目的语文化有了一定的感性和理性认识，涉及价值观、思维模式的深层次的文化差异才可以放到教学内容中，外语学习者对此才可能有更为深入、透彻的体悟。谭志明、王平安指出，英语专业教学中的文化导入应分三个阶段进行，初级阶段的文化导入应主要介绍在日常生活交往方面英汉主流文化的差异，以及这种差异在语言形式和运用中的具体表现，从而使学生掌握日常生活中英语语言交际的能力，该阶段主要涉及一些表层文化；中级阶段的主要内容是介绍由于文化差异引起的英汉词语、成语意义及运用方面的差异，使学生熟悉英汉语义的差别并深入理解英语表达法所涉及的文化内涵；高级阶段主要从中西文化深层次的差异入手，介绍中西方思维方式以及言语表达方式的差异，从而使学员提高语言表达能力，并进一步了解西方的人际关系及交往的深层次模式。这种分阶段进行文化导入的模式适用于任何外语教学，体现了外语教学的特点，也符合人们感知、适应不同文化的心理认知规律。

最后，文化导入的过程中应做到质的优选和量的适度。文化的范围之大可谓包罗万象、林林总总，而英美文学教学受到授课时数等客观条件的限制，文化不可能都纳入英美文学教学的范围之中。所谓"质的优选"，是指选取目的语文化中占主流地位的文化，而不是仅限于个别群体、个别区域的文化，同时，选取的主要是在当代盛行的文化，而非已经退出历史舞台的过去的文化。只有这样才能最大可能地在有限的时间内接触到更多的目的语文化的本质，从而指导跨文化交际顺利进行。所谓"量的适度"，是指文化导入内容必然和跨文化交际密切相关，换言之，不能把英美文学课上成了历史课、地理课、音乐课、艺术课、哲学课……英美文学教学中的文化导入必须在外语专业教学的框架内进行，其目的是为语言教学服务，促进学生掌握跨文化交际的技能，培养用异文化交际和思维的习惯，因此，知识性的内容适可而止，并非多多益善。

(三) 文化导入的内容

文化导入的内容是文化导入的核心问题。在英美文学教学中，讲授哪些文化项目，哪些对外语学习者而言最为重要，最具现实意义，不同的学者列出了不同的文化清单，这反映了学者们对文化细目的不同划分方法。

1. 知识文化和交际文化

赵贤洲、张占一主张将文化导入的内容分为知识文化和交际文化。知识文指在两个文化背景不同的人进行交际时，不直接影响准确传递信息的语言和非语言的文化因素。交际文化指在两个文化背景不同的人进行交际时，直接影响信息准确传递(引起偏差或误解)的语言和非语言的文化因素。以参与交际的文化因素在交际过程中所起的作用作为划分文化属性的标准，直接影响交际的，就是交际文化因素；不直接影响交际的，就是知识文化因素。但是，这并不意味着只有交际文化因素参与交际，而知识文化因素不参与交际，交际文化和知识文化的区别在于它们对跨文化背景下的交际过程中对传递信息所产生的作用不同。这种分类方法的指导思想是帮助外语教师区分出哪些因素属于直接影响交际的，哪些是属于不直接影响交际的，并侧重交际文化的教学。

2．词语文化和话语文化

束定芳将文化导入的内容分为词语文化和话语文化两类。词语包括单个的词和词组(含习语、成语等)，词语文化中最重要的内容有：

(1) 一个民族文化中特有的事物与概念在词汇及语义上的呈现；

(2) 不同语言中指称意义或语面意义相同的词语在文化上可能有不同的内涵意义；

(3) 词语在文化含义上的不等值性；

(4) 不同文化对相同的现象所做的观念划分的差别在词语及语义上的显示；

(5) 体现一定文化内容的定型的习语(熟语、成语等)。

话语文化主要包括：

(1) 话题的选择(如谈天气、健康、年龄、收入等在不同文化中有不同的社会含义)；

(2) 语码的选择(如用什么风格的语言谈论是受文化条件制约的)；

(3) 话语的组织(如话轮、连贯、叙述方式、叙述顺序等均有一定的文化模式)。

3．语构文化、语义文化和语用文化

陈光磊将文化导入的内容归为语构、语义和语用三种。语构文化指不同文化背景下两种语言结构方面的差异(如构词的差异、句法的差异等)，语义文化指两种语言语义方面所体现的不同文化特征(如某一民族特有的词语，含有一定民族文化伴随意义的词语、成语、惯用语等)，语用文化指语言使用过程中所应遵守的文化规约(如称呼、问候、致谢、致歉等)。

赵爱国和姜雅明在语构文化、语义文化和语用文化的基础上，又增加了两类，即语体文化和行为文化，从而把文化导入的内容分为五类：语构文化(语音、语法系统所体现的民族文化)、语义文化(语言单位各要素构成的意义系统所体现的民族文化)、语用文化(语言使用过程中所遵循的民族文化规约)、语体文化(语言文体选择和运用中的民族文化因素)和行为文化(语言和非语言行为所反映的民族文化特征)。

按照美国当代外语教育专家拉森—弗里曼(Larsen-Freeman)对语言教学的理解是，语言教学体现为一个三角关系，即语言学习者／学习、语言／文化、教师／教学。其本质是要解决"学(教)什么""怎样学"和"怎样教"这三个基本问题。本章主要解决第一个问题，即"学(教)什么"的问题。语言是表达意义的符号系统，同时也是反映和传播文化的主要手段，其本身是文化的重要组成部分。古迪纳夫认为，文化是"人们为了与其文化群体成员和平友好相处所应知道的和相信的一切"(Goodenough)。在语言教学中，倘若离开了文化，就无法实现对语言的正确理解和使用。

首先，语言不可能脱离文化而存在。语言的社会属性决定了不同语言所蕴含的与该社会历史、地理、信仰、政治等密切相关的独有特征。在英美文学教学中，文化因素必须得到正视和考量。

其次，文化导入为英美文学教学提供了具体操作的模式。越来越多的学者意识到，文化导入绝不可能仅是知识导入，更包含了意识的培养和能力的塑造。

无论是知识文化和交际文化的划分，还是词语文化和话语文化的划分，抑或是语构文化、语义文化和语用文化的划分，都是从不同角度使学生从习得语言的最初阶段就加强对文化因素的敏感性，并将这种意识贯穿整个外语学习的全过程。随着语言文化理论的发展，外语教学应当摒弃原先对文化武断评判的做法，充分认识到对异文化的一味逢迎或一棍子打死均是不理智的，只有全面、客观、理性地对待目的语文化的全部，才能深入文化的实质，也才能从根本上掌握语言。对民族中心主义思想的认识和分析是语言学习和文化学习的必经阶段，文化导入的双文化语境使外语学习者必须从反思的高度审视自我的文化，以包容的心态理解目的语的文化。

第三节　认知语言学与英美文学教学

一、认知语言学的基本概念

（一）学科创立

语言作为一种符号系统和交际手段在结构主义语言学和语用学的框架内得到全面的研究，而语言同时还是心智的产物，有很多语言专家已经意识到"在语言和客观世界之间存在一个中间层次'认知'"。人们通过心智活动将体验到的外界现实概念化并将其编码，形成语言。一方面，通过研究认知活动，特别是利用心理学家的研究成果，语言学家从人类的基本认知能力出发，通过人类在与外界现实相互作用过程中形成的概念结构来分析、解释语言结构；另一方面，语言提供了通向认知的窗口，通过语言，可以看到人们的认知特点，探索认知能力的一般规律，从更深一层把握语言。鉴于这种将认知活动与语言相结合研究的优点，已有众多语言学家把目光投向了认知语言学体系的建立。由于认知语言学还处于初创阶段，缺乏整齐划一的分析模式，认知语言学只是由一些具有共同的基本学术观点和倾向的语言学家组成的一个较松散的语言学阵营，因此，它在探索范围和研究手段方面较少束缚，具有更大的开放性。

认知语言学的诞生有两个重要标志，一是莱考夫于 1987 年出版了专著《女人、火和危险事物》，同年兰盖克(Langacker)又出版了专著《认知语法基础》，两部专著的问世为认知语言学的建立解决了一些基本的理论问题，为其今后的学科发展奠定了基础。二是 1989 年春，在德国杜伊斯堡(Duisburg)举行的认知语言学专题讨论会。会后出版了《认知语言学》杂志，成立了国际认知语言学会(ICLA)，并出版认知语言学研究系列丛书。该学派主要代表人物有莱考夫、兰盖克和泰勒(Taylor)等。认知语言学派尽管人员研究兴趣各有不同，研究自成体系，但对语言和语言研究本质的认识是一致的，可归纳为以下几点：

(1) 语言外研究：作为人类认知的一个域，语言与其他的认知域密切相关，体现了心理、文化、社会、生态等各因素的交互作用，若想揭示这种交互作用，就必须展开跨学科研究。

(2) 语言内研究：相应地，对语言的理解和阐释(体现为词义)必须参照人们的常识，不把语言现象区分为音位、形态、词汇、句法和语用等不同的层次，而是寻求对语言现象统一的解释。

(3) 对语言的理解：对语言进行统一的解释是把语言看作人类的认知过程，是人类认知范畴化、概念化的结果；范畴化以广义的原型理论为基础，存在于语言的方方面面，范畴化过程主要依靠隐喻投射和转喻投射；概念形成根植于普遍的躯体经验，特别是空间经验，这一经验制约了人对心理世界的隐喻性构建。

(二) 认知语言学的哲学基础及其与结构主义、转换生成主义的分野

1．认知语言学的哲学基础

语言学与其他人文学科密不可分。随着哲学、逻辑学以及心理学等学科的发展，既形成了语言研究的背景，又必然对语言研究产生相关影响。一定时期的语言学总有自己占统治地位的基本观点，总是受当时占统治地位的哲学思潮的影响。"哲学观点被用来解释语言最普遍的规律，而语言反过来又对解释某些哲学问题起作用"。莱考夫称语言研究的老派为"客观主义"(objectivism)，新派为"经验主义"(experientialism)，又称非客观主义、经验现实主义。

为了区别哲学史上早期的经验主义(empiricism)和这里的经验主义(exp，rientialism)(前者指 16 至 18 世纪西方哲学史上的一个流派，后者指 20 世纪末莱考夫等学者的思想)，有学者(王寅，2002)建议将后者换成兰盖克的术语(embodied philosophy)，并译为"体验哲学"。其主要观点包含以下方面。

思维不能脱离形体。人类认知结构来自人体的经验，并以感知、动觉、物质和社会的经验为基础，对直接概念和基本范畴以及意象图式进行组织和建构；

思维具有想象性。间接的概念(不是直接来源于经验的概念)是运用隐喻、转喻思维方式的结果，并以此超越对外部世界的直接映像或表征。正是这种想象力

才产生了"抽象"的概念；

语言符号不对应于客观的外部世界，而与认知过程形成的概念结构相一致，意义和推理也是基于以上概念与认知模式；

概念结构和认知模式具有完形特性。学习和记忆的认知过程依靠完形结构，而不是抽象符号的机械运算。

2．认知语言学与结构主义语言学的分野

风行于 20 世纪上半叶的结构主义语言学的最大贡献就在于对语言系统本身进行了详细的描写，其最终目标就在于对语言结构本身的发现上，利用分布分析法对句子进行层次切分并对语义进行成分分析，视语义为义素的组合。语义范畴以经典的范畴观念为基础，即范畴有明确的界限，范畴是由充分特征和必要特征的合取来定义。凡是符合这些特征的个体就在这个范畴内，反之则在范畴外。义素分析即将意义单位分解为抽象的特征元素，并用这类特征的集束来定义基本语义单位。概念的类来源于客观世界里既定的范畴，与进行范畴化的主体无关，而范畴的归属是由概念的本质性决定的。这种看法是把语言的语义结构直接对应于客观世界的现实结构(图 3-1)，人在形成语言的过程中不起主导作用，人的心理、文化、认知习惯等因素在语言形成中不起作用，人在形成语言的过程中就像一块"白板"，语言只是人们对外在客观世界的被动反映。

图 3-1　结构主义的语言结构形成过程

这种观点的哲学基础是英美分析哲学，其主要观点是极端经验主义(有别于认知语言学能动的经验主义，术语为 empiricism)，与此相应，其心理学基础是行为主义，对语言理解是刺激—反应式的。儿童学话无非是一种"刺激的泛化"或"刺激—反应的强化"和"行为塑造"。当儿童对环境或成人的话语做出合适的反应，成人就会给予物质或口头上的鼓励，这样，一定的刺激—反应模式就会得到泛化或强化，从而形成语言习惯或语言行为的塑造。行为主义者尽力避免心灵主义的色彩，他们只关心话语的外部联系，而不管话语的内部意义。在其看来语言不具

目的、意图和主动性，只是一种习惯化反应体系，是人的生理机制，与心智无关。这种看法的缺陷，即否认语言是人类发展中最重大的事件，是人类社会特有的现象，总是"有意无意地将人降低到动物的水平"。在语言研究中考虑"人"的因素，用人的认知能力对语言的表面现象做出解释，而不是仅仅停留在"描写"的层面，"将语言作为一个认知系统，以探索蕴藏在大脑中的具有普遍性的人类语言根本机制作为终极目标"。这些使转换生成主义和认知语言学走到了一起。然而，转换生成语言学与认知语言学仍有着重大甚至根本上的分歧。

3. 认知语言学与转换生成语言学的分野

转换生成主义对语言的解释采用的是形式主义的方法，而认知语言学则是功能主义的，即前者把重点放在对语言的形式结构的刻画上，而后者注重自然、实际的语料，重视语义、语用、话语的分析，并将形式上的规律诉诸非形式化的、合乎直觉的外在解释。

解释方式的不同，究其根本是对语言的看法的不同，转换生成学把语言看作是天赋的，而天赋论的哲学基础是笛卡儿(Descartes)的唯理论。关于语言的本质，作为生成语言学奠基人的乔姆斯基的回答是"说本族语的人理解和构成语言的先天能力"，这种能力是人一生下来就具备的，存在于每个人的大脑中的句子生成机制就是全体人类都具有的普遍语法(Universal Grammar，简称 UG)，而且这种语法是自足的，即"用符号操作的数学系统来描述语言，至于符号的意义和系统外的其他因素都可不予考虑"(Lakoff)。与生成学派不同，认知语言学认为语言并非天赋，而是后天建构而成的。这就是瑞士心理学家皮亚杰(Piaget)提出的"建构论"，其在哲学上既反对狭隘的经验主义，也反对天赋理论，主张主客体的相互作用。皮亚杰认为认知结构最初来源于动作，他强调，"知识来源于活动，由于作用于新客体的活动反复多次，通过一般化而形成某种'图式'，因而'图式'是一种实践的概念"。智能的发展就是通过建构图式从初级发展为更高、更复杂的图式的过程，如"动作图式—意象性思维图式—抽象性思维图式—逻辑数学图式"。他认为，语言的产生晚于智能，只不过语言的出现能加速智能的发展。所以，语言虽是思维、认知的重要工具，但不是唯一工具。在他看来，语言是逻辑的结果，而不是逻辑的源泉和操作，逻辑较之语言更为根本。逻辑一数理结构起因于主体动作间的协调配合，而非来源于语言结构。总之，建构论强调逻辑一数理结构既不来源于客体，也不来源于主体，而是通过主客体相互作用最终合成的。

可以看出，不管是结构主义语言学的"极端经验论"，还是转换生成语言学的"笛卡儿唯理论"(两者坚持的是两个极端，前者强调一切心智来源于物理世界和大脑的生理过程，所有有意义的表述必须直接或间接地源于可观察到的事物及其属性，词语有明确的、能客观反映世界的意义，即语言来源于客观世界。后者则坚持心智与身体截然分离的二元论，智能的本质是思想，能够脱离身体而存在。语言作为抽象符号可以独立于任何机体的特性直接与世界上的事物对应，语言符号之所以获得意义是通过与外部世界发生联系，符号与意义严格分离，符号用于思维过程中的逻辑运算，意义用于外界事物的对应，即语言是一种抽象符号)，本质上都认为意义、概念直接对应客观世界，无须个体的经验，不受个体特征的限制；知识是命题性的(prepositional)，有客观的对错之分，坚持语义的真值条件，范畴化建立在外部世界所固有的特性之上，这些特性构成了某范畴成员的充分必要条件，即两者有着共同的客观主义语义观，这也正是莱考夫将两者都称作"客观主义"的原因。而认知语言学则坚持了完全不同的哲学基础——经验主义，经验主义强调"通过对进行认知活动的生物体的身体构造和经验的研究来理解意义"，强调思维与身体密不可分，它根植于人们对外界的感知，受制于人们的物理构造和社会环境。同时，思维具有想象性，依赖隐喻、换喻和意象。可将转换生成语言学与认知语言学对比如下，见图 3-2、图 3-3。

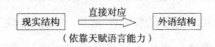

图 3-2 转换生成语法的语言结构形成过程

图 3-3 认知语言学的语言结构形成过程

可将本节内容总结为表 3-1。

表 3-1　结构主义、转换生成语言学和认知语言学的学理观点对照表

语言派别	结构主义	转换生成语言学	认知语言学
研究目的	描写	解释 (形式主义方式)	解释 (功能主义方式)
哲学基础	极端经验论 (客观主义)	笛卡儿唯理论 (客观主义)	经验主义
心理学基础	行为主义	天赋论	建构论
语义观	客观主义语义观	客观主义语义观	经验主义语义观

(三) 认知语言学的基本理论观点

由于认知语言学学派众多，且各派研究方法、侧重点都不相同，现就一些主要的观点加以总结。

1. 范畴化 / 概念化

范畴化(categorization)问题是认知研究的中心论题，因为人们认知世界的过程，其实就是将其范畴化 / 概念化的过程。"如果语言学所做的可用一句话来概括，那它就是对范畴的研究"。认知语言学的"范畴化"对应于思维过程的概念化，与数学等严格意义上的范畴化并不相同，后者内部同质、离散，边界清晰，成员由充分必要的条件界定。认知语言学家认为，自然语言中语义形成的过程就等同于概念化(conceptualization)的过程，概念化过程又是基于身体经验的过程，即认知过程。概念是概念化的结果，因此语义实际上也就等于概念，同时也是一个语义范畴。杰肯道夫(Jackendoff)主张概念和语义合而为一。

2. 原型观

范畴划分本质上是一个概念形成的过程，范畴是通过范畴成员之间的"家族相似性"(维特根斯坦语)建立起来的。在范畴化中起关键作用的是"原型"(prototype)，实体的范畴化是建立在好的、清楚的样本基础上的，将其他实例与这样的样本进行对比，若它们在某些属性上具有相似性，就可归入同一范畴。这些好的、清楚的样本就是原型，它是非典型实例范畴化的参照点，这种与典型样本类比而得出的范畴就是原型范畴。

3. 意象图式观

意象图式是初始的认知结构、形成概念范畴的基本途径、组织思维的重要形式、获得意义的主要方式。意象图式的扩展是通过隐喻来实现的，当一个概念被影射到另一个概念时，意象图式在其间发挥着关键作用。人们通过在现实世界中的身体经验(如感知环境、移动身体、发出动力、感受力量等)形成基本的意象图式，然后用这些基本意象图式来组织较为抽象的思维，从而逐步形成人们的语义结构。因此，意象图式对于研究人类的语义结构、概念系统、认知模型具有关键作用。人类在理解和推理过程中，各种各样的意象图式交织起来构成了经验网络，从而也就形成了语义网络。既然意象图式规定并制约了人类的理解和推理，语言中意义的形成就可以从意象图式的角度加以描述和解析。近年来，认知语言学家的大量实证研究说明，利用意象图式及其隐喻的观念可以对语言中错综复杂的语义现象(尤其是多义现象)做出简单而同一的解释(如莱考夫就利用路径图式和终点图式的转换解释介词 across 的多义现象)。

4. 隐喻观

隐喻(metaphor)可通过人类的认知和推理将一个概念域系统地、对应地映射到另一个概念域，抽象性的语义是以空间概念为基础跨域隐喻而成的。隐喻不仅是个语言现象，人类的思维也是建构在隐喻之上的。从隐喻的认知功能角度划分，可分为结构隐喻、方位隐喻和本体隐喻。一些隐喻语言已成为普遍的日常语言，人们已不自觉地用自己熟知的具体事物来思考、谈论抽象的事物，从而赋予具体事物的特征，以达到系统地描述抽象世界的目的。由此可见，隐喻式的思维方式已成为人们赖以生存和认知世界的基本方式。

5. 百科观

认知语言学家反对用真值条件解释语义，也反对用成分分析法认识语义，而他们主张语义与人类的知识密切相关，应该运用百科式语义分析方法。语义根植于语言使用者和接受者的百科知识体系之中，不能在语言系统内部的横组合和纵聚合关系中求得解释，而只有在认知结构中才能被理解，这就得依赖人类的知识系统。因此，语义就与人们的主观认识、背景知识、社会文化等因素密切相关。如说到花轿，人们除了想到是一种古代的交通工具之外，还更多地会想到封建社会、新娘子，甚至封建夫权等。这些都是人们基于自己的经验而获得的对事物的印象，是有关该事物的百科性的知识，它们形成了该事物的意义。

二、认知语言学对英美文学教学的指导

（一）认知语言学指导外语教学的可行性

威尔金斯(Wilkins)曾提出，语言学对外语教学的四种作用关系是，提供见解、提供启示、应用与无法应用。

(1) 提供见解：语言学可为人们提供有关语言的本质是什么和语言学习是怎样一个过程的知识。这些见解不一定构成教学内容，但有助于确立教学目标，如应当采用的教学方法和技巧以及如何安排教学内容的先后顺序等。所以，它对语言教学产生间接的作用。

(2) 提供启示：在实际教学过程中，教师可以在语言学理论的启示下做决定，按照语言学习的规律与特点确定具体传授什么内容。

(3) 应用：语言学的一些相关概念和理论知识可以直接应用到教学活动当中。

(4) 无法应用：是指语言学中不能为教学提供启示和重要见解的那一部分内容。

这种观点较为全面和客观地揭示了语言学与外语教学的关系问题，为人们提供了衡量某种语言学能否应用于外语教学，以及能够在何种程度上应用于外语教学的标准。按照这个标准，认知语言学在三个层面均对外语教学产生作用。

提供见解。认知语言学理论包含对语言本质的认识，能在宏观层面指导外语教学和外语学习。认知语言学强调语义的体验性，强调人类习得语言的过程与人类认知世界的过程没有实质的差别，人对世界概念化的过程也是逐渐形成语言概念的过程。语言知识与百科知识是不能截然分开的，所有对语言形式的分析不可能离开对意义和概念的分析，任何认知规律的获取是以大量语言事实为基础的。反映到外语教学当中，认知语言学指导下的外语教学应当是以学生为中心的，应当是侧重语义理解的，同时，认知语言学指导下的外语教学过程应当是遵循人类普遍认知规律的。

提供启示。师生关系一直是教学的核心问题之一。现代外语教学中天平倾向了"学生"一端。到 20 世纪后期，人们放弃寻找"最好的""最有效的"教学方法的努力，转向对教的过程和学习的过程的研究，把注意力放到学习者身上，从重"教"转向重"学"。韦弗和科恩指出，"在最近几十年间，语言教学的重点有明确的转变，转向学习者的个人需求，语言教师开始通过努力完成他们不同的语言学的、交际的、文化的目的来适应课堂上的个体学习者，同时调整他们的教学以满足学生的不同语言教学需求。"这就与"教师是主导，学生只能服从"的教学观形成鲜明对比。教学活动同时也是学习活动，学生是活动的主体，了解他们的认知特点、认知模式对英美文学教学大有裨益。认知语言学指导下的外语教学是以学生为中心的，而且侧重关注学生在学习外语时的认知模式，并检验认知语言学的既有理论模式是否对外语习得有实际的正面效应。在这个意义上，认知语言学对外语教学具有启示意义。

直接应用。认知语言学中的一些分析方法、理论模式可以应用到英美文学教学中，为教学程序提供合理建议。例如，认知语言学中的基本层次范畴理论表明，最先被儿童习得的、词形较简单的、构词能力较强的词一般都是基本层次范畴词，这类词一般在日常对话中使用频率较高，因而在外语学习和教学中应受到高度重视，应在编写教材、编纂词典和教学实施过程中置于优先地位。

事实证明，"认知语言学对于语言有了一些新认识，同时在语言习得研究的影响也是如此。在发掘看似纷繁复杂的语言结构的系统性及其背后的动因等方面也正在给英美文学教学注入新的活力"。

(二) 认知语言学指导英美文学教学的基本原则

将认知语言学研究成果应用于英美文学教学实践，需要从不同视角进行观察、分析、总结并进行原则性阐述。彭建武提出，在外语教学中引入认知语言学理论必须遵循三个基本原则(相关性、层次性和适存性)，这对现实英美文学教学提供了实际操作层面的指导，确立了理论应用于实践的标准。

1. 相关性

应当深入了解教学需要解决的问题和目标，充分了解认知语言学中哪些理论与教学研究关系密切，哪些研究性质一致，哪些能深化对教学法的认识。相关性越大，移植越有效、越实用和越科学。任何理论都有其适用范围，不恰当地搬用只能是牵强附会，不可能深入教学实践的本质，也不可能触碰到真正的教学规律，也就不可能在实际中对英美文学教学实践有所帮助。比如，隐喻理论是关于意义理解的理论，其适用范围应当是解释教学过程中与语义相关的内容，用其指导学生的发音和语调显然是不切实际的。

2．层次性

英美文学教学是一个系统工程，涉及诸多方面，这决定了教学研究的多层次性。这种多层次性要求人们把认知语言学移植到英美文学教学的过程中要有针对性，即对准教学研究的某个层次，而不是所有层次。具体来说，教学当中通常包括语音、词汇和语法，或者说包括语法、语义和语用。不能排斥理论的多层次应用，有些理论，如概念化的原型理论，其适用面要广一些，可以指导词汇层面的教学，对语法层面的教学也有一定的启示作用，但试图用所有的认知语言学理论阐释所有层次的教学实践显然是徒劳的。

3．适存性

被移植的理论应适应教学要求，经得起检验和推敲，保证教学理论和实践方法健康稳定地发展。适存性是一个极为重要和关键的环节，它要求人们既要消除与实际教学不相适应的概念和内容，还要使能够移植的语言学理论得到更进一步的探讨，使其发展成适应教学需要的理论模式。对同一教学问题可移植不同的理论，但要使它们相互融合和统一。

这三个原则的提出，对于人们在英美文学教学中恰当地运用认知语言学理论具有非同一般的指导意义。对于每一个试图引入英美文学教学的理论模式，都应当对照以上三个原则，只有符合这些原则才应被认为是有效的、可行的，才有可能切实指导教学实践。

(三) 认知语言学指导英美文学教学的基本思路

温格瑞尔(Ungerer)、施密特(Schmid)指出，人们普遍认为，英美文学教学应当以学习目标(最好是交际能力和跨文化能力的目标)、学习策略和教学方法(存在明显的行为取向和以学习者为中心的方法的倾向)为中心,但这种想法忽略了学习者认知能力的方面。如果得到合适的认知途径的支持,利用认知语言学的工具来研究和描写学习策略,那么学习策略就有望更成功。将认知语言学的成果应用到现代外语教学可以遵循以下思路。

目标:交际的,最终是跨文化的能力;

方法/策略:行为取向的,以学习者为中心的;

途径:经由原型、基本层次、主题和背景以及完形等习得外语的认知体验途径。

由此看出,就授课目的和师生关系而言,认知语言学指导下的外语教学与以往的认知教学法和交际教学法并无根本的差异。利用认知语言学指导英美文学教学,关键在于通过合适的途径,运用合适的理论,解决相应的问题。

英美文学的认知功能和艺术价值在于其是对人生体验的文化表征。文学作品隐含着对生活的思考、价值取向,是特定的意识形态。阅读英美文学作品,是了解西方文化的一条重要途径,可以接触到支撑表层文化的深层文化,即西方文化中带根本性的思想观点、价值评判、西方人经常使用的视角,以及对这些视角的批评。

英美文学是对时代生活的审美表现,是英国人民和美国人民创造性使用英语语言的产物。英语表意功能强,文体风格变化多,或高雅或通俗或含蓄或明快或婉约或粗犷,其丰富的表现力和独特的魅力在英美作家的作品里得到了淋漓尽致的发挥。阅读优秀的英美文学作品,可以感受到英语音乐性的语调和五光十色的语汇,回味其"弦外之音"。

认知语言学在认知科学和体验哲学的背景下发展成形,其衍生的认知法是与听说法相对立的、第二语言教学法的一大流派。其来源于翻译法,但不是翻译法的机械重复,而是有所发展和提高。当代心理学的最新成果"认知学理论"被运用到语言教学研究中,首创了对学习者的研究,使外语教学法建立在更加科学的基础之上,对第二语言教学做出了贡献。认知法企图用"认知—符号"学习理论代替听说法的"刺激—反应"学习理论。它主张语言是受规则支配的创造性活动,语言的习惯是掌握规则,提倡用演绎法讲授语法。听说读写四种语言技能从学习外语一开始就进行训练，允许使用本族语和翻译的手段，认为语言错误在外语学习过程中是不可避免的副产物，主张系统地学习口述和纠正错误。它强调理解在外语教学中的作用，主张在理解语言材料的基础上创造性地进行交际练习。认知法是以认知心理学作为其理论基础的，使外语教学法建立在更加科学的基础上，但认知法作为一个新的独立外语教学法体系还不够完善，必须从理论上和实践上加以充实。

借鉴认知法所提倡的原则，在英语专业英美文学教学方面可采用如下改革思路。

(1) 阅读完整的作品。作品选读虽然是精选经典作品，但由于只选片段，破坏了作品固有的整体性，难免有支离破碎的感觉。只有认认真真读过莎士比亚一个剧本，学生才能对莎士比亚的创作特色真正有所了解，才能说"我读过莎士比亚"，才能与人讨论莎士比亚，也才能写出有自己见解的评论文章。阅读文学作品，从整体上感受体验，学生会有所震动，有所启迪。

(2) 掌握欣赏作品的方法。在传统的文学史课堂上，教师往往以"满堂灌"的方式向学生传授文学知识。其实，生活在信息时代的学生可以很容易地通过网络、百科全书光盘等途径搜寻到这些知识。因此，英美文学课的重点应放在指导学生如何欣赏和分析作品。以英美小说为例，在阅读作品的基础上，要求学生分析主题表现、人物塑造、情节安排、叙述角度、象征细节、语言风格等。

(3) 撰写阅读心得。读书贵在有自己的心得体会。文学作品可以为写作提供题材和内容，写作则又深化了对文学作品的理解，两者互为补充。文学是语言的艺术，许多名家均为语言大师，学生通过阅读，受其熏陶。英美文学课程的考核不搞闭卷考试，而是撰写课程论文。按照上述思路组织教学，英美文学课程可以成为一门素质培养课。学生主动参与文本意义的寻找、发现、创造过程，逐步养成敏锐的感受能力，掌握严谨的分析方法，形成准确的表达方式。把丰富的感性经验上升到抽象的理性认识的感受、分析、表达层面的能力，这将使学生终身受益无穷，也是在竞争日益激烈的社会中立于不败之地的真正有用本领。在这个过程中，学生的英语水平也会相应得到提高。

以下分别就范畴理论和隐喻理论，详细探讨认知语言学在英美文学教学中的应用。这些理论的选择充分符合指导英美文学教学的原则，阐述的重点是理论的应用途径。当然，认知语言学其他一些理论同样可以指导英美文学教学，因篇幅所限，将主要讨论以下理论的应用情况。

三、范畴理论在英美文学教学中的应用

范畴理论在英美文学教学中的应用主要体现在对作品中词汇的理解。在英美文学教学中，如果词汇理解不准确，很容易造成错误地理解语篇。词汇教学一直以来是外语教学中的一个重要组成部分。语言单位形式和意义之间往往不是一一对应的关系，同一个词可以用于指代不同的事物或不同的场景，一词多义的现象在语言中十分普遍。如何利用语言学理论指导多义词词汇教学成为外语教学中一项非常迫切的任务。传统的做法是将一个多义词中的不同意义都给予同等地位，各个义项之间没有必要的关联，教师的任务是分别讲授各个义项，对于意义产生的理据不予关注或不予充分关注。

词汇的准确理解离不开对词汇意义的掌握，尤其是对于一词多义的情况，学习者往往会感到无所适从。然而，利用原型范畴理论，可以大大提高词汇学习效率，这可以从二语习得的实践得到证实。二语习得理论将词汇习得的过程分为循环出现的两个阶段，即语义化(semantization)阶段和巩固提高(consolidation)阶段。在第一阶段，学习者将词汇的形式与意义相连接，在第二阶段，将新习得的词纳入学习者的永久记忆，该阶段是更深一层的加工过程，同时也增加了习得词汇的语用、社会和隐喻特征。这两个阶段密切相关，如果习得词汇在第一阶段未能充分语义化，第二阶段的巩固提高就不可能实现。语义网络理论对巩固提高阶段的语义存储方式具有很强的阐释力。

语义网络理论的基本假设是，所有学习者个体的陈述性知识都体现在由节点和路径(nodes and paths)构成的网络中。新的知识点(propositions)要被习得(被储存在相关的知识网络中)，应能够引起学习者对早期相关知识的检索。新的知识点和早期相关知识同样能刺激学习者产生其他新的知识点，无论是由环境所提供的还是由学习者自己所产生的，都依附在学习过程中被激活的早期相关知识周围。在知识网络中能产生大量的检索路径，与某个信息单元相连接的检索路径越多，信息就越容易被回忆起。如果某个检索路径失败，信息将会通过另一条检索路径被重新构建。学习者通过推理、引申、举证、图示或其他将新信息与旧信息相连接的方式学习或产生信息。在这个阶段中连接与加工越活跃，词汇习得就越容易实现。

认知语言学家认为，将多义词汇的各个意义一一列出(词典学描写多义词语义结构的方法)，并不是最有效的贮存语义信息的方式。"相反，一种网络状的贮存模式具有认知真实性，且允许义项之间有最多的共享信息或相关信息。"(Bm~man&Lakoff，1988)网络结构反映了概念结构，也反映了一个多义词各个义项间的关系。这种多义词的语义表征方式与传统表征方式有很大不同，语义网络中各个义项的地位是不相同的，具有层次差别；各个义项对语境的依赖程度也不相同；如果网络中有一个义项是中心成员，那么其他义项都通过网络状联系与中心成员直接相关或间接相关。通常，这个中心成员被认为是整个语义范畴的原型。图 3-4 是理想的语义网络模式。

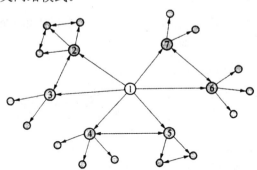

图 3-4　理想语义网络模式

词汇的语义网络中每个节点代表特定的义项，节点之间的连线(路径)代表作用于意义扩展的认知规律。这些节点均由一个中心节点延伸出来，通常，这个中心节点被认为是整个词汇范畴的原型意义。认知语言学的这种观点是心理词库理论的体现。认知语言学家不认为心理词库是由边界清晰的词汇范畴构成的，他们认为，词库是一个由形式—意义结合体组成的高度复杂和精细的网络，其中每个形式都有一个语义网络。与传统观点相比，这种研究认为词库内部的关系具有更多的理据性和较少的任意性。对多义现象来说，节点之间的联系类型就是词汇义项之间的关系类型，词汇语义网络理论中对节点之间的联系类型的研究具有突出价值。

语义学的传统研究早已提出多义词汇语义结构包括辐射型、链型和辐射—链型三种，然而，认知语言学的语义网络理论仍具有不同于以往学说的阐释力。多义词的结构主义模式的研究目的在于描写词汇意义的共同的具体语义成分，而认知语言学词汇网络模式的宗旨则是揭示存在于人的身体经验和感知中的意象图示，这些图示对解释义项间的联系起到本质性的作用。与传统的词汇意义表征的方式不同，词汇语义网络表征形式具有认知现实性。网络所表征的词汇单位的各个义项之间的联系具有自然的属性，多义现象才会如此普遍地存在。通过网络表征，可以将高度抽象的意义呈现为一个由内部关联的义项构成的结构体，这是认知心理学关于人类范畴化理论应用到语言学研究领域的结果。虽然认知语言学的网络分析是对词汇单位进行语义分析，从本质上是语言学性质的，但该项分析赖以进行的理论框架却在很大程度上提供了一个关于语言和认知之间关系的独特观点。

第四章　多元智能理论在英美文学教学中的应用

第一节　多元智能理论概述

一、多元智能理论的含义

美国发展心理学家霍华德·加德纳(Harvard Gardner)在研究了不同对象的脑与智能的基础上，修正了传统概念，把智力界定为：

(1) 智力是在单元或多元文化环境中解决问题并创造一定价值的能力；

(2) 智力是一整套使人们能够在生活中解决各种问题的能力；

(3) 智力是人们在发现难题或寻求解决难题的方法时不断积累新知识的能力。

他先后提了语言智能、数理逻辑智能、视觉空间智能、身体运动智能、音乐智能、人际交往智能、自我认识智能和自然智能等多种不同的智能。根据加德纳的观点，人的智能具有以下特征：智能的普遍性——每个人都拥有多种智能，只是某些智能的发达程度和智能组合的情况不同而已，且智能经过组合或整合可以在某个方面表现得很突出；智能的发展观——人的智能可以通过后天的教育和学习得到开发和进一步加强；智能的差异性——既有个体间差异，也有个体内部的差异；智能的组合观——智能间并非彼此绝对孤立，毫不相干，而是相互作用，以组合的形式发挥作用。

二、多元智能的构成

加德纳认为"智能是解决某一问题或制造某种产品的能力，这些能力对于特定文化或社会环境是有价值的"。传统的智能观过于狭窄，把智能局限于语言和数理逻辑方面，忽视对人的发展具有同等重要作用的其他方面。他认为，人的智能是多元的，人所共有的八种智能是：

(一) 语言文字智能

语言文字智能(Linguistic intelligence)是指用语言思维、用语言表达和欣赏语言深层内涵的能力，即创造性地使用口头和书面语言的能力。语言文字智能较强的学生用词语进行思考，他们极善于通过阅读、写作和讨论来学习。他们一般掌握大量的词汇，能进行言语和书面交流。民间故事家、演说家、诗人、小说家、著名节目主持人等都属于语言文字智能发达的人。

(二) 数理逻辑智能

数理逻辑智能(Logical—mathematical intelligence)是指人能够使用数字和推理进行计算、思考命题和假设，以及进行复杂数学运算的能力。逻辑数学智能较强的学生喜欢运用数学和抽象模式进行思维，他们往往清晰地考虑问题，借助逻辑和抽象的符号进行学习，具有强烈的探索欲望，敢于接受解决问题的挑战。科学家、数学家、物理学家、天文学家、统计学家等具有较高的数理逻辑智能。

(三) 视觉空间智能

视觉空间智能(Visual—spatial intelligence)是指人们对色彩、形状和空间位置等准确感受和表达的能力，包括用视觉手段和空间概念来表达情感和思想的能力。空间智能使人能够感觉、知觉到外在和内在的图像，喜欢图形思维，善于运用想象力，能够重现、转变或修饰心理图像。空间视觉智能较强的学生以形象进行思维，他们善于把握空间关系，有很好的结构感觉、色彩感觉，能敏锐地捕捉细节和色彩，善于通过视像来学习。像建筑师、摄影师、画家、雕塑家等都是空间智能较强的人。

(四) 身体运动智能

身体运动智能(Bodily—kinesthetic intelligence)是指人能巧妙地操纵物体和调整身体的技能。身体运动智能较强的学生通过运动和亲身实践来学习汲取知识，善于用身体来表达内心的感受，他们喜爱表演和扮演角色，喜爱舞蹈和运动，动手能力强，喜欢动手操作。在身体的平衡、协调、力量、速度、灵活性等方面比一般人强，如演员、舞蹈家、运动员、服装设计师等都属于身体运动智能较强的人。

(五) 音乐韵律智能

音乐韵律智能(Musical intelligence)是指人敏锐地感知音调、旋律、节奏和音色等的能力，以及通过音乐表达思想和感情的能力。音乐旋律智能较强的学生对于节奏和旋律极为敏感，他们擅长通过乐曲和歌词进行学习，喜爱唱、哼、吟、说。他们不仅爱听音乐，而且善于读谱、写歌和作曲。演唱家、作曲家、指挥家以及音乐爱好者都具有较强的音乐韵律智能。

(六) 人际关系智能

人际关系智能(Interpersonal intelligence)是指能够有效地理解别人和与人交往的能力。人际关系智能较强的学生善解人意，对他人的心思、动作领会很快，能站在别人的立场上思考并理解问题，能够辨别不同的人际关系暗示，能够对这些暗示做出适当的反映，他们喜欢以小组形式活动，能理解和尊重他人，往往具有很强的领导和组织才能。人际关系智能发达的人包括政治家、外交家、心理咨询专家、宗教领袖等。

(七) 自我认识智能

自我认识智能(Intrapersonal intelligence)是指关于了解自己、约束自己以及辨认自己与他人不同和相同之处的能力，能意识到自己的内在情绪、意向、动机、脾气和欲求，善于用这种知识指引自己的人生。自我认识智能较强的学生在充足的时间内安静地独立工作时最为有效。他们善于分辨自己的心理状态，了解自己，知道自己的长处与短处，富有主见，遇事能深思熟虑，常常坚持自己的信念。这类人包括神职人员、自传体小说家和对自己内心世界有深刻感知的人等。

(八) 自然观察者智能

自然观察者智能(Naturalist intelligence)是指观察自然界中的各种形态，对物体进行辨认和分类，能够洞察自然或人造系统的能力。自然观察者智能既包括对动植物的辨识能力，也包括对艺术风格与生活模式的察觉等能力。自然观察者智能较强的学生对于自然和环境具有强烈的意识，他们具有敏锐的观察力，能理解与环境相关的种种现象，长于分门别类，整理排列，他们喜欢阅读和写作有关自然界的作品，他们主要为自然观察者，如植物学家、生态学家、猎人和庭院设计师等。

三、多元智能理论的特征

多元性特征——多元智能理论认为，这八种智能因素是多方面相对独立地表现出来的，它们同等重要，不能将语言智能和逻辑数学智能置于最重要的位置，学生是否有良好的表现，往往在很大程度上取决于学生是否拥有运用语言和逻辑数学之外的智能。

整体性特征——多元智能理论认为，每个人都同时拥有相对独立的八种智力潜能，它们以多元方式组合。这八种智力因素在现实生活中并非绝对孤立存在，毫不相关，而是以不同方式、不同程度组合在一起，共同构成一组完整的智力。它们同等重要，应平衡发展。

实践性特征——加德纳认为智力是人们在生产和社会实践中进行产品加工和创造的过程，是不断发现新事物，提高个体生存能力的过程，特别强调了智力的本质是个体解决实际问题或生产出社会需要的产品的能力。

差异性特征——多元智能理论承认尽管每个人都具有相对独立的八种智能，但它们在每个学生身上以不同方式、不同程度组合使其智能各具特点。由于个体生活环境及所受教育不同，组合和利用它们的方式也各有特色，其发展方向和程度因环境和教育条件不同而表现出差异，造成人们的智能在表现方法和表现程度上各不相同。

开发性特征——加德纳认为智力是一种生物潜能，人的多元智能发展水平高低在于开发的程度。在一个充满教育性的环境下智力是可以被提升的，只要能得到适当的刺激，几乎所有智力在任何年龄段都是可以发展的。开发程度越高，发展水平越明显，相应智力水平也越高。

四、多元智能理论的意义

加德纳的多元智能理论至少取得了三个方面的突破。

智能观方面——多元智能理论阐述了每个人的智能是多元的，虽然并非每一个方面都能达到最高水平，但有一方面是最佳的，并且每个人的最佳智能单元是平等的；智力不再是传统意义上的逻辑数理智力或以逻辑数理智力为核心的智力，而是素质教育所强调的实践能力和创造能力。这促使教师走出片面的、单一的标准评价学生的误区，开始以多元的角度分析、理解学生，以宽容的心态接纳和信任每一个学生。我们认识到学校里没有"笨学生"，他们各具智力特点，有不同的学习方式和发展方向。

智能整合方面——智力不是一种能力或以某一种能力为中心的能力，而是"独立自主和平共处"的多种智力。加德纳认为，人至少有八种具有相对独立的智能，而这八种智能(或其中某几种智能)往往是通过不同形式的组合，以某种综合的方式在某个人的行为、生活中体现，即人的智能经常以整合的形式实现其价值。不同水平智能，不同形式的组合，将构成学生之间的差异。因此，我们要采用多种教育手段，提供丰富的教学内容，为学生拓宽运用自己知识的方式，主动建构知识经验与能力空间，拓宽展现自我、实现自我的渠道。

学生观方面——多元智能理论指出每个人都有自己的学习方式，每个人都不同程度地拥有相对独立的八种智能，每个学生都有自己的优势智力领域，有自己的学习类型和方法，学校不存在差生，全体学生都是具有自己的学习特点、学习类型和发展方向的可造就人才。学生的问题不再是聪明与否的问题，而是在哪些方面聪明和怎样聪明的问题。因此，教育应该在全面开发每个人的各种智能的基础上，为学生创造多种多样的展现智能的情景，给每个人以多样化的选择，使其扬长避短，从而激发每个人潜在的智能，充分发展每个人的个性。人们在八种智能方面所拥有的量各不相同，八种智能的组合与操作方式各具特色。与传统的智能理论相比，加德纳的研究不仅揭示了一个更为宽泛的智能体系，而且提出了新颖实用的智能概念。

第二节 基于多元智能理论的英美文学教学设计

在目前的英语专业教学中,基础阶段的教学是学生首先具备一定的语言能力,并逐步能利用语言能力学习其他知识,以获得进一步的应用能力。一年级的教学中,必须做到在帮助学生打下扎实的语言基础的同时,加强培养语言的实际应用能力,而语言的输入和输出能力应该是并重的。到了二年级的教学阶段,实现学生从"被动教育"到"自我教育"的目标。这也是英语专业教学改革的一个重要方面,是教育的首要目标。英语专业的学生毕业后所在的不同行业、不同岗位对外语掌握程度的要求是不一样的。比如,对服务行业(如机场、海关、旅游等)从业人员的英语口头交流能力的要求比较高,而对科研人员的阅读和写作能力的要求较高。为了满足不同社会需求,英语教育应针对不同的教育对象,在语言能力培养方面的侧重点有所不同。在教学理念方面,要突破原来的以阅读为主,以英语语言知识的输入训练为主的设计思想和体系,向突出语言表达,重视交际能力培养,特别是突出听说能力培养的方向转变。

一、多元智能理论指导英美文学教学的必要性、可行性与优越性

(一) 必要性

我国教育长期以来一直受斯皮尔曼的智力二因素说的影响,多注重学生的语言智能和逻辑数学智能的培养,忽视了其他智能的发展,教学评估也侧重这两项智能。这样的教育理论不利于学生的全面发展。具体到大学英美文学教学上,由于缺乏对多元智能理论的掌握,部分老师仍然采用单一的教学模式及策略,只重视传授语言知识,讲授语篇,忽略了语言综合运用能力的培养,更忽略了多元智能的培养。教学评价形式单一,没有注意其整体性、情景性、发展性、多元性和开发性。

多元智能的开发过程,就是学生素质的培养过程。英美文学教学是素质教育

的一块主阵地，它注重学生多方面能力的培养。借助多元智能丰富的活动形式可以激发学生兴趣，提高教学效果，从而在英语教学实践过程中，培养学生智能。因此，多元智能理论与英美文学教学整合是可能的。

(二) 可行性

加德纳的研究成果表明：每一个孩子都是潜在的天才儿童，只不过表现为不同的方式而已。每个人都有自己所倾向的学习类型、工作方式和气质性格。因此，在学校教育中，不应把所有的人都当作完全相同的人来看待，他们的智能也不是固定不变的。在英美文学教学中，教师清楚地认识到学习语言的天赋低下并不意味着智能低下。人的各种智能是以复杂的方式在人脑中运作的，没有一种智能会单独存在，只有当各种智能被积极地运用时，学习语言才能取得最好的效果。多元智能理论带给新课程改革的最大功绩在于更新了教育观念。以人为本，尊重人，重视人，发展人。这与 20 世纪末我国提出的素质教育目标相吻合。

近几年，多元智能理论在国内外流行甚广，美国和澳大利亚等相继开展了关于这方面的教改探索实验。在我国，多元智能理论被有些专家称为"素质教育的理论基础"，不少中小学在新课程改革实验和实践过程中，也把多元智能当成了理论基础和指导思想。

随着我国外语教学改革的进一步发展和提高，英语专业教学出现了显著变化，新《大纲》在原《大纲》的基础上重新调整了基础阶段和提高阶段的有关要求，使其更加客观、科学地反映了英语专业教学的培养目标。为了深化教学改革，提高教学质量，满足新时期国家和社会对人才培养的需要，我们要适时调整教学策略，比如，把大学英语教学要求分为三个层次，即一般要求、较高要求和更高要求。

(三) 优越性

首先，多元智能理论是一套较完整的理论体系。目前，美国有关多元智能理论的研究著作(包括加德纳本人的作品)迄今为止已有 40 多本，它们从各个层面、各个角度构筑起多元智能的理论大厦。从另一个层面说，一个较完备的理论体系可以保证教学研究从一开始就站在比较高的起点上，使其更有实践的价值和意义。

其次，多元智能理论与我国所推行的素质教育理念非常吻合。素质教育提倡培养学生的综合素质，多元智能理论倡导开发学生的多元智能，它们的内涵几近相同。同时，多元智能理论在一定程度上为我国推行的素质教育提供了理论基础。

最后，多元智能理论较强的可操作性保证了其在英美文学教学中实践的可能性。迄今为止，国内外的多元智能理论研究早已进入课堂的实践层面，并总结出在教学中培养学生智能的各种方法。这些具体应用该理论的方法为大学英语教师提供了借鉴、参考和指导。

多元智能理论对课堂教学的改革提出了新的思路。这一理论对教学最大的意义就在于：教学不但需要走出以往的以传授知识为最终目的的阴影，将教学目的定位在学生智能的培养和开发上，而且应该改变传统的单一智能观，以开发学生的多种智力潜能为根本目的。外语教学由填鸭式向自主式的理念转变，后者强调以学习者为中心，发展"人本主义外语教学"，这恰与多元智能理论的精神内涵相契合。学生的个性千差万别，都有与生俱来的个性潜能，应培养他们发明创造、发现或创造性地解决问题的能力，使其成为不断获取新知并全面发展的终身学习者。将多元智能与英美文学教学相整合，就是将各种智能的核心能力嵌入现在的英美文学课程之中，或者将它们与英美文学课程"编织"在一起，使学生在学习英美文学的过程中，发展、加强和提高自己的多种智能。MI 理论较传统的智力二因素论及认知理论更具有教学的指导意义，它有助于转变教学观念，树立正确的学生观，为多种教学策略的实施提供了理论依据。为此，需要探索一种在实际教学情境中可以用的、将多元智能与英美文学教学相结合的新的课堂教学模式和策略。

二、基于多元智能理论的英美文学教学原则

（一）以人为本原则

以人为本是现代政治理念，它的实质含义就是相信人、尊重人、依靠人、发展人，让人积极愉快地进行学习、工作，取得更好的效益，实现更大的发展。以人为本表现在教学上，就是以学生为本。以学生为本就是相信学生、尊重学生、依靠学生、发展学生，尊重学生成长的规律和合理需要。以人为本的实质是突出

人的主体地位，贯彻"以学生为本"的思想，即要突出学生的主体地位，真心实意地为学生提供服务。

多元智能理论指出，每个学生都有自己的优势智能领域，只是其组合和发挥程度不同，学校里人人都是可育之才。我们应当关注的不是哪一个学生更聪明，而是一个学生在哪些方面更聪明。传统智能理论仅以人的语言智能和数学逻辑智能为依据；多元智能则不同，关注的是"你的智能类型是什么"。学生的智能无所谓高低之分，只有智能倾向的不同和结构的差别。在借鉴多元智能理论开展实践研究的同时，要树立"正视差异，善待差异""以生为本"的学生观。

我们的教育必须真正做到面向全体学生，努力发展每个学生的优势智能，提升每个学生的弱势智能，为学生创造各种各样的智能情景，激发个人潜能，充分发展每个人的个性，从而为每个学生取得最终成功打好基础。

（二）因材施教原则

多元智能理论认为世界上没有两个相同的人，追求以"个人为中心"，开发适应不同智能结构的有效的课程方案，最大限度地为每个学生的个性发展创造机会，即要使每个学生都有"独创"和"成功"。该理论为课堂教学设计提供了理论基础，为教师设计教学环节和创设教学情景提供了重要依据。

多元智能理论所倡导的是一种"对症下药"的教学理念，在可能的范围内，教师应根据不同学生的智力特点进行教学。多元智能理论推翻了以语言能力和数理逻辑能力为核心的传统智力观，该理论认为"每个人都有自己优势的智力领域，有自己的学习类型和方法，学校里不存在差生，全体学生都是具有自己智力特点、学习类型和发展方向的可造就人才。无论何时都要树立这样一种信念：每个学生都具有在某一方面或几方面的发展潜力，只要为他们提供合适的教育，每个学生都能成才"。依据这一理论，英语教师要树立"人人有才，人无全才，扬长避短，个个成才"的学生观，去发现传统理念中"差生"的长处，为在传统教学中失败的学生提供成功的机会。

加德纳提出的"为多元智能而教"，就是要求教师根据教学内容以及学生智能结构的不同特点，选择和创设多种多样适宜的、能够促进每个学生充分发展的教学方法和手段。

(三) 协调发展原则

教师要在教学中发现学生的差异，了解学生的智能结构特点，并且对各种智能要一视同仁、协调发展，不能厚此薄彼。积极发现学生的强势智能并对其进行引导，从而扬长补短。所谓"补短"，不是所有的缺点、短处都要补，而是那些有开发潜力、关系人的生存发展的短处必须补。教师应确实考查学生解决实际问题的能力，做出评价，从而进一步分析学生的优点、缺点，并以此为依据选择和设计适宜的教学内容和教学方法。

正因为每个学生有多项智能，真正的教学目标就应该是全面的、协调的，并且在全面的基础上突出每个人的优势智能，进行深入的创造性学习。同时，学生是学习的主体，其主体能动性在智能发展方面也是不可忽视的。从多元智能的角度，教会一个学生在遇到问题时如何思考和解决问题，如何协调地处理问题，才是教学真正意义上的功能，才是真正的智力发展，也是教学本质所在。

(四) 多元多维评价原则

评价是教育和教学活动中的一个重要环节，对于促进和提高学生的学习积极性和效果起着重要的作用。多元智能理论的发展需要一种在有意义的文化活动中进行的新评价体系。我们在评价学生时，要从多元的角度，发现学生的智能特长，采用恰当的评价方式，强化学生的长处，促进各项智能协调发展。单一的评价方式容易忽视学生的个体差异，我们应树立积极乐观的学生观，只有采用多元化的评价方式，才能公正地评价具有不同智能强项的学生。

根据多元智能理论，动态评价与静态评价相结合。对于学生智能的多元发展，教师要以一种动态和静态相结合的眼光看待，只要学生相对于他已有的基础有了发展，那就应该给予表扬鼓励。同时，过程评价和结果评价相结合。通过评价要让学生在学习过程中了解自己的学习状况和效果，促成最终学习目标的实现。

评价内容的多元性与评价方式的灵活性相结合。为了真正挖掘学生潜在的智能类型,可以尝试开卷考,考题可以是灵活多样的,学生可以自由选择。

发展性评价与形成性评价相结合。发展性评价强调评价主体多元化,尤其强调自我和同伴的评价,不仅关注结果,更关注过程,特别重视评价在过程中的激励与导向作用。形成性评价是基于对学生学习全过程的持续观察、记录、反思而做出的发展性评价。其目的是激励学生学习,帮助学生有效调控自己的学习过程,使学生获得成就,增强自信心。

三、基于多元智能理论的英美文学教学方法

教学方法是完成教学任务所使用的方法,包括教师教的方法和学生学的方法,是在一定教学思想和教学理论指导下建立起来的,较为稳定的教学活动的结构框架和活动程序,既是教学理论的运用,又是教学实践的概括。目前的英语教学方法多沿用苏联教育家凯洛夫的教学模式,其程序为复习旧课—导入新课—讲解新课—巩固新课—布置作业。这一模式主要从教师如何"教"探讨教学,它忽视了学生学习的心理、学习活动的规律等。而以学生为中心、从学生的角度来研究教学模式,把教师放在无足轻重的地位,这种教学模式,充其量只能称为"学"的模式。不论是"教"的模式,还是"学"的模式,都不能成为"教学模式",因此,更完善、更可取的教学模式,应是以教师为主导、学生为主体、师生双边活动的教学模式。

根据学生基础差异的不同,以及每个学生所具备的智能强弱不同,英美文学教师应采取灵活多样的授课方法,以满足不同学生的需求。结合多元智能理论,介绍以下几种教学方法以供参考。

(一) 交际教学法

所谓交际教学法就是把语言作为一种交际工具进行教学,着重培养学生的交际能力。交际教学法倡导交往或合作学习策略,强调以角色扮演、小组或合作学习活动为主的交际教学活动或交往活动,比如,把文学作品中某个场景表演出来,不仅帮助学生更好地理解文学作品,加深了学生对文学作品的印象,而且给学生提供了大量运用英语的语言环境。

与其他教学法相比，交际教学法侧重发挥和发掘学生先天具有的学习和使用语言的能力，以学生为中心，它的最终目的是培养学生运用语言的交际能力。它改革了传统的教学模式，极大地调动学生学习的积极性；更新了教师的教学观念，在英美文学教学过程中更注重语言应用能力的培养。这种教学方法通过培养学生兴趣、钻研精神和自学能力，激发学生的主动性和相互作用，提高学生的语言运用能力和增强学以致用的意识，最终培养学生运用语言的交际能力。

在英美文学教学中，教师可以根据教学内容和学生的具体情况来设计各种教学活动，要有意识地把培养学生交际能力放在较重要的位置上。多想方法创造较真实的语言环境，引导学生用英语进行交际活动；可在课上或课后，采用扮演角色、复述课文、口头作文、对话、讨论等多种形式教学，从而达到、提高表达能力和训练综合素质的最终目的。

(二) "自主学习"教学法

"自主学习"源自 20 世纪 60 年代，西方教育界掀起了关于培养学习者"终身学习技能"和"独立思考"的大讨论。20 世纪 80 年代，这一方面的理论性研究取得了丰硕的成果。"自主学习"成为近 20 年来外语教学的热门话题。许多学者从不同的角度和层面给"自主"下定义，霍尔克认为自主学习是对自己学习负责的一种能力。这种能力不是先天就有的，而是要经过后天的培养。自主学习包括五个方面：确定学习目标、确定学习内容和学习进度、选择学习方法、监控学习过程及评价学习效果。即学习者自愿承担自己的学习责任，能够管理自己的学习行为，根据自己的实际情况确定学习目标(包括短期、中期和长期目标)，制订学习计划，选择适合自己的学习策略和方法，监控学习过程和计划进展情况，自我评估学习效果和目标实现程度。由此可见，自主学习的过程就是学习者自我管理和自我负责的过程。

自主学习教学法在英美文学教学中的实施要求转变教学观念,转换教师角色。传统的外语教学，是以"教师主体"为原则，学生的自主性受到抑制，因此，营造自主学习的课堂氛围，关键在于教师。教师首先要彻底转变观念，下放"权力"，给学生以充分使用语言的自由和机会。其次，转换角色，变英语知识的灌输者、教导者为课堂教学的组织者、管理者、促进者和英语学习上的顾问。在自主学习的模式中，教师不仅是语言知识的传授者，其更多的责任是培养学生独立学习的良好习惯和信心，挖掘他们自主学习的潜能，激发学生的动机。

英美文学教学不仅要在课堂上营造一种自主学习的气氛，而且在课下要给学生提供一个自愿、自主、独立学习的机会，创造一种良好的学习环境。这就要求教师布置一些课后作业，让学生通过探讨英美文学作品、英语沙龙等活动自主学习英语。同时，英语教师要采用新的学习成绩评估方式，改变学生成绩取决于一纸试卷的旧做法，将课堂参与、课外活动、动手动口应用语言做事的表现等都计入成绩。

(三) 任务型(也称小组合作学习)教学法

任务型教学是交际法教学和第二语言研究两大领域结合的产物，代表了真实语境下学习语言的现代语言教学理念，它与英语专业改革的方向不谋而合，它强调学生要在真实情景中的任务驱动下，在完成任务或解决问题的过程中，在自主和协作的环境中，在讨论和会话的氛围中进行学习活动。这种方法催化了学生有意义的语言运用，创造了有利于学习语言、习得内化的支持环境，也培养了他们交际、管理、协作、创新等能力和意识，以及团结友爱的合作精神。因此，在英美文学教学中实施任务教学法，对推进英语专业教学改革和培养学生的英语运用能力具有很好的现实意义。

随着人本主义成为现代教育的主题，任务教学法开始受到众多教育实践者的关注。这种方法能使学习者获得接近自然的语言习得方式，使潜在的语言系统得到拓展，通过建立并实施以小组合作学习行动为主题的教学模式，其行动价值将会体现在：①使学生具有参与的意识，激发学习兴趣；②增强学与教的策略性；③学习过程的互动性，有利于教学交际的充分发展，体现了教学活动的社会性；④有利于建立和谐、民主、合作的师生关系；⑤培养学生合作精神，培养学生的自主学习能力、实践能力，在合作中加深对自身的了解，解决自身问题。

任务教学法是我国外语界所倡导的"以人为本""以学习为本"，注重培养应用能力和创新能力的一种新型教学法。在我国，这是一种新的教学模式，在应用过程中受到来自各方面的批判和质疑。任务教学法不断得到发展，还要做许多努力和尝试。

四、基于多元智能理论的英美文学课堂教学要求

(一) 寻找最恰当的切入点

多元智能的课程设计，应该以学习者的学习风格作为课程设计的依据。让学生以自己独特的方式进行学习活动，才能达到预期的课程目标。教师应先仔细审视将要教授的内容，并确认该内容以哪些智能切入较为恰当。一般而言，学生最喜爱的学习方式就是最直接、最有效的切入点。教师应该了解学生的多元智能光谱，确认有效的引导方向，要体现分层教学的思想，从而引导学生充满信心地选择适合自己的学习方式。

(二) 教学设计必须有系统性

多元教学使用的智能数量并不是决定活动设计优劣的必要条件。以多元智能作为教学架构时，我们不能期望一个活动就能包罗所有的智能，否则，活动会显得过度延伸而造成学习者反感。因此，在根据多元智能设计课堂活动时，必须有系统性，最好以学期为时间单位来进行，以便涵盖八项智能。唯有如此才能达到所有学生都能适应发展的目标。

(三) 创设一个多元化的教学环境

教师设计英美文学课程时，应多提供多元智能的材料、充分的交互空间，帮助学生获得各种形式的资源，如书籍、杂志、布告栏、海报、电脑、网络等，还要提供让学生思考、学习和解决问题的工具，如教具、纸笔、日记、笔记、计算机文字处理等，以利学生利用多感官学习。这样，才能构成一个多元化的教学环境，促进学生不同智能的发展。

五、基于多元智能理论指导的英美文学教学策略

研究表明，每个学习者都蕴藏着极大的学习潜能，都有自己丰富而独特的内心世界。而成功的英语学习在于教师引导学习者充分发挥他们的潜能，开发他们的多元智力，调动他们的学习动机，以进行主动学习和合作学习。因此，在学习英美文学课程时，学习者应充分考虑将所接收的信息由一种智力转化为另一种智力，例如，擅长演讲的同学可以模仿伟人的演讲词和演讲风格来进行学习；擅长数理的人就应侧重于从数学符号和形式逻辑的角度开展学习；擅长身体动作的人适合于通过演剧目和伴随身体语言来学习；擅长音乐节奏的人可以通过歌曲歌谣的形式或伴随背景音乐来学习；擅长视觉绘画的人应着重于通过造型图像等来学习；擅长人际交往的人更适合于通过小组或与别人一起活动来学习；擅长自我认知的人通过写日记、总结来学习；擅长自然观察的人通过接触和了解大自然的奥秘来学习。每个人都能从自己最擅长和最喜欢的智能或智能组合来自主学习英语。

以下是作者在多元智能理论指导下所设计的具体教学策略，目的是培养学生利用各项智能以达到最佳的学习效果。

(一) 利用语言智能，培养能力

语言智能是对所学语言进行有效听、说、读、写、译等活动，包括把文法、音韵学、语义学、语用学结合在一起并运用自如的能力，完成表达思想、与人沟通、了解他人的能力。它有助于学生学习和掌握语言的结构、发音、意义、修辞等，并进而加以结合做实际的应用。语言智能的发展对学生取得任何学科学习成功都有显著的影响。语言智能强的人常在谈话时引用他处获取的信息，喜欢阅读、讨论及写作，他们在学习时多用语言及文字来思考。理想的学习环境要有下列教学材料及活动：阅读材料、录音带、写作工具、对话、讨论、辩论及故事等。

在英美文学教学中，教师应有意识地为这些学生设计一些教学活动，尽可能为学生创造有利于培养语言智能的理想的学习环境，并鼓励学生涉猎教材以外的资源(如词典、英文报刊、图书馆资源、互联网信息等)，通过训练学生的认知能力促进他们发展语言智能。

英美文学课程的教学不涉及听力方面。在口语方面，要鼓励学生用英文复述和讲述故事；模拟真实情景，要求学生运用英语描述文学作品并表述自己的想法等。在阅读方面，教师可给学生推荐课外阅读材料，阅读材料必须是学生感兴趣的并且难度适中。在泛读中词的复现可以促进语言的学习和掌握。在阅读过程中学习猜测词义，既能提高阅读能力，又能扩大词汇量，还能获取大量信息。在写作方面，除了课堂布置的写作任务外，鼓励学生写英文日记，既可提高他们对所学英文知识的产出性运用的能力，还可在潜移默化中锻炼他们的自省智力。总之，通过训练学生在语言各方面的认知能力，能够促进他们发展和强化语言智能。

(二) 利用逻辑数理智能，增强逻辑思维能力

逻辑数理智能主要指使用数字和推理、抽象思维、分析与归纳问题的能力。逻辑数理智能较强的学生喜欢抽象思维，以逻辑思维的方式解决问题。他们喜欢提出问题并执行实验以寻求答案；喜欢寻找事物的规律及逻辑顺序；对科学的新发展有浓厚的兴趣，对可被测量、归类、分析的事物比较容易接受；他们在学习时靠推理来思考。理想的学习环境必须提供下列教学材料及活动：可探索和思考的事物、科学资料、参观博物馆、人文馆、动物园、植物园等科学方面的社教机构。外语属于文科，似乎与逻辑数理没有联系。其实不然，外语学科同样拥有某些数学概念，如排列、组合、编码、对称等，掌握这些概念可以促进外语习得。

在设计一堂英语阅读课时，可指导学生根据语篇线索猜测生词词义，理清句子基本结构，整合文本的意义；根据语篇中已知的信息推理故事情节的发展；根据字面意思、语篇的逻辑关系以及细节的暗示，分析作者的态度和语气，深层理解文章的寓意。阅读训练中，采用不同的提问策略，提出开放性问题，让学生预测和改变逻辑结果等能够增强他们的逻辑思维能力，使逻辑数理智能在思考和学习中发挥更大的作用。

(三) 利用视觉空间智能，培育创造力与想象力

随着现代科技的进步，语言学习也不再是一种简单、枯燥的记忆过程，通过利用各种图像手段，如电影、电视、投影、图片、图表及多媒体网络视频资源等，

或利用实物、现场进行直观性的教学，使教学内容视觉化，以增强学生对语言的感悟能力。

视觉空间智能指立体化思维的能力，包括用视觉手段和空间概念来表达情感和思想的能力。视觉空间智能较强的学生喜欢图形思维，善于运用想象力，有很好的结构感觉、色彩感觉，而且喜爱艺术。因此，在英美文学课堂设计中，采用电影、电视、投影片、多媒体、挂图、图解、图表等形象化工具辅助教学，有助于激活视觉空间智能。在呈现文章的主体结构时，可设计流程图或层次结构图，有助于理清课文脉络和要点。此外，在讲解句子结构时，利用图解法可使复杂的句子结构一目了然。利用真实空间、借助现实物理空间进行直观教学是培养空间智能最直接的手段。利用二维平面内的空间关系，创设人造图表空间，可以把教学内容视觉化，达到空间表征。处理以说明文为主的课文，可设计流程图、矩阵图或层次结构图来呈现文章的主题和主要概念；处理叙事体课文，可以采用视图化大纲或网络图，有助于理清课文脉络和要点。图表还能用于分析或解释词汇的语义关系、句法关系、文本的篇章结构等非空间问题。把原本不是空间的问题用空间图表方式来处理，使学习的对象形象化，有利于问题的解决。建构这样的空间也要求创造性的智能活动。这不仅可以培养学生将视觉和空间的想法具体在大脑中呈现出来，以及利用空间图示找出方向的能力，还能强化学生用意象及图像来思考的视觉空间智能，从而启发了学生的创造力和想象力。

(四) 利用音乐智能，增强语感和语言文化的熏陶

音乐智能主要指对于节奏、音调和旋律的感悟和直觉能力，以及用音乐表达思想感情的能力。音乐智能较强的学生通常对音乐的力量和结构很敏感，有音乐的灵性。研究表明，听歌会促进输入、内化和习得目的语。大学生大多已有多年的外语学习经历，并且具备了比中小学生更为丰富的语音和词汇知识，通过演唱英文歌曲，既可以提高学生对音乐的理解力，增强其节奏感，又可以学习和巩固语音、语法和词汇知识，同时激发学生学习英语的兴趣。利用教材或课外的音乐资源，把音乐与教学内容有机地结合是培养学生音乐智能的主渠道。*Yesterday*

Once More，*Red River Valley*，*More Than I Can Say*，*You Are My Sunshine*，*Right Here Waiting For You*，*Take Me to Your Heart* 等经典歌曲，在课堂上适时地运用能够消除疲劳、活跃课堂学习气氛及激发学习英语的兴趣和动机。

由于青少年学生听觉敏锐，善于模仿，具有音乐的潜能，且又喜欢音乐，因此利用音乐来学习英美文学不仅能活跃课堂气氛，提高学生的学习热情，使学生在轻松愉快的环境中学习中掌握语言材料，还能提高他们对节奏、音调、旋律或音色的敏感性，培养、开发和强化他们的音乐旋律智能。同时，英文歌曲本身也是英语语言及英语文化的载体，以音乐为媒介来学习语言，可以让学生在优美的音乐旋律中增加词汇量，增强语感和语言文化的熏陶。教学方式有听主题音乐或背景音乐，唱与教材同步的英文歌曲或与生活联系密切的抒情歌曲。教学步骤为先听歌曲，呈现歌词，讲解歌词的语法、句法和词汇，分析歌词内容，然后学唱。

（五）结合身体运动智能，在英美文学教学中体现"在做中学"

语言学习的过程实际上是一个包括读、听、看、说、写、思等多种行为的动态过程，有资料显示，人类知识的 70% 是通过与肢体动作相关的活动获得的。身体运动智能指个体控制自身的肢体、运用动作和表情来表达思想感情和解决问题的能力。身体运动智能较强的学生具有较好的反应能力，喜欢参加体育活动，动手能力强，擅长手工操作。英语专业教学应尽可能多地为学生创设动态学习环境，让学生动起来，现行的小学、初高中英语教材把课堂游戏纳入了教学内容，其中，演示类游戏较多，演示类游戏属于动觉游戏，能够同时训练学生的肢体语言、口语和书面语，促进语言与肢体的配合、动作与表情的协调。但英美文学的学习很少有肢体活动内容。现行很多教材把课堂活动纳入教学内容，但利用动觉和学生的肢体语言来活动的不多，这就需要教师课前进行设计，利用教学内容，创设动态化的环境，给学生提供肢体动作的机会。

教师要求学生借用肢体语言来帮助表达思想，还可以利用原版录像带，引导学生观察、理解、模仿体态语，比较英汉体态语异同，积累用肢体语言表达思想的经验。例如，学习 Body Language(肢体语言)，Gestures(手势动作)时，要求学生收集比较英汉体态语异同，并且表达出来。

（六）利用人际关系智能，开展合作学习

英国心理学家韩普瑞曾说过，人类心智最具创意的运用是有效地维系人类社会，并成功地处理周围的各种人际关系问题。人际关系智能主要指交往和与他人合作共事的能力。人际关系智能较强的学生善于与人相处，喜欢群体活动。在英美文学课上，教师可以将学生分成不同的小组，根据课文内容设计一些讨论题，先让每个小组分别讨论，然后选出各组代表阐述观点。这种合作学习能营造轻松自如的学习氛围、减弱学生的焦虑感。学生之间愿意沟通，愿意表达自己真实的思想感情。教师可以对小组指导或提供帮助，与学生面对面地交流，有利于形成师生之间的合作关系。

创设积极的人际交往环境最好的办法就是开展小组合作学习。引导学生在小组合作学习中运用所学语言，使语言的形式和意义相结合，使语言学习更有交际意义，符合语言学习和运用的规律。在英美文学教学中，教师不仅要培养学生听、说、读、写、译各方面的英语技能，还应传授交际策略，因为语言学习的最终目的就是交际。根据多元智能理论，教师应培养和加强学生在人际交往方面的智能，使学生的各项智能得到全面开发和发展。这要求教师为学生创造需要运用语言去沟通才能完成的任务，可大量采用情景教学法和任务教学法。

（七）发展自我认知智能，积极开展自主外语学习

自我认知智能是了解自己、约束自己以及辨认自己与他人相同和不同之处的能力。自我认知智能较强的学生善于自我激励，不盲目从众，自觉能力强。

英语的教学目标是培养学生英语综合应用能力，增强其自主学习能力，提高综合文化素质，以适应我国经济发展和国际交流的需要。为实现这一目标，英语专业教学改革的措施之一就是改革现行的教学模式，将教师讲、学生听的被动模式转变为以计算机、网络、教学软件、课堂综合运用为主的个性化、主动式教学模式。为此，通过元认知和认知策略的培养，开发学生学习自主性，使其具有管理自己并对自己的学习负责任的能力，自我认知智能是关于建构正

确的自我知觉的能力。自我认知智能强的人具有自我认知、自我反省的能力，并善于用这种能力计划和引导自己的人生。心理学研究表明，元认知是智能的核心，元认知意识能鼓励学生做出成功的选择，并有效地修正自己的行为。学习者是否成功在很大程度上取决于自己元认知水平的高低。英美文学教学应积极培养学生自主学习能力，启发学生对自身认知资源的认识，引导他们了解任务类型、学习某些策略知识。

教学实践证明，多元智能理论中智能多元化、个性化和情景化的教学理念与当前英语专业教学中所提倡的自主性、探究性、协作性和交际情景化的教学理念相辅相成。以多元智能理论为依据的英美文学课堂设计更加注重学生的独特性和强调情景化教学，因而成为外语专业教学中充满希望备受欢迎的教学法。正如加德纳所说，多元智能理论是激发想法的教学模式，是英语专业教师教学探索和推陈出新的理论基础。

此种模式对于英美文学教学是一种创新、一种探索，但理论的说服力上仍有欠缺之处，许多理论问题没有深入地进行分析，如英美文学教学的教育理论基础等。虽然这些问题很难在有限的篇幅内展开讨论，但是无论对于英美文学教学的理论还是实践，都有很大的研究价值与意义。这些问题尚有待在今后的学习中进一步探讨。

第五章　翻转课堂与英美文学教学改革

第一节　翻转课堂的内涵解析

一、翻转课堂的内涵

翻转课堂译自"Flipped Classroom"或"Inverted Classroom"，也可译为"颠倒课堂"，是指重新调整课堂内外的时间，将学习的决定权从教师转移给学生。在这种教学模式下，课堂内的宝贵时间，学生能够更专注于主动的基于项目的学习，共同研究解决本地化或全球化的挑战以及其他现实世界面临的问题，从而获得更深层次的理解。教师不再占用课堂的时间来讲授信息，这些信息需要学生在课前完成自主学习，他们可以看视频讲座、听播客、阅读功能增强的电子书，还能在网络上与别的同学讨论，能在任何时候去查阅需要的材料。教师也能有更多的时间与每个人交流。在课后，学生自主规划学习内容、学习节奏、风格和呈现知识的方式，教师则采用讲授法和协作法来满足学生的需要和促成他们的个性化学习，其目标是让学生通过实践获得更真实的学习。翻转课堂模式是大教育运动的一部分，它与混合式学习、探究性学习、其他教学方法和工具在含义上有所重叠，都是为了让学习更加灵活、主动，让学生的参与度更强。互联网时代，学生通过互联网学习丰富的在线课程，不必一定要到学校接受教师讲授。互联网尤其是移动互联网催生"翻转课堂式"教学模式。"翻转课堂式"是对基于印刷术的传统课堂教学结构与教学流程的彻底颠覆，由此将引发教师角色、课程模式、管理模式等一系列变革。

翻转课堂的出现引起了众多专家学者的研究与讨论，但是学术界对于翻转课堂的定义并没有统一。张金磊认为翻转课堂是教学环节的颠倒，通过信息技术的辅助完成在课前对知识的传授，教师在课堂中帮助学生完成新知识的巩固和深化。钟晓流提出翻转课堂是一种通过信息化手段将知识以教学视频形式呈现给学生们的新型教学方式，它与传统教学的不同在于颠倒了课堂学习环节，更新了传递知识的手段。张新明结合国内外翻转课堂的案例，总结出翻转课堂只是在课堂外给予学生更多的自由，允许学生选择适合自己的学习时间和方法进行课前微课学习，课堂中的谈论也会增加同学之间和师生之间的交流。

对翻转课堂的定义虽然众多，但并不存在本质上的差异，只是描述方式不同。翻转课堂是在课前教师借助现代化手段，以导学案、PPT(演示文稿)、微课视频等方式将知识传授给学生，在课中教师积极引导学生以小组讨论形式对知识进行深化学习，课后完成对知识的巩固。

二、翻转课堂产生的时代背景

（一）信息技术的发展

第三次科技革命包括空间技术、原子能技术、电子计算机技术等的利用和发展。电子计算机的广泛应用，促进了生产自动化、管理现代化、科技手段现代化和国防技术现代化，也推动了情报信息的自动化。第三次科技革命带来了信息技术的飞速发展，掀起了信息革命。信息革命以互联网的全球化普及为重要标志。信息技术的巨大变革引发了新的技术变革，对社会发展产生了深远的影响。

当今社会处于数字化、信息化时代的时期，新技术的快速发展和广泛普及对人的发展提出了更高的要求。在这个时代的转折点和关键点上，广大教师应重新审视教育制度和教学模式，思考如何在教育教学中充分利用现代技术并最大限度地发挥技术的有效性。处于信息化潮流之中，教育的目的之一便是教师们能够积极主动地处理信息，提高信息处理的能力(包括信息的获取、分析、加工等方面的能力)。

（二）求知创新的社会潮流

快节奏的社会生活对教师提出了更高的时代要求：要快节奏地学习新鲜事物，分析理解新情境，做一个学习能力强的求知者。不管是谁，都需要不断地发展和完善自己，以适应瞬息万变的社会，更好地应对未来的不确定性。

社会的飞速发展对教育提出了新的需求：现代社会不仅需要具备知识和技能的专业人才，更需要具有独特的个性、较强的学习能力、较大的发展潜力和创新能力的高层次人才。这促使教师重新思考教育问题——怎样培养学生，才能使学生将来能更好地适应社会的发展。

三、翻转课堂的理论基础

（一）建构主义相关理论

建构主义理论是 20 世纪 80 年代由瑞士心理学家皮亚杰提出，他认为知识并不是通过教师传授得到而是在教师和同伴的帮助下得到。皮亚杰坚持认为研究儿童的认知发展就要从内因和外因相互作用作为切入点。

建构主义理论是将学生作为教学的中心，强调在学习的过程中要强调注重学习者自身已具备的知识体系和经验结构，学习者在接受新的知识的同时，要以自己原有的知识结构为基础，通过社会文化资源的帮助，对自己已获得的知识进行重新建构，获得对知识新的理解与掌握。因此，教师在进行教学活动时并不是简单的知识传授，不能忽略学生已有的知识水平，而是在学生旧知识的基础上进行积极引导，引导学生从已获得的知识经验中构建新的知识经验。这并不是以此简单的输入与输出，而是学生对知识从消化到融入的过程。

在传统的教学模式中，学生被动而又死板地接受教师所传授的知识。而在翻转课堂教学模式中，学生通过课前预习、通过教师录好的微课视频进行学习，对新知识有了初步学习，将自己的疑惑记录下来。在课中教师和学生的对新知识进行共同参与，教师基于学生支持和鼓励，使得根据学生已有的知识水平和经验，对新知识进行处理再加工的过程，使学生养成独立思考的习惯，逐步具有独立思考的能力，能够根据自己的实际知识水平能力对新知识进行内化。

在这个学习环节中，学生作为学习的主体，在课前自主学习过程中能够根据的原有知识储备对知识进行独立思考，知道自己究竟需要什么，知道自己的疑惑点，再向老师请教自己真正不懂的问题，做到了真正的知识内化。可见，翻转课堂教学模式不论在教学过程，还是教学和学生角色的定位上都与建构主义学习理论相吻合。

(二) 最近发展区理论

20 世纪 30 年代，苏联著名的教育家和心理学家维果茨基提出"最近发展区"理论，他认为教育对学生的发展起促进和引导作用，而学生的发展有两种水平：一是学生现所处的水平，另一种是在外界的帮助下学生可努力达到的水平。两种水平之间的差距被称为"最近发展区"。维果茨基的最近发展区理论强调教师对学生的帮助不应该只停留在学生现有的水平上，而是着眼于学生的"最近发展区"并为学生提供帮助。教育的目的是在学生原有水平基础上，通过寻找学生的最近发展区，使潜在的水平转化为实际发展水平。

最近发展区对教学的启示是教师在布置学习任务时既要考虑学生原有的知识水平，知识的难度又不能远远超越学生能够到达的知识水平，达到既能让学生轻松入手又不会被难到无从下手，让学生在学习过程中既有成就感又有向知识挑战的欲望。在新课标的要求下，最近发展区理论在教学中必不可少。这就要求教师尊重学生学习差异性，尤其表现在英语学科上，有些学生天生具备良好的英语语言天赋，而有些学生无论怎么努力也达到不到预期的学习效果。因此根据最近发展区理论，教师就要根据学生的不同学习程度水平因材施教。

维果茨基对教学与发展关系进行深入研究后突出了两个最主要的结论："教学应当是在发展的前面"和"教学创造着最近发展区"，因此翻转课堂教学模式是最近发展区理论重要体现之一。翻转课堂教学模式的基本方式为学生通过看视频的方式进行课前学习，基本掌握本课基础知识后的"最近发展区"才能有效促进学生的发展。此外，值得注意的是，翻转后的课堂教学必须是对课前视频学习的拓展与创新，知识的拓展与创新又必须以课前预习任务的完成为基础和前提，拓展与创意又必须符合学生的智力和学习水平，这样才能更好地促进学生的发展。如果问题过于简单，学生就会自负，丧失对难题探究的态度，如果问题过于复杂，就会使学生丧失信心，降低学习兴趣。

(三) 自主学习理论

自主学习理论一直是教育界热议的话题，不同专家学者从不同角度对自主学习理论进行了多方面阐述。霍尔克认为自主学习是自我负责学习的能力，他从五个方面定义学习者的学习能力：学习目标、学习内容和进程、学习技巧和手段、学习过程和学习效果。齐默尔曼(Zimmerman)认为自主学习和学习环境息息相关，学习环境包括物理环境和社会环境。利特儿(Little)从认知心理学角度出发，他认为自主学习既包括学生独立思考的能力、自主决策并采取行动的能力，又强调了教师在自主学习中的作用和地位。庞维国学者从两个角度出发，揭示了自主学习的含义。一是从学习的各个方面出发，如学习动机、学习时间、学习方法、学习环境、学习结果等，二是通过整个学习过程来阐述自主学习的真谛。总的来说，我们可以将学者们对自主学习的定义总结为三个层次，第一，自主学习能力最基础的层次为学习者自我管控学习的能力，能够潜意识里主动进行学习；第二，强调学习环境对学习者自我学习能力的影响，自主学习者要在不同的学习环境中都能对自己的行为负责，且学习环境对自主学习能力起着至关重要的作用；第三，自主学习也是学习者应对其学习活动应负的一种责任。第四，自主学习被专家学者们定义为不同学习方面的综合因素等。

在翻转课堂教学模式中，课前学生能够合理利用教学视频，根据自己自身情况的需要合理安排自己的学习，合理分配时间对知识进行梳理、分类和学习，学习氛围也不会像教师在课堂上讲授那样严肃认真，学生可以自主选择轻松舒适的学习环境，并在课堂上也是自发和同伴们进行探讨，可见，翻转课堂教学模式是自主学习理论重要体现之一。

(四) 掌握学习理论

掌握学习理论是由美国当代著名的教育心理学家和课程论专家布卢姆提出，所谓掌握学习理论就是为了使大多数学生达到所规定的课程目标，为学生提供所需的个别化帮助以及所需的额外学习时间。布卢姆认为，只要给予学生足够的学习时间和教学帮助，几乎所有的学生都能够完成所规定的教学任务。他认为学生学习成绩的好坏并不是由学生学习能力的差异性所决定的，而学习能力只能决定他将要花多少时间才能达到该内容的掌握程度。换句话说，学习能力强的学生会在较短的时间内掌握所学内容，而学习能力差的学习者则要花较长的时间才能达到同样的掌握程度。

翻转课堂教学模式最大的特点就是在知识在最基础的传授阶段选择让学生独自掌握学习，学生利用教学视频和教学资料，能够根据自身情况来安排和掌握自己的学习。学生在课前可以根据自己的学习时间、学习习惯观看教学视频，学生完全不必担心教师讲课速度快而跟不上课堂节奏的问题，学生完全可以自己掌握观看的节奏，对于不懂的问题，可以通过回放倒放的方式进行反复推敲，也可以在停下来进行记录。因此，掌握学习理论不仅是翻转课堂教学的理论依据，而且对翻转课堂的实践具有特别重要的意义。翻转课堂为学生完全自己掌握学习创造了条件，允许学生按照自己的节奏，掌控自己的时间，进行个性化学习。

四、翻转课堂的特点

利用视频来实施教学，在多年以前人们就进行过探索。在 20 世纪 50 年代，世界上很多国家所进行的广播电视教育就是明证。为什么当年所做的探索没有对传统的教学模式带来多大的影响，而"翻转课堂"却倍受关注呢？这是因为"翻转课堂"有如下鲜明的特点：

（一）教学视频短小精悍

不论是萨尔曼·汗的数学辅导视频，还是乔纳森·伯尔曼和亚伦·萨姆斯所做的化学学科教学视频，一个共同的特点就是短小精悍。大多数视频都只有几分钟的时间，比较长的视频也只有十几分钟。每一个视频都针对一个特定的问题，有较强的针对性，查找起来也比较方便；视频的长度控制在学生注意力能比较集中的时间范围内，符合学生身心发展特点；通过网络发布的视频，具有暂停、回放等多种功能，可以自我控制，有利于学生的自主学习。

（二）教学信息清晰明确

萨尔曼·汗的教学视频有一个显著的特点，就是在视频中唯一能够看到的就是他的手，不断地书写一些数学符号，并缓慢地填满整个屏幕。除此之外，就是配合书写进行讲解的画外音。用萨尔曼·汗自己的话语来说："这种方式。它似乎并不像我站在讲台上为你讲课，它让人感到贴心，就像我们同坐在一张桌子面前，一起学习，并把内容写在一张纸上。"这是"翻转课堂"的教学视频与传统的教学录像作为不同之处。视频中出现的教师的头像，以及教室里的各种物品摆设，都会分散学生的注意力，特别是在学生自主学习的情况下。

（三）重新建构学习流程

通常情况下，学生的学习过程由两个阶段组成：第一阶段是"信息传递"，是通过教师和学生、学生和学生之间的互动来实现的；第二个阶段是"吸收内化"，是在课后由学生自己来完成的。由于缺少教师的支持和同伴的帮助，"吸收内化"阶段常常会让学生感到挫败，丧失学习的动机和成就感。"翻转课堂"对学生的学习过程进行了重构。"信息传递"是学生在课前进行的，老师不仅提供了视频，还可以提供在线的辅导；"吸收内化"是在课堂上通过互动来完成的，教师能够提前了解学生的学习困难，在课堂上给予有效的辅导，同学之间的相互交流更有助于促进学生知识的吸收内化过程。

（四）复习检测方便快捷

学生观看了教学视频之后，是否理解了学习的内容，视频后面紧跟着的四到五个小问题，可以帮助学生及时进行检测，并对自己的学习情况作出判断。如果发现几个问题回答得不好，学生可以回过头来再看一遍，仔细思考哪些方面出了问题。学生对问题的回答情况，能够及时地通过云平台进行汇总处理，帮助教师了解学生的学习状况。教学视频的另外一个优点，就是便于学生一段时间学习之后的复习和巩固。评价技术的跟进，使得学生学习的相关环节能够得到实证性的资料，有利于教师真正了解学生。

五、翻转课堂的优势

在翻转课堂上的学习包括身份的建构：在师生间的学习之旅中，学生既参与教师的角色又参与学习者的角色，通过实践来学习。本质上这是一个社交过程，在这一过程中，学生与同学及课程内容互动，教师不是课程的焦点。在翻转课堂上，学生有更多机会独立学习，有时还会成为导师，帮助吃力的同学，齐心协力解决课堂上的难题。

对于害羞的学生，教师需要给他们一个机会当小组活动中的观察者，并让他们准备好在下一堂课上率先分享成果。这些学生可能需要在小组活动中获得通过的权利。然后教师可以要求他们提交一份关于小组活动经过的简短书面陈述，将重点放在他/她的理解与贡献上。接着教师可以直接回应该生，对其实际理解程度或在小组中的贡献予以鼓励。这一过程将帮助羞怯的学生建立信心，并表明他们的问题是有价值的、重要的、对大家有帮助的，希望这样可以鼓励他们在今后的小组活动中更多地献计献策。

翻转技术可以改变基于认知理论及社会建构主义理论的课堂教学。知识是被个体大脑逐渐获取的，但个体处在一个每天与不同群体互动的社会环境中。在翻转课堂中，学习可以在两个层面进行，一个是个体层面，另一个是群体层面。从认知角度看，关于人们如何学习的三个重要发现有助于印证翻转课堂成功的正确性：具备稳固的事实性知识基础，以一种易于与他人交流的连贯、有组织的方式对事实和观点进行理解，以及以有助于检索和应用的方式组织新的学习。翻转学习能够使学生将新的内容与他们的思维方式联系起来，从而更好地组织自身的学习并参与 F2F(面对面)的课堂讨论与活动。

除了认知学习之外，翻转课堂还融入了建构主义学习理论。社会建构主义理论的基础是，人们通过与他人的互动来获取知识，行为的内化是通过创造一种公共作品来体现的，这一作品通过某种适当的活动展现出个体的新学识。F2F(面对面)之前的时间可以激发学生使用积极主动的方法来充实自身的知识，并让他们在讨论正在做什么以及理解的变化时，变得更具元认知性。而课堂活动的重点是构建一个作品，以展示学生从翻转资料及增加的同学间、师生间合作中学到的新知识。

例如，在传统 EFL(英文水平考试)课程中，由于 EFL(英文水平考试)学习者受制于课外真实语境的匮乏，教学与实践必须在课上进行。然而，采用了翻转课堂教学法后，学习任务可以通过视频或其他适当的资源作为家庭作业完成，这一方法的理论基础是，记忆与理解处于布鲁姆的教育目标分类学(Bloom's Taxonomy)中的较低层次。在这一认知学习期，学生能够强化对课程材料的理解。

随后，教师可以围绕社会建构活动安排课堂时间，以提高学习效果。学生可以在讨论与扩展对内容的理解时与同学合作。在此期间，学生将被要求创造一件作品，这不仅将展示出他们新学到的知识，而且还将注重布鲁姆教学目标中的更高层次：应用、分析、评估与创造。在整个过程中，教师都在指导和帮助学生应用新知识或回到翻转资料中获取更多的信息。凭借教师和同学的不断反馈，并参考别人的作业，课堂就会变成一个由学习者组成的社区。这一学习者社区是学习发生的核心，学生通过彼此间的互动来发展自身的能力。参与这些社区极具教育意义，节省出 F2F(面对面)课堂时间用来专注于更多的交流、构建活动并为学生进一步验证想法及应用新知识提供机会。

为创造地道的、富有交流性的英语学习环境，让学生用英语商议意义、建立批判性思维技巧，需要改变现有的教学法。翻转课堂已经为日本的语言学习提供了一种令人兴奋的新选择，也改变了现行的做法。翻转课堂模式并非解决语言教育所有挑战的万能灵药。然而，在交际语言教学的新时代，这一范式值得教育者、管理者和决策者仔细考量。

第二节　翻转课堂教学设计

一、教学原则设计

根据对本科学生学习状况的调查，总结各校在混合学习模式教学中的优势与不足，本书认为，基于混合学习的翻转课堂教学设计需遵循以下几项基本原则。

(一) 教师为主导，学生为主体的教学原则

翻转课堂绝不是指简单地把课堂交给学生，更不是指把课堂变成学生的习题课，教师的主导地位和组织作用不是弱化了而是应该得以加强，当然学习者在课堂学习中的主体地位也应得到确立。课堂学习过程应该是教师和学生双边活动的

有机融合。教师应引导学生以发散性思维去思考问题，积极参与课堂讨论以及学习活动。在线学习中，教师组织学习者自主学习，引导学习者选择学习资源，参与在线讨论，达到学习目标。面对面教学中，教师应组织各个小组按照事先布置的学习活动进行学习，积极完成学习任务，此时教师要予以指导。

(二) 资源多样性原则

在混合学习中，课程资源是课程学习的重要组成部分。不同学习风格的学习者对于资源的需求是不一样的。有的学生喜欢视频素材，有的喜欢文本素材，有的喜欢 PPT 课件。因此，教师要尽可能地满足不同学习者对资源的需求。教师在为学习者提供资源时应对资源进行精选，不仅要涵盖多种形式的资源，以供不同学习风格的学习者选择，也要对资源内容进行筛选与分类，使得处于不同水平的学习者都能在课程学习中得到帮助，方便学习者学习。

(三) 学习活动有意义性原则

在基于混合学习的翻转课堂教学模式中，学习活动是不可或缺的环节。设计学习活动时，教师应增加学习活动的趣味性和待解决问题的发散性，设计适合团队合作的学习活动。通过小组合作、组间竞赛、辩论赛、头脑风暴等形式，让学习者在实践活动中学到知识，培养团队合作精神。

二、教学目标设计

对于教学目标，不同课程各有特点，应根据课程特点进行具体设计，主要从以下四个部分入手。

(一) 认知目标

通过对课程的学习，学生能够熟练掌握课程所涉及的知识点，能在每一章学习结束后，自己总结出本章的概念图，对于有争议的议题，能合理地表达出自己的想法。

(二) 实践能力

对于课程中所涉及的需要运用原理解决实际问题的部分，学生通过学习应能够掌握课程原理的实际运用能力，灵活解决实际问题，从而对案例进行有效的解析。对于需要培养发散性思维的课程，应放手让学生尝试体验，并创造性地提出自己的观点或进行创新活动。

(三) 合作精神

课程学习中，学生应能够适应小组合作的学习方式，积极参与小组活动，提出建设性的意见，在小组合作中做出较出色的贡献。教师应在潜移默化中培养学生的团队合作精神，帮助学生树立科学合理的学习态度，加强学习的主动性、积极性。

(四) 逻辑思维与语言表达能力

教师应有意识地训练学生的逻辑思维能力和语言表达能力，通过对课程任务完成情况的汇报，训练其语言表达能力和在众人面前从容、淡定地演讲的能力。

三、教学内容设计

不能把翻转课堂简单地理解为把教师面授改为让学生看录像，或把教师讲授改为让学生做题。如果那样，教师就不能称为教师，而只是学生的管理者。教师在学生学习过程中的作用不能被忽视，教师应指导学生改进学习方法，体验学习的快乐，并且顺利完成学习任务。在翻转课堂的教学模式下，教师至少应将教学内容分成以下四个部分。

(一) 教师课前导学部分

教师首先应将准备学习的内容、重点、方法、步骤、要求以及应注意的问题告诉学生，并且提出一些问题要求学生在学习过程中思考，也就是要让学生明确下一步学习的目的和任务。

(二) 学生课外自学部分

教师在选择学生课外自主学习的内容时，应基于两个原则：一是应选择较容易或中等难度的内容，使学生在学习时既感到不那么索然无味又有一定的挑战性；二是选择不是特别重要的部分，即使学生自学时理解得不够透彻也不会对其他知识的学习造成重要影响。而对于重要性较强和难度较深的知识点，可以让学生进行前期的自主学习。当学生对这样的知识点有了一定的了解之后，教师再深入地讲解；或者虽要求学生全部学习，但课堂上教师依然要把难点和重点部分再系统地讲一遍，让学生把在自学过程中产生的疑问弄清楚。

(三) 教师课堂精讲部分

教师课堂精讲的部分应该是难度较大、重要性较强或需要拓展的内容。对于难度较大的内容，学生自学起来可能有一定困难，教师的讲授可以使学生更深入地理解这些内容。一般来说，重要性较强的内容不一定太难，但往往不是最简单的内容。由于其可能对其他知识的理解产生重要影响，所以教师的讲授可以加深学生的印象。需要拓展的内容往往是学生想不到的，由教师介绍非常合适。

(四) 课堂师生研究部分

课堂师生研究的部分应该是应用知识灵活解决现实问题的部分。通俗地说，就是案例解析部分或习题部分。将这部分放到课堂上讲解，有利于教师及时发现学生学习的盲点，启发学生进行深入的思考，并使学生掌握研究方法，在解决实际问题中积累经验。

四、教学评价设计

教学评价的目的是指既要为了对前一阶段学生的表现给出评判，又要通过评价做出分析和总结，对后面的学习起指引和帮助作用。在翻转课堂中，教学评价要从评价方法和评价内容上做综合设计，教师要做到综合评价学生，不片面地以对错和考试成绩评判学生。

(一) 评价方法和依据

在评价方法上，采用形成性评价与总结性评价相结合的综合评价方法。对学生课前自主学习测试和章节验收测试或作业直接按结果评分。对于课前任务反馈情况较好的学生给予加 1～2 分的奖励；对于课堂上表现(包括参与讨论、出勤、对小组的贡献等)优秀的个人给予加分；对协作好的小组给予每个组员加 1 分的奖励：对学生课前、课中参与互动情况、课后反思情况可采用 5 级制再转成百分制纳入总评。总结性评价主要依据期末考试的成绩确定。教师可以设计平时成绩和期末考试成绩各自占的比重。有些教师担心平时成绩占的比重太大，学生最后的总评成绩可能过高。其实，成绩只不过是用来检验或激励学生学习的手段，只要学生的积极性能够得到调动，达到了预期的教学目标，学生的成绩高一点又有什么关系呢？

（二）评价者

课堂表现部分可以由教师、小组之间、组员三方进行评价，取综合得分。

1．教师评价

为了尽可能地做到客观公平，教师要多注意观察学习者的表现，通过学习者提交作业情况、每章测试成绩、小组合作情况以及课前自主学习情况等多方面对学习者做出客观的综合评价。教师的客观评价对学习者学习具有潜移默化的作用，适当的鼓励与提醒都是必不可少的。

2．小组之间的评价

在讨论过程中，发言小组以外的其他小组可以对发言小组进行评价，针对课程不同，一般可以对知识掌握情况、知识运用能力、PPT 制作水平、汇报过程的语言表达能力、创新能力、小组的团队合作情况等进行评价。特殊课程或特殊活动评价指标可以单独设计，如增加项目的可操作性或作品的意义。

3．组员评价

学习者从对小组做出的贡献、小组活动参与情况及小组讨论时的表现情况等方面出发，对自己的小组成员做出评价。这有利于学习者更好地参与到小组学习活动中，提高帮助他人及合作学习的积极性。为避免小组成员之间相互做老好人，教师可先告诉学生小组内每个成员的贡献度之和是 100%，在组员商量的基础上由组长进行分配，不得平均分给每个成员，必须有所差别，教师再根据学习者对其他成员给出的小组贡献度进行打分。

此外，有些人认为可以让学生进行自我评价，但是这种评价难免会出现不符合实际的情况，用来了解学生的学习情况或了解学生的心理感受可以，但是作为最后评价学生的依据是不合适的。

（三）评价内容

1. 认知方面

主要评价学生在认知方面的绩效，包含学生课前知识传递的检测结果、课上自主练习和合作探究的完成情况以及章节测试结果；主要考查学生对知识记忆的准确性，对知识理解与运用的准确和深刻性。

2. 过程方面

主要评价学生参与学习过程的表现情况，包括学生是否全身心地投入学习活动的全过程，是否参与了师生交流、小组讨论、动手实践和自主探究等活动，在参与学习活动的过程中是否开展了深层次的思考和交流，是否积极主动地帮助了他人。

3. 情感态度方面

主要评价学生参与学习的状态与情感，包括学生是否愿意开展学习、参与交流与互动，是否愿意构建良好的合作氛围，是否在参与学习的过程中培养了兴趣爱好，是否愿意帮助他人共同进步，是否有文明的表现等。这些都可作为评价内容。

第三节　翻转课堂在英美文学教学中的应用

一、英美文学翻转课堂教学模式实施的必要性

在当今世界全球化形势下，学校教育，尤其是大学教育面临着培养"全人"的重要任务。世界范围内均重视学生全面素养的培育，通识教育成为我国高等教育十分关注的问题。培养学生的人文素养和良好的道德情操，是通识教育的重要内容之一。如何使学生拥有较好的个人品质和修养，与文学课程的教学是分不开

的。为了更好地开展文学课程，尤其是英美文学课程的教学，翻转课堂模式的应用十分必要。

(一) 英美文学课程的性质使翻转课堂模式成为必要

文学即人学，是培养人文素养的重要课程，其目的在于"树人"。新形势下的高校教育必须是全人教育，因为"人是文化的人"，教育的内容必须包含人类的全部文化，而不只是特殊的技能培训和知识传授，是融知识技能教育、生命与生活教育及人性与文化教育为一体的综合事业。英美文学以其特殊的课程内容成为全人教育的重要组成，关涉学生英语专业知识、文化知识、文学素养、健康的社会价值观、良好的个人情感和道德情操以及健全的人格培养等诸多方面。英美文学课程既是英语专业的专业核心课程，也是英语专业及非英语专业培养学生全面素质的通识课程之一。利用高校英美文学课程的教学以培养学生的个人品质，是英美文学课堂教学的重要目的。在翻转课堂模式下，学生利用课余时间广泛涉猎英美文学相关知识，领略经典的文学思想和文学艺术，利用小组活动互动交流，并利用课堂进行互动和展示。这样既有利于他们人文素养的形成，也有利于其个人专业能力的培养，还能培养他们相互合作的团体意识，促进他们全人素养的形成。要培养大学生的全人品质，高校教师需要尊重学生的个性差异，做到因材施教。也就是说，教育要归于个性。首先，教育要以学生为主体。学生是主体性的人，具有自己的目的性、自主性、选择性和创造性，因而英语教学必须以学生为主体，满足学生的个性特点。其次，教师应该转变自己的角色，从专家型角色转变为很好的组织者、促进者、咨询者和创造者。全人教育的理念与翻转课堂模式的观念相契合，即让学生回归课堂的主体角色，充分发挥他们的学习积极性，培养他们自主学习的能力。英美文学课程自身的审美性和批判性要求学生具有独到的见解和领悟，翻转课堂模式给学生提供了更广阔的思维空间，利于他们对文学思想和文学作品进行解读和把握。

(二) 当前形势下英美文学所面临的困境使翻转课堂模式成为必要

高等教育的重要性主要在于其人文性。在当今商品与市场经济模式下，"快餐式"学习方式冲击了传统的教育模式，而文学课程逐渐被边缘化。在一些地方院校中，英美文学课程因为不能带来直接的效应而被削减。在这些院校中，英美文学课程在高校英语专业课程体系中的地位面临着挑战；同时高校教育体制改革加大了学生课外实践的构成，压缩了课堂教学的实际学时，英美文学课程自然成为压缩的对象之一。过去每学年一门的英美文学课程被压缩到每个学期一门，继而又被压缩至每学期几个学时，有的学校甚至将其压缩到更少。在如此严峻的形势下，传统教学模式再也不能有效地完成教学任务，不能实现英美文学课程的教学目的，而适时出现的翻转课堂教学模式为当前英美文学课程教学提供了新的出路。

（三）翻转课堂——英美文学课堂教学改革的必要尝试

在英美文学课程普遍受到边缘化且其课堂学时被大量压缩的前提下，改进课堂教学模式，增强学生对英美文学课程的兴趣，从而提高英美文学课堂教学质量，是回归高校人文精神、重树英美文学课程核心地位的必要途径。当前形势下摆在英美文学教师面前的问题是如何在有限的课堂教学学时内完成浩如烟海的知识信息的传授。课时的局限性使教师在繁重的教学任务前不知所措，即使采取满堂灌的方式也无法完整地传授本门课程的内容，效果也不尽如人意。因为这种教学模式极易使学生懒惰，易使其产生课堂疲劳，授课效果事倍功半。传统意义上的英美文学课堂教学主要采取的是教师讲、学生记的授课方式；期末考试命题时教师主要依据教材与授课内容命题。期末考核时平时成绩占20%或30%的比例，期末考试成绩占80%或70%，平时成绩以考勤和作业的考评为主。期末考核主要考核的是知识点，学生往往苦于记不牢而对考试忧心忡忡。这种教学模式与英美文学课程的本质和全人教育的目标相去甚远。英美文学课堂教学要真正做到以学生为主体。这就意味着要给学生更多的时间、空间和自由，使他们成为学习的主人，从而主动、积极地完成学习任务和履行学习的职责。为此，教师应主动把课堂还给学生，成为学生学习的引导者、组织者、合作者和评价者。翻转课堂教学模式作为一种新型教学模式，与英美文学课堂教学的性质不谋而合，是英美文学课堂教学值得借鉴的教学模式。

二、翻转课堂在英美文学教学中的实施

其具体实施体现在以下几个方面。

(一) 功夫在课外

翻转课堂的实施对教师与学生都提出了更高的要求，师生均须在课外做好充分的准备。在翻转课堂的实施过程中，教师虽然看上去比过去少"讲"了，但其工作和任务量一点也没减少，甚至需要做更多。教师须在课前遴选教学内容，设计问题，布置小组任务，制作课件与微课视频，准备和布置有关阅读材料，且对所有材料以及相关问题谙熟于心，对学生任务履行过程中的种种问题有足够的预测和应对。学生的学习从被动变为主动，他们须付出比过去更多的努力。他们需要阅读教师指定或提供的有关材料，通过小组讨论解决教师布置的学习任务，制作小组讨论汇报材料等。学生必须在课外对特定时期的文学现象、作家作品和文学思想及其与特定时代背景的关联有充分的了解和认识，才能在课堂上出色地展示学习成果，并通过课堂展现和互动获得进一步提升。

(二) 展现在课堂

翻转课堂模式下的英美文学课堂是展示学习成果、解决学习问题及实现思想交锋的地方。学生在课堂上进行小组讨论、组织汇报并进行评价；教师对小组汇报进行打分点评，就有关知识点进行补充与解答，或参与课堂讨论，就特定章节的核心内容进行讲解。课堂是活跃的课堂、互动的课堂、积极的课堂。

(三) 评价侧重"形成"

翻转课堂教学模式变过去较为单线条的教学行为为多线条的教学模式，过去较为简单的评价模式已无法适应新的教学行为，因而对学习者的评价也须做出改革。翻转课堂模式教学更加重视形成性评价，要对学生的课堂参与行为做出要求和评价，主要包括以下几个方面。

1．考勤

翻转课堂模式下的课堂教学更重视学习者的在场。过去的传统课堂以教师为中心，主要由教师讲授，学生如果缺席，可以通过参考他人的课堂笔记来弥补。翻转课堂模式下的课堂以学生的积极活动为主，是以学生为主体，甚至以学生为中心的课堂，学生要在课堂上实现与他人的合作、分享和评议行为，错过了便无法弥补，他们必须参与课堂行为。因此，教师应对学生的考勤做出严格的要求。

2. 课堂表现

翻转课堂旨在实践有意义的课堂学习行为，学生不仅要出勤，还必须有所行动。学生需通过小组讨论解决相关问题和完成相应的学习任务，他们必须集思广益，形成最佳的方案，并将形成的方案或者答案在班级里汇报给全体师生。所有这一切都涉及实际的行为。教师须对他们完成任务的态度、效果与质量进行评价和点评。

3. 课外学习任务的实施情况

翻转课堂模式下，学生的信息获取多数在课外完成。要实现英美文学课程教学的终极目的，除了要完成教师布置的与课堂教学直接相关的内容外，学习者还需阅读一定数量的文学原著，以对英美文学有较为具体的感悟。因此，给学生布置课外的阅读任务是英美文学课程教学的必要环节。教师须对学生阅读过程的每个环节进行检查和评估，并给出最终的评价。

4. 改革终结性考试形式

过去英美文学课程期末考试通常只遵循教师讲授的主要内容，而且试卷以客观题为主。然而在翻转课堂模式下，学生的每个学习环节都将进入最后的测评，期末考试成绩所占的比例将大幅度降低。不仅如此，期末考试试卷中的命题方式也须有较大的改变，从而给学生更大的发挥空间，主观题的比例须有较大的提升，并将其课外读物纳入期末考试。

第六章 建构主义与英美文学教学

第一节 建构主义和建构主义教学

一、建构主义教育理论的基本观点

(一) 建构主义知识观

对后现代认知范型和建构主义的不同维度进行梳理，有助于人们对建构主义的知识观做出概括。作为后现代认知范型的有机组成部分，建构主义理论主张反客观主义、反绝对主义，它对知识做出了全新的建构性的解释。建构主义知识观的核心思想是呼吁人们关注人的经验世界，关注意义和价值，归根结底，是对人的主体性的关注。

客观主义者认为，世界是客观存在的，关于世界的知识也是独立于人的意识、先验地存在着的，人类获取知识的唯一有效途径就是通过实证方法，利用逻辑数学公式和严谨的物理实验确保人类认知的客观性。总之，一切都是能确定的，都正在进入或即将进入人类的掌控之中，人类只要有足够的信心和耐心，就能破译世界的密码。实在论的逻辑推理是，物质世界是真实的，关于物质世界的知识也必定是真实的。建构主义反对客观主义的认识论，认为从物质世界的真实性并不能推导出知识真实性的必然结论，激进建构主义甚至对物质世界本身的真实性持怀疑态度。他们对客观物质世界要么置之不理，要么存而不论，对知识的定义也不以知识与物质世界的呼应程度为准绳，转而采用以人对环境的主观适应为标准。可以看出，建构主义知识观是一种主观主义的知识观。

建构主义者在哲学本体论上存在着分歧。温和建构主义同意客观主义的本体论，承认世界的客观实在性，但坚持人对世界的观察方式只能是主观的；而激进建构主义认为，知识主观地存在于人的精神世界中，人对外部世界的观察是建立在各种主观心理因素的基础上，这些主观因素积极活动并发生相互作用，至于物质世界是不是客观存在的，根本就是个多余的问题，应该用胡塞尔(Edmund Husserl)的"存在括号法"把它封存起来搁置一旁。他们的理由是，科学或许能揭示规律性的东西，但人类并不是需要规律就足够了。人类社会的理想境界并不与科学知识的增长成正比，人类更需要的是意义和价值，人类生存的原动力、人类存在的理由更多地体现在思想的自由，而不是体现在对物质的占有。建构主义者对知识的理解是：只要主观经验能让人觉得满足，能使心理环境与周围的物质环境和谐共振，就是最本原意义上的知识。建构主义者在认识论和方法论上达成了共识。知识并非客观的、绝对的，而是主观的、相对的。

（二）建构主义学习观

建构主义认为，学习不是由教师将知识简单地传递给学生，而是由学生自己主动建构知识的过程。学生在他人的帮助下，如与他人之间的协作、交流、利用必要的信息等，在一定的情境下，主动建构知识的意义，进而获得知识。在学习知识的过程中，学生不是被动的信息接收者，而是主动地建构知识意义的建构者。学生根据自己的经验背景，对外部信息主动地进行选择、加工和处理，对新信息重新认识编码，进行意义的建构。在建构主义看来，学习过程不是信息的简单输入、存储和提取的过程，学习是新旧知识经验之间的双向的相互作用的过程，也就是学习者与学习环境之间互动的过程。

建构主义学习观强调学习是学习者在丰富情境中主动建构意义、创造知识的过程。学习是一个主动的过程，学习是个体主动建构意义的过程，反对灌输式教学和行为主义的"刺激—反应"学习皮亚杰在论述个体的知识过程时，提出个体通过同化和顺应，或是将外在刺激纳入已有图示，或是调节原有图示适应环境。个体认识世界的过程就是个体与外在世界互动的过程，个体既实施行动于外在世界，亦从外在世界获得反馈。因此，学习既包括学习者主动建构的成分，也包括从外界吸收的成分。

(三) 建构主义教学观

建构主义教学观以学习理论为基石，主张教师实现角色转变，成为学生建构知识的引导者，教师在教学过程中应创设实际情境，同时加强学生间、师生间的互动学习。

建构主义认为，知识的意义在于学习者的主动建构性，知识无法通过直接的传递而实现。教学不是简单的信息传递，而是为知识意义的建构创设条件。在教学中，教师不仅要关注如何呈现、讲解以及演示信息，更重要的是，教师要创设一定的环境，促进学生自己主动地建构知识的意义，时刻关注、探知学生对知识意义的真实建构过程，并提供适当的提示、鼓励、辅导、帮助与支持，进而促进学生的建构活动。建构主义教学观认为，教师应该成为学生主动建构知识的辅助者和指导者。传统的教学观主张教师负责把知识传递给学生，学生被动接受教师所传授的知识。建构主义认为，学生的学习并不是知识从外到内简单的传递，而是学生通过对新知识的感知，与本身的认知结构相互作用，主动建构新知识的过程。让学习者积极建立自己的知识结构，以这种方式建立的新知识结构不仅不易退化，而且还能给学生以主动学习的机会，培养他们的创造思维能力。要注意将实践与学习两者紧密结合。传统的学习比较推崇书本理论知识的学习，从而导致学生所学知识与实践的脱离，造成学生重理论、轻实践应用的现象。建构主义教学观认为，有效的学习需与一定的情境结合。只有在真实情景中获得的知识和技能，学生才能真正理解和掌握，才能回到真实生活或其他学习环境中解决实际问题。教师的教学就是构建实际的学习环境，让学生在学习环境中结合自己旧有的知识建构出新的意思和知识。

对建构主义理论做了较为全面的梳理与解析，首先在宏观上对建构主义做了一个全面的概述；然后对杜威、皮亚杰、布鲁纳、奥苏泊尔、维果茨基这五位对建构主义理论有巨大贡献的思想家的建构主义理论进行了简要的论述；最后在前面两部分的基础上，对建构主义学习观、知识观、教学观进行了总结。目的是更好地指导实践。对理论的学习不是为了理论本身，而是要运用于具体的实践中。

二、建构主义教学的实践指导功能

目前，建构主义教学理论在我国教育界成了一种强势理论，似乎不谈建构主义就没有新意，人们要尽量避免盲目崇拜的态度。对于建构主义教学理论，要辩证地看待它，要客观地分析它是否具有理论价值和实践价值，是否能促进和提高我国教学水平，理论存在哪些局限性等问题。

（一）建构主义教学理论对实践的指导价值

1. 建构主义教学理论为英美文学课堂教学实践提供了先进的理念和观点

建构主义教学理论之所以能成为世界各国课程改革的理论基础，并被广泛实践于课堂教学中，是因为建构主义站在批判传统死板教学的立场上提出了先进教学理念。建构主义教学理论从教学目的、教学主体、教学条件、教学原则、教学方法、教学内容、教学评价七个方面对课堂教学进行了全面的诠释，为指导实践提供了理论依据。在教学目的上，最直接的目标就是通过教学来提高学生自主探究的能动性和主动性，最终目的是使学生对知识进行"意义建构"，把学生培养成善于探究和思考的学习者和实践者；在教学主体观上，建构主义提出学生是教学活动中的主体，对知识展开积极的建构，而教师在教学活动中是主导者，引导学生进行知识建构，指导和推进整个教学活动；在教学环境观上，建构主义提出要构建生动活泼、轻松愉快又能激起学生认知冲突的问题情境，学生在这样的教学情境中不断地思考与探究，通过师生和学生之间的互动和展示，共同进行意义建构；在教学原则上，建构主义提倡建构性的、活动性的和主体性的原则；在教学评价上，建构主义者提出了创新性的评价标准，包括目标自由的评价标准，即克服特定单一的目标对评价的束缚，看重真实问题解决的评价标准，同时还要注重多元化评价。

2. 建构主义教学理论为英美文学课堂教学提供了三种实践参考模式

建构主义教学理论不仅对课堂教学有指导价值，而且还为英美文学课堂教学提供了三种实践模式，这对实践建构主义教学理论有很大的参考和借鉴价值。

第一种，情境性教学模式。情境性教学是指教师要尽量为学生创设含有现实问题和真实事件的教学情境，使学生在不断探究问题、解决问题的过程中主动地完成意义建构。将真实事件或问题称作"锚"，教师与学生共同围绕"锚"来展开探究、合作和交流，最终构建起对问题或事件的理解并解决问题，因此，这种方法也叫作"抛锚式"教学。情境性教学模式主要包括五个环节：第一，要创设情境，根据学生的经验背景和发展需要，建构起学生感兴趣的教学情景。第二，要确定问题，选出学生感兴趣的并与目前学习材料紧密相连的现实问题和事件，如果学生自己能发现并提出问题，学习效果更好，这一环节就是所谓的"抛锚"。第三，学生展开自主学习，独立探究解决问题的方法，提高自主学习的能力，在这一过程中，教师的任务是为学生提供解决问题的相关帮助，如专家在解决此类问题是怎样探索的、应该收集哪些资料、从哪些方面去分析和整理资料等。第四，进行交流，学生将自己对当前问题的理解和想法向同伴和教师展示，通过谈论与交流，不断深化每一位学生对问题的理解，最终形成对问题较为一致的、相对确定的认识。最后，进行效果评价，学生解决问题的过程是对学习效果最直接的反馈。

第二种，支架式教学模式。在教育中，概念框架被"支架"，教师通过搭建概念框架不断提高学生的认知水平，学生沿着观念框架一步步攀升。维果茨基的"最近发展区"是支架式教学模式的理论基础，教师的责任是尽量打造完整的概念框架，学生们沿着概念框架不断进行建构，从而将学生的认知水平从已有高度提高到潜在高度。支架式教学模式主要包括五个步骤：第一，搭建支架，在确定了研究问题的基础上，根据"最近发展区"的思想构建概念框架。第二，进入支架，将学生带入概念框架中某一个点，并以此为根据点展开建构过程。第三，独立探索，学生们在概念框架的引领下独立探索问题解决的方法。第四，协作学习，小组之间谈论商议，尽可能地使学生达成一致的理解。第五，评价，包括自评和他评。

第三种，随机进入教学模式。这种模式比较复杂和灵活，它要求在英美文学教学过程中将同样的学习材料，放在不同的情景中，不同的时期、为达到不同目标、采用不同方法来建构。学生通过多种途径去理解和建构知识，从而获得对知识不同方面的认识，学习者每次"进入"同样的学习材料，都会有不同的收获。随机进入教学模式同样有五个步骤：第一，设计问题情境，确立与目前学习材料相关联的情景。第二，随机进入学习，展示与目前学习材料有密切联系的情景，可以从不同角度和不同侧面来展示。第三，思维发展训练，因为随机进入教学模式所涵盖的内容非常全面和繁杂，所以在应用这种模式时，教师要注重对学生思维能力的培训。首先，提高学生元认知能力水平，使学生能不断反省和调整自身的认知过程和结果。其次，教师要掌握学生的思维发展特点，帮助学生构建思维模型。比如，教师利用提问帮助学生构建思维模型，"你的意思是……""你这样想的原因是……"等，不断牵引学生的思维，最终帮助学生构建一个完整的思维模型。最后，教师注重对学生发散思维的培养。比如，提出这些问题，"你还有其他的想法吗""还有不一样的解决办法吗"等。第四，展开合作学习，针对同一个事件或问题展开小组间的谈论交流。第五，评价，包括自评和他评。

3. 建构主义教学理论为英美文学课堂教学改革和发展指明了道路

我国一直不间断地开展英语教学改革，就是为了变革传统教育中存在的弊端和不足，而建构主义教学理论作为新课程改革的理论基础，为教育改革指明了发展的方向和前进的道路。

首先，建构主义指出了"树立学生的主体地位"的发展道路。以往的一些教学理论虽然提出了"教师主导、学生主体"的思想，但并没有在具体操作中详细指出怎样体现学生的主体地位，因此，教学中依然延续着教师统治学生的现象：建构主义教学理论的出现，弥补了这一缺陷，建构主义教学理论对教学目标、条件、环境、模式、评价等方面展开了详细的阐述，在理论和实践上都对如何发挥学生的主体地位提供了具体的操作措施，建构主义教学理论不仅是一种思想，更是一幅实践的蓝图。建构主义以人为本、尊重学生、关注个性发展的理念是教育工作者学习和努力的方向。

其次，建构主义表明了"赋予学习和教学以工具性和发展性"的发展方向。建构主义教学理论特别强调对真实问题情境的创设，主张在问题情境中进行学习，使学习具有工具性意义和价值，为处理真实的问题提供帮助和指导。同时，建构主义认为学生的学习过程是一个连续不断的动态发展过程，学生的学习是不受时间、空间和其他因素限制，教师不可能将所有知识都传授给学生，所以，建构主义主张教师在不断帮助和引导学生建构过程中培养学生自主学习能力。

最后，建构主义教学理论指出了"要实现与现代信息技术相互促进与共同发展"的道路。一方面，信息技术的普及，为建构主义的英美文学教学实践提供了必要基础，建构主义教学理论在信息技术的支持下将理论转变为教学产品，被广泛应用；另一方面，信息技术依据建构主义的思想设计教学软件，使发明的教学软件效率更高，对学生帮助更大，同样也使信息技术不断提高。

(二) 建构主义教学理论实践指导的局限性

虽然建构主义教学理论为实践提出了先进的理论指导，也为实践提供了参考模式，还为我国教育的发展和改革指明了方向，对实践有巨大的指导价值。但建构主义作为一种舶来品和新生品，在实践中也存在着一些局限性。

1. 建构主义教学理论不利于系统知识的学习

建构主义教学理论提倡的"意义建构"存在一定的弊端，因为学生受到自身知识和经验的限制，通过自身建构出来的知识可能是片面的，不连贯的，有一些偏差和错误，不利于学生学习到系统、连贯的知识。有些常识性知识和具体知识无须建构直接接受就可以，如果一味地追求学生的自主建构，就导致学生知识结构的零散和知识容量的下降。再者，建构主义教学理论有相对主义、主观主义的倾向，否定任何"真理"，强调知识是不断变化的，而且不同的人通过不同方式的建构会对知识有不同的感悟。如果每个知识点都有成千上万个不同的说法，那么学生怎样在这些鱼龙混杂的说法中辨别真伪。所以，建构主义过度容易出现相对主义、主观主义的倾向，这使学生在学习时容易迷失方向，更不利于学生学习到科学、全面的知识。

2. 建构主义教学理论的实践领域有限

从建构主义的发展历程来分析，它是认知主义学习理论的延续和创新，因此建构主义教学理论更有利于认知领域知识的学习，而对情感领域和技能领域的知识学习并没有很大的优势，存在一定的局限性。例如，记忆类知识、常识类知识和动作技能等更适合教师直接讲授，不需要浪费大量的时间和空间进行意义建构就可以被理解。所以，人们要在恰当的英语学习内容中实践建构主义教学理论，并不是盲目地将其实践到所有课程中。

3. 实践建构主义教学理论对人力、物力、时间要求高

在课堂教学中实践建构主义教学理论，需要高质量的人力、物力和充足的时间，目前，我国实际课堂教学中，很少能达到建构主义的要求。

在人力方面，建构主义教学理论对教师和学生都提出了很高的要求，教师不但要对教学材料有深入的了解和研究，而且能够对其他学科的知识融会贯通，要有创设情境、组织合作、启发诱导和善于交流等能力，同时还要有心理学和教育学的知识背景，能恰当地应用信息技术等。同样，建构主义对学生要求也很高，学生们不仅要积累充足的经验和知识基础，还要有一定的学习策略和自学能力。

在物力方面，伴随着多媒体信息技术的普及，我国教学条件和环境也不断改善，多媒体、计算机和网络等被广泛地运用到英语教学过程中，保证了建构主义教学理论在英语教学实践中基本的前提。但是，由于条件有限，目前我国学校的硬件设施只能满足少部分学生的学习需要，还没有普及和达到建构主义教学理论的要求，这必然会影响建构主义教学理论的应用。

在时间方面，无论是教师的教学过程设计、创设情境、启发诱导，还是学生的自主建构、合作、交流、展示等，都会花费较长的时间。但在实际的教学中，学生往往要学习很多知识，然而课堂学习时间又十分有限，因此，在课堂教学中实践建构主义，很难将所有的学习材料在有限的时间内完成。

4. 建构主义教学理论是一种舶来品，与我国特殊国情有不相适应之处

建构主义教学理论起源于西方，并在西方的教育界引起了巨大的轰动，随着西方教育者对建构主义教学理论研究不断地丰富和深入，大量专著和文献问世，并且建构主义在世界课程改革中发挥了重要指导作用。大约在 20 世纪六七十年代，我国学者开始引进和关注的建构主义教学理论，并逐渐成为我国课程构建和

改革的重要理论依据。但是，建构主义毕竟是一种舶来品，它与我国目前的教育体制、文化传统、教学价值和知识观念等有很多冲突。比如，在教材方面，建构主义教学理论要求教材"从上到下"地编写，而我国目前的教材是遵循"从下到上"地分解知识，从具体到综合；在学科教学方面，建构主义提倡不同学科之间的融合和互补，这与我国目前的学科教学对立；我国目前的教育体制，与建构主义的理念不完全契合。因此，从目前中国教育实际情况来讲，实践建构主义教学理论是一个非常艰难和充满挑战的过程。

第二节　建构主义教学模式下英美文学课堂教学的建构理念与原则

一、建构主义课堂教学管理原则

一般性的课堂教学管理原则有教育性原则、民主原则、积极指导原则、科学性原则、共同参与原则、激励原则、发展原则、自律原则、个别差异原则等。这些原则也适用于建构主义教学模式下的英美文学课堂教学管理。前人对此已经做出了详细的论述，本文不再赘述。但是，在研究建构主义教学模式下的英美文学课堂教学管理的设计前，有必要对独特的建构主义教学模式下课堂教学管理原则进行说明。这是整个课堂教学管理的精神所在。

（一）理解原则

钟志贤教授在其著作《大学教学模式革新：教学设计视域》中提出建构主义教学原则，这些原则也可以运用到课堂教学管理上。这些原则是，理解学习者、理解学习过程、创设学习环境和建立学习共同体。第一，理解学习者原则。根据维果茨基的"最近发展区"理论，学习个体有两个发展水平，即现实的发展水平和潜在的发展水平，学生要在成人或比他成熟的个体的帮助下，从现实的发展水平达到潜在的发展水平。理解学习者就要理解学习者已有的知识经验水平，据此，围绕教学目标和教学内容，计划和组织实施学生的课堂学习活动。第二，理解学习过程原则。根据皮亚杰的认知发展理论，学习者的学习过程由"同化"和"顺应"两个基本活动形式组成。在这个过程中，教师让学生参与多样的互动活动，与已有的知识经验建立联系，引导学生完成意义建构。第三，创设学习环境原则。维果茨基的文化历史理论认为，个体的学习是在一定的社会文化背景下进行的，社会可以为个体的学习和发展起到重要的支持和促进作用。轻松、友好的学习氛围是学生课堂沟通和交流的基础，教师不仅要建立这种学习环境，还要提供多样的学习资源，激发学生的学习动机，促进学生的互动和交流，帮学生形成灵活多变的学习方式。第四，建立学习共同体原则。这种学习共同体，既包含共同探寻知识的教师和学生，又包含学生合作学习小组。教师要划分这些学习小组，然后引导他们交流、探讨和发现新的知识、经验。同时，培养学生的自我管理能力，使学生在参与交往的活动中，获得相应的知识、技能、方法和态度。

（二）预防为主原则

面对建构主义课堂复杂的教学问题，教师应该采取积极的管理态度。在课堂教学前及进行中做好教学工作和预防措施，能有效控制和管理课堂教学问题。完备的教学设计和教学过程让学生融入教学情境中，课堂问题自然减少。学生制造课堂问题的现象，一般是在对课堂教学内容不感兴趣或与教师的教学节拍不一致的情况下出现的。做好充分的准备，获得顺利而有效的课堂教学不是那么困难。

（三）学生参与原则

在建构主义课堂中，学生是知识意义的主动建构者。在课堂教学管理上，学生同样是主体。建构主义课堂灵活多样的教学活动，以及教师和学生一对多的关系，都要求学生参与到课堂教学管理中。班级内几十个学生既是管理者，又是被管理者。他们可能在其中扮演不同的角色，如班干部参与课堂教学管理，一般学生也参与其中，约束自身行为，并监督班干部的权利。在人人参与管理的前提下，人人都会在民主的环境中显示其管理的主体性。

二、进行全面细致的英美文学课堂教学管理设计

马克·吐温曾经说过，对于拿着锤子的壮汉，什么东西在他眼里都是钉子。面对课堂秩序问题，教师就是用处理"钉子"的办法惩罚制造问题的学生。在当今时代精神的呼吁下，倚重惩罚来管理课堂教学已经成为过去，成功的课堂教学管理应该能较好地预防课堂问题行为。而预防的最佳手段是让课堂变得有吸引力，让学生参与到教学中。想拥有这样的课堂，教师要做的事情有很多。如树立教师一定的权威和执行课堂规则。有关教师权威和课堂规则方面的书籍和论述有很多，对其在各方面都做出了系统、深入的研究等。总之，教师应该先做好课前的准备——课堂教学设计。

美国教学设计专家罗兰(Rowland)认为，教学设计研究和实践存在两种看法，理性的教学设计和创造性的教学设计。理性的教学设计是一种技术过程，由已知的规则、原理和程序所驱动。设计者用标准的信息类型清晰地定义目的、对象，获得一种严谨的"最优化的"设计。这样的设计是逻辑的、理性的和系统的。传统的教学设计采用的是理性的教学设计。创造性的教学设计是由设计者对种种认识的驱动，需要不断地循环。设计者不会运用标准的规则，而是基于在简化教学系统基础的"感觉"。这个过程是直觉的、创造的。建构主义教学设计采用的就是创造性的教学设计。介绍这两种教学设计观不是为了系统地介绍如何进行英美文学课程的教学设计，而是为了更好地定位建构主义教学模式下的英美文学课堂教学管理。建构主义教学设计是创造性的，但是，本书主张将理性的教学设计运用到建构主义英美文学教学中，这样可以预防或解决很多建构主义课堂的教学管理问题。课堂教学管理和课堂教学理念基本是一致的，但是，二者不存在绝对的一致关系。如果说教学理念是内容，教学设计是"外衣"，那么，本书主张的建构主义英美文学教学模式是，用理性的教学设计中的课堂教学管理做建构主义教学的"外衣"。当然，这件"外衣"是一个糅合体，是理性教学设计和创造性教学设计的"混纺"。这里的理性的教学设计仅指理性的教学设计中所蕴含的课堂教学管理过程，而不是理念上的理性教学设计。对英美文学课堂教学管理的设计不会限制

英美文学课堂教学的开放性和建构性，而是对英美文学课堂教学科学性的体现。

在建构主义英美文学课堂上，任何一个教学环节，都应该是建构的、开放的，以学生为中心的，而教师的地位应该高于所有环节，又不压制建构和开放的取向。总之，教师不能因为学生成为教学的中心就把自己摆在不起眼的位置。在建构主义英美文学课堂上教师对课堂教学的管理真正体现了管理的精神。在课前做好规划、在课堂上做好引导和管理。教师是运转整个课堂教学活动的关键。课堂教学设计涉及教学的方方面面，就建构主义课堂教学管理易出现的问题来说，需做好教学目标、教学活动和教学环境三方面的设计。

（一）教学目标的设计

教学目标是课堂教学的运转轴心，对英美文学教学目标的研究可以提高教学系统的有序性，让各教学因素围绕一个核心发挥作用，从而实现教学目的。确定教学目标可以避免走向非理性主义。在不忽略教学目标的基础上，进行"意义建构"，能有效减少课堂教学管理问题。对教学目标的分析不是为了限制教学和评价的范围，而是给建构主义的生成性教学目标打好基础。脱离基本教学目标的教学有可能背离最初的教学愿望，或者引发混乱的教学过程。教师应该在动态的英美文学教学过程中对教学目标进行预见性的把握。要注重目标的整体性，除了认知领域，还要考虑到情感、能力、意志等间接目标，并在保持其基本性的基础上为其发展性留下余地。

对教学目标的管理离不开对学生和英美文学教学内容的了解和分析。在建构主义学习理论中，学生是学习的主体，是意义的建构者，要真正发挥学生的主体地位，就要很好地分析、关注学生。缺乏对学生的了解，教师就不能很好地把握学生的教学活动参与性，不能选择正确的教学策略，不能发起学生课堂活动，更严重的会失去对学生及教学活动的监管。对学生的分析包括对其学习能力、风格、准备状态等分析。学习内容是教学目标的具体载体，建构主义英美文学教学要体现学生对学习的建构，这需要教师结合学生的知识结构和身心发展状况，对英美文学教学内容做深入分析，如分析学习内容的类型、结构、深度等。这样，才能将学习内容融合在建构主义教学的各要素中。创设教学情境是基于对这三者的了解，确定适当的教学目标、教学内容和学生水平后，才能创设出对学生有意义的情境；学生的独自探索更是在确定学生和教学目标及教学内容之间距离的基础上，由教师给出适当的任务或问题才能进行的；学生的合作学习建立在对学生的了解上，教师才能分出合适的学习小组，设计适合学生个性的情境和教学资源。

(二) 教学方法的设计

教学方法直接关系到教学效率的高低，以及学生课堂学习的成败。许多优秀的英语教师都得益于科学、合理的教学方法，应该强化教学方法的管理。让英语教师在教学的各个环节用科学的教学方法指导教学实践，从而提高整个教学水平的高度。英语教师在选择教学方法时要做到综合化、最优化和现代化。综合化是指对多种教学方法的综合应用。随着教学目的、对象、内容和条件的不同，应该选用不同的教学方法的有机组合。最优化是指在一定教学条件下能取得最佳教学效果的方法。这是从完整的教学系统出发而提出的要求，建立在综合考虑教学目的、教学内容、教学方法、教学环境、教师和学生等基本要素的基础上的一整套方法。现代化是将现代科学技术应用到英美文学课堂教学中来。作为教学媒体的教学手段不仅使英美文学教学内容更加丰富，还减少了教师的讲授时间，增加了学生主动学习的机会。因为授课的过程是师生相互影响的过程，教师既要注意学生的学法，也要注意自己的教法。否则很容易采用枯燥、说教的教法，造成课堂教学的乏味，让学生失去学习兴趣或产生抵制情绪。

教师在教学方法的设计上要注意以下方面。

第一，掌握各种教学方法的理论知识及其思想背景。对教学方法的深入了解和把握能让教师更灵活、有效地运用。

第二，根据特定的教学条件选择具体的教学方法。建构主义课堂教学状况复杂，对教学方法的组合运用很关键。

第三，把所选择的教学方法具体化为教学方案。教学方法是抽象的，为了达到系统、细致的课堂教学管理，对教学方法的具体化很重要。随着教学目标、内容、环境和师生的不同，会形成不同的教学方案。

第四，对教学方法进行创新。教学有法，但无定法。教师不仅要活用教学方法，还要学会根据不同的教学状况形成自己独特的教学方法。一切为了有效地教学，教学方法类似工具，对工具的创新和改造会达到事半功倍的效果。

(三) 教学组织形式的设计

全面细致的课堂教学管理设计需要做出严密的课堂教学组织计划。建构主义英美文学教学模式的教学活动组织形式丰富，不仅有以教师的讲授为中心的教学，还有学生的自主探索和小组合作学习。教师和学生的行为因教学形式的变化而变化，教师要对以下教学环节的重点了然于胸。

第一，教师要认识到英美文学教学情境的重要性，了解相关内容，做好建构主义课堂教学的第一步。鉴于建构主义课堂教学易出现的教学管理问题，创设情境环节成功与否的关键在于教师作用的发挥，因为教师处于教学的焦点。基于课前的分析，教师应该运用一定教学方法和手段引导一节课的开始。这些方法和手段是灵活多样的，从教室空间的规划到多媒体设备的运用，再到各种教学资源的引用或真实事件的回顾，目的就是要学生达到学习所需的准备状态。做好这一步才能将接下来的"舞台"交给学生。

第二，自主课堂的形式可以多种多样，但是以教师有意识的指导和学生的自我监控为核心。教师要明白自己的任务是交给学生自主学习的方法、引导学生自主探索、学习。教师要讲究教学策略，激发学生学习兴趣，锻炼他们质疑、思考和解决问题的能力。值得注意的是，学生习惯于接受式的学习，教师要创造条件引导学生适应自主学习，保证学生的学习热情，如教师可以采取提问、抢答等手段保证学生积极投入进来，或者激发学生主动学习的内驱力，使学生的学习具有持久的内在动力。

第三，学生协作学习环节是最易出现课堂问题行为和课堂教学互动最活跃的环节。建构主义的核心理念之一就是学生开展小组协商、讨论，与周围环境相互作用，对学习内容完成意义建构。英美文学课堂采用分组教学，学生要就教师设置的课堂任务交换意见，教师和学生在课前都应该做充分的准备，才能产生良好的教学效果。教师对学生协作的小组要有明确的划分办法，而且有必要做好小组的内部分工，这些工作越细致，课堂上的教学管理问题就越少。为了照顾不同学生的学习兴趣，可以根据教学内容和学生已有水平，采用分层分组的办法，不同的小组给予不同的讨论主题。在小组内完成讨论后，在班级内进行发言、交流、总结。教师在设计教学过程时，要针对具体的教学情境，灵活选择和组合多样的教学方法。此外，在这个教学环节中，教师应特别注意时间的管理，教学任务的分配、学生的分组、小组合作效率等灵活开放的教学活动很容易造成课堂教学时间的浪费，这就要求教师做出合理、科学的课堂教学设计。

(四) 教学环境的设计

教学环境的预设很关键。英美文学课程的教学环境包括物理环境和心理环境。教学环境的设计是制约教学活动的一个重要因素，大致可以将其分为课堂教学时空、教学资源、教学心理环境等。

第一，课堂教学时空的设计。课堂教学时空由课堂时间和空间构成。课堂教学时间设计就是教师对固定课时内的时间段组织规划。要保证教学过程顺利进行，有效利用课堂时间是十分重要的。一节课前后随意松紧，会影响教学秩序，甚至不能完成教学任务，严重影响课堂教学质量。这不仅要求教师根据教学内容和教学活动的实际需要科学划分教学时间，依据课的类型、学生能力基础把握课堂最佳时域，还要教师根据学生注意规律增加学生专注学习时间。教师要采取一定策略将学生学习兴趣维持在一定水平，如将一个互动活动穿插其中。另外，防止教学时间遗失也很重要。这在很大程度上取决于教师课堂教学设计的科学性、合理性、有效性及教师在课堂的临场发挥。从课堂教学设计的进度看，教师应该精心设计每项内容，同时要对课堂可能出现的问题有一定预测和心理准备。例如，在英美文学课堂的学生小组合作环节，学生自律能力差，教师和学生一对多的关系很容易出现失控的场面。为避免压抑学生主体性和创造性，教师在课堂教学时间设计之余，采取弹性时间机制迎合教学需要，并运用教学技巧合理转移学生注意点。

课堂教学空间的设计主要是教室的内部设置。舒适的教室可以产生积极的情绪和愉悦的感受，从而减少课堂问题行为的发生，有利于形成良好的课堂秩序和较好的教学氛围。教室设置可由学生自行设计墙报、宣传栏、班规等组成。让学生参与其中，凸现课堂个性，增强学生秩序感、舒适感和责任感。除此之外，随着建构主义课堂教学组织形式而变化的座位安排是很重要的教学环境因素。一般将座位的编排分为秧田式、非正式和开放式三种。秧田式全体学生面对黑板和教师排列，这种编排有利于教师对学生的管理和控制，易于发挥教师的主导作用，传授知识效果较好。所以，在传统教学中，大多采用这种座位安排。非正式座位编排主要有长方形、圆形和马蹄形，适用于不同的教学目的和要求，更利于师生互动，也易于出现课堂问题行为。开放式座位安排将教室分为若干学区，如教学区、阅读区、实验区等。开放式座位的编排增加了学生间的互动，有利于提高学生合作能力、创造能力，但是实用性较低，建议教师少用。有研究表明，秧田式座位排列学生学习的努力程度是非正式的两倍，而非正式座位中坏习惯的出现频率是秧田式的三倍。由此可见，采取什么样的座位排列对学习成绩和课堂行为均有较大影响，要加强这方面的管理。采用建构主义课堂教学易出现的课堂问题可以运用座位排列来缓解。例如，在师生不熟悉建构主义课堂时，尽量采用教学秩序较好的秧田式，循序渐进地加入其他的编排方式。总之，教师要根据教学内容、学生心理特征、个性特长、同伴关系等因素科学编排学生的座位，体现公平和优化组合的原则。

第二，课堂教学资源的设计。主要包括各种教学资源和教学工具。建构主义课堂需要丰富的教学资源做支撑，除了教材，还要有大量背景知识和材料来渲染教学情境，这主要依靠多媒体教学工具来完成。教学内容的传输显得尤为重要，这要求教师在教学设计中采用有效的教学策略和教学方法及合理运用教学媒体。多媒体在建构主义课堂的运用已经发展得较为成熟，而且还出现了过于依赖多媒体技术的现象，教师应该保持清醒，不忘教学本质，看清建构主义课堂教学的关键所在，这样才能有效管理建构主义的英美文学课堂教学。首先，教师根据建构主义英美文学课堂各个教学环节特点运用多媒体技术，尤其在情境创设阶段，多媒体有着不可忽视的决定性作用。其次，多媒体技术应该符合建构主义教学多元、建构的特征，促进学生"意义建构"的学习。最后，不要让多媒体技术喧宾夺主。

第三，课堂心理环境设计。课堂心理环境是由教师、学生和教学情境相互作用形成的一种心理空间。积极的心理环境有利于提高课堂教学效率，促进师生心理健康发展。因此，教师必须创设积极的课堂心理环境。首先，应该在尊重和热爱学生的基础上建立和谐的人际关系。在情感上与学生有交融和共鸣，激发学生积极的学习情感，建立主动学习的心态。要与学生进行和谐沟通，保证教学活动的顺利进行。其次，教师要帮助学生形成班级群体心理氛围。社会学的研究证明，群体心理气氛是影响人们工作效率的重要因素。英美文学课堂心理气氛是班集体在课堂上的情感活动状态，能对群体中个体的态度、意愿、主动性等产生作用。教师是积极课堂心理气氛的创造者和维护者，如果教师威信高，能以自己的积极情感感染学生，教学内容难度把握适当，能有力促进积极课堂心理气氛的形成。

总之，英语教师要想掌握课堂教学管理的主动权，就要积极做好预防工作，做好全面、细致的课堂教学设计。基于这样的设计，多样的课堂活动形式和多元化评价导致的建构主义课堂教学管理问题就能得到较好的解决。

三、打造和谐的建构主义课堂

对于英美文学课堂教学管理，教师要做好教学设计，有清晰的教学思路，预先设计好教学蓝图，这种课堂教学设计可以看作"静态的"。有了蓝图，还要在英美文学教学进程中做好课堂的"动态"管理，随时纠正教学偏差行为、落实课堂教学设计。

课堂问题具有普遍性和客观性的特点，是教师必须面对的问题。积极的课堂教学问题预防策略能为课堂教学秩序提供保障，但是不可能杜绝问题行为。教师必须采取积极的管理措施进行有效控制，否则，课堂不良行为会引发不可设想的后果。重点强调课堂教学问题的预防，然而，面对并解决已经出现的不良的课堂行为同样重要。学生在课堂上表现出的问题行为可能来自家庭、社会或同伴的不良影响，可能源于自身的身心状况问题，也有可能是课堂上不良的教学环境和教师的失策等导致的。教师要采取积极的、科学的管理方法和策略，降低课堂问题出现的频率，维护正常的教学秩序。本书所主张的"积极的"对策，是指教师要有面对问题行为的心理准备，要用正面的方法引导学生。在问题行为面前，避免恐慌心态，要以平和、积极的心态来应对。尽量避免采用惩罚手段压制已然出现的课堂教学问题，要反思问题出现的原因，进而有针对性地解决问题。

首先，教师要对课堂问题行为做深入研究。课堂问题行为是指在课堂教学中发生的，违反课堂教学规则、妨碍和干扰课堂教学活动的正常进行或影响教学效率的行为。问题行为具有消极性、普遍性和以轻度为主的特点。国内学者调查显示，中小学课堂上学生发生的轻度纪律问题占 8.4%，比较严重的有 14%，非常严重的仅占 2%。有的学者把课堂问题行为分为行为不足、行为过度和行为不适三种。行为不足是指学生缺乏积极、良好的课堂行为；行为过度是学生某类行为过频或过度的出现；行为不适是指学生在课堂上表现出不适应情境的行为。学生在课堂上的问题行为是由许多因素造成的，大多来自学生自身问题，但是，教师要有反思的精神，经常运用自我观察的办法，察看自己的失当之处，及时给予修正。教师在处理问题行为时，要分析学生不良行为的种类、人的动机、出现的源头及其危害性，采取对症的方法给予引导、矫正。

其次，教师应该尽量运用惩罚以外的方法处理学生的问题行为。惩罚只是暂时的抑制手段，且有着难以预料的消极影响。惩罚不仅会给学生心理留下长期的的阴影，而且会摧毁师生间应有的和谐关系。因为课堂上学生的问题行为基本属轻度，所以教师在处理问题行为时应该采取最少干预策略。当正常课堂行为受到干扰时，教师应该采取最简单、干扰性最小的办法来纠正学生违规行为。如果没有效果，再进一步采取干扰性强的措施，目的是避免在处理课堂问题时对问题行为者或其他学生造成消极影响。如何运用最小干预策略？教师可以从提供支持性情境开始处理问题行为，如移走让学生分心的事物，强化学生的恰当行为，提高学生的学习兴趣，帮助学生克服障碍，调整教学环境或教学活动等。上述办法没有效果时，教师可以采用温和的纠正措施，如漠视、暗示、接近、提问、提醒、运用幽默等。更进一步的措施，教师可以上升为稍强硬的手段，给予直接制止，或运用行为矫正办法来解决。行为矫正技术的目的是减少学生的不恰当行为，同时，给予学生积极强化，以巩固其恰当行为。通过以上手段不能解决的问题行为就需要教师做出严厉的反应，甚至采用惩罚性手段。

(一) 鼓励学生参与课堂教学管理

在建构主义英美文学课堂上，学生是积极的教学活动参与者，是教学内容的意义建构者。鉴于建构主义课堂的建构性和开放性，学生同样应该成为课堂教学管理的积极参与者。在英美文学教学过程中，教师合理安排教学活动，尽量增加学生的教学参与度，让学生有更多机会动脑、动手、动口，让学生把精力放到学习活动中，会减少课堂问题行为发生的可能性。根据不同的学科特点，教师设计富含本学科特点的教学方式吸引学生参与到教学活动中。学生的主动参与可以是教学过程中的自我管理，也可以是教学管理中的自我监控。

1. 树立学生课堂教学管理的主体意识

第一，强调学生课前预习。在传统英美文学教学模式下，无论学生预习与否，教师都会从头讲到尾，让学生形成依赖心理，遏制了学生自身的求知欲和学习责任心。但是，在建构主义课堂中，教师会营造一种教学情境，如果学生没有预习，教学可能没法继续下去。例如，学生没准备教师要求的背景知识了解、课前思考、实践运用等，教学就没有了建构的前提。教师应该把握好学生预习的内容和课堂教学内容的关系，在英美文学课堂上给予学生预习结果的反馈，以免预习流于形式。让学生养成预习的习惯，不仅有利于学生对课堂教学的理解，还有助于培养其自学能力。

第二，促进学生对教学内容的意义建构。建构主义学习理论主张学生自主建构知识的意义，也就是在一定程度上将教学内容交给学生自主"管理"，教师要做好相关情境创设和引导。沉浸在自己的学习活动中的学生是没有精力"捣蛋"的。

第三，让学生进行自主评价。求学阶段的学生对自己在同学中的印象很关注，因此，教师将评价的权利分给学生，以个人或小组的形式，让他们进行自评或互评。评价的内容可以是学习的态度、成效、探究方法、课堂表现及行为习惯等。但是，教师要采取适当措施保证学生评价的客观性和激励性。

总之，建构主义的英美文学课堂上教师恰当运用任务和问题情境，引导学生进行学习，并让学生在验证、交流的过程中进一步掌握和巩固基本知识。这样的教学可以消除教师预设给学生的疑惑。学生在问题情境中学习，更易激发其浓厚的学习兴趣，更能激活其思维，在一次次质疑、释疑中培养自主学习和探究的能力，为其终身学习奠定基础。长期训练后，学生成为善于提出问题、思考问题、解决问题的学习主体，进而成为自己对自己学习负责的主体。

2. 培养学生的自我监控能力

大学生基本形成了自己较为稳定的学习风格，有了一定的认知能力和自控能力，所以，教师应该更进一步培养学生的自我监控能力。学生的自我监控具体由三个阶段、六个环节组成，即计划、监察、评价、反馈、控制和调节、总结。

第一阶段是实践活动前的自我监控，主要是计划和准备。比如，学习内容、方法、时间、准备状态、情绪等。

第二阶段是实际活动中的自我监控，主要是意识、选择、执行。学生明确学习目标和任务，在整个学习过程中运用合适的策略，并在学习活动中排除干扰，控制自己去执行计划，保证学习顺利进行。

第三阶段是反馈、补救和总结。学生在学习活动后对自己的学习效果进行检查，根据反馈结果对自己的学习采取补救措施。

最后，总结学习经验，不断完善自己的学习策略。学生由教学监控的客体转化为主体，要有一定的自我意识，掌握一定的自我监控知识，让他们产生一定的自我监控体验，并形成一定的理解和感悟。而且，这是一个渐变的过程，是学生的自我监控意识和水平由量变到质变不断提高的过程。教师要把这种品质慢慢浸润到学生心里。

学生的自我监控能力的发展具有从他控到自控、从不自觉到自觉、从单维到多维的规律。教师要从多方面培养学生的自我监控，教给学生自我监控的方法。

这对改善学生学习习惯、控制不良学习行为、加强学生自我监督、保证课堂教学顺利进行有着十分重要的作用。例如，让学生确定学习目标及其时间安排和具体行动；引导学生在完成学习任务的过程中，寻求与任务相关的知识；培养学生养成记录学习内容和结果的习惯；让学生有意识、自觉地记忆学习材料；让学生对自己的学习过程和质量进行检查和评价；让学生有意识地寻求同学、教师或其他人的帮助；让学生根据自己的学习表现进行自我评分。

此外，教师要注意学生学习的动机、归因和自我效能感对学生自我监控能力的影响。动机是直接推动学生进行活动以达到一定目的的内部心理倾向或内部动力。主动性是自我监控的根本特点，要求学生有强烈的动机。归因是学生对行为结果的产生原因进行的解释。如果学生总把自己的学习结果归因于可控的内部因素，如个人的努力程度、时间安排和学习方法等，那么学生更容易对自己进行监控。自我效能感是学生对自己的操作能力的主观判断或评价。其与学生的认知策略、控制策略、努力程度等有着显著的正相关。

3．建立学生课堂教学自主管理机制

有效的英美文学课堂教学管理要求教师立足于长远的行为目标，让学生在课堂教学过程中持久地表现出适当的行为，并内化为自觉行动，最终实现学生的自我控制、调节和自主管理能力。在建构主义课堂教学中，教师应该利用课堂中的团体动力来加强课堂教学监控。团体动力理论是雷德尔(F．Redl)和瓦腾伯格(W．Wattenberg)提出的，他们认为团体能创造出自己的心理势力，强烈地影响个体的行为，个体的行为方式也会影响团体的行为。学生在英美文学课堂上出现不良行为是因为缺乏自我控制能力，在这种情况下，教师不应该采用暴力、强迫和惩罚等手段对待学生，应该帮助学生找回控制自己的能力。例如，使用眼神、摇头等肢体语言来传达制止信息，或者接近违规学生以示警诫或善意的劝阻。要尽量避免采取惩罚的手段，而是创设一定情境，帮助学生形成自我控制的信心和能力。因此，教师不仅要对学生的个别行为和团体行为保持敏锐地观察，还应该建立一套维持学生课堂教学秩序的自主管理体系。

(二) 创设和谐的课堂氛围

1. 确保师生互动协调

传统教学模式中教师和学生的活动基本都是单方面的，而建构主义课堂很重视教师和学生的互动，但是，复杂的教学程序、开放的教学过程和建构的教学目标很容易造成师生间的行为和活动的不协调。要实行英美文学建构主义课堂，确保课堂教学效率，教师就要确保师生间的和谐互动。

在英美文学课堂教学过程中，师生的不协调可能来自学生因为厌烦、冷漠、疲劳等造成的分心，也可能因为教师的原因，如教师的情绪化、期望过高、批评指责、讽刺挖苦学生等。要解决这些问题，教师要学会自控。在英美文学课堂教学中，教师要有明确的自我意识，并依此控制自己的课堂言语和行为。教师的意识自控还要避免"权威"心理。建构主义课堂鼓励学生自主建构知识的意义，教师如果把自己的意志强加在学生身上，或者不愿承认自己的错误，就会让学生形成抵触心理，造成厌学状况。教师的情感自控同样重要。教师不应该将自己的消极情绪带到课堂上来，更不应该被学生的情绪所影响，教师还要对全体学生一视同仁，避免对优等生和差生的差别待遇。最后，教师要规范自己的教学语言和课堂行为，同时要有丰富的感情。

教师要运用注意规律组织英美文学教学。学生不能集中注意力的时候会阻碍教学信息的传递，有效的课堂教学管理应该让学生的注意力指向或集中于教学内容上，这是决定教学成功与否的一个重要条件。首先，教师运用无意注意组织课堂教学。无意注意是由刺激物自身的特点引起的。因此，教师要保证英美文学教学内容的新颖性和趣味性，利用丰富的教学资源开拓学生的眼界；采取灵活多样的教学方法，运用生动的多媒体技术，提供生动形象的资料来刺激学生；在教学内容的重难点部分放慢教学节奏，确保学生跟上教师的教学步调。其次，教师运用有意注意组织英美文学教学。有意注意有预定目的，且需要做出意志努力。教师既要让学生对教学活动感兴趣，更要依靠有意注意来完成教学任务。教师通过帮助学生确立学习目的，激发学生的学习动机，让学生保持持久的学习热情。各个教学环节前后连贯，并能引发学生思考，防止学生注意力分散。

2. 营造和谐沟通的情境

课堂上师生间的沟通能增进彼此的了解、利于相互学习、促进师生共同发展。沟通是在一定情境中进行的，师生间任何共识或分歧都有必要通过沟通来深化或解决。建构主义教学理论主张平等、互动、和谐的沟通情境。这种情境能激发学生的学习兴趣，提高课堂效率，减少课堂问题行为，有利于建构主义教学模式的顺利实施。美国教育心理学家季洛特(Haim G. Ginott)在其《师生之间》(*Teacher and Child*)一书中提出和谐沟通策略，认为有效的课堂管理教学来源于学生发自内心的自制，在支持性的情境中，学生才会表达所碰到的问题和真实的感受。如果教师能采取接纳的态度，与学生和谐沟通，就能培养学生的自制行为和责任感。教师的主要任务不是代替学生解决问题，而是通过有效的沟通，引导学生发展自制、合作的品质，减少学生在课堂上的不良行为。

首先，师生间的和谐关系是英美文学课堂教学管理的基础。这种关系表现为师生间平等相待，互相支持，且彼此都有发展其个性的空间。社会文化制度赋予师生不同的角色和地位，导致师生心理上存在很大差距。建立亲密和谐的师生关系，就要缩短师生间的心理距离。在传统教学中，这种心理距离让课堂教学充满沉闷。在课堂上，教师如果能认同学生，学生也会做出正面的、积极的回应。

其次，建构主义学习理论倡导真实的或任务的情境，教师从学生的经验出发，创设有利于学生开展英美文学学习活动的情境。借此开展小组活动或自主探索，促进学生经验的顺应或同化，建构新的意义。创设问题情境需要教师根据"最近发展区"理论把握好问题的难度，并能激发学生的兴趣。

最后，教师要掌握正确的与学生交流的技巧。了解、聆听、赞美学生是永不落伍的法宝。具体的交流技巧不是固定的、程式化的，教师要把握的是师生交流的基本态度，教师要以平等、宽容的态度对待学生，尊重学生的差异和个性，宽容学生的不良行为。

(三) 实施一元为主、多元为辅的英美文学课堂评价

教学评价是教学模式的重要构成要素，是教学过程中的核心组成部分，直接

影响教学系统功能的整体优化。传统的英美文学教学评价无论在理念上，还是在方法上都难以满足学生发展的需求。有专家倡导"以学生发展为中心"的真实评价。这种评价要基于真实任务和复杂的情境，评价标准应该反映学生的多元化观点和多样化的建构的方法。建构主义的教学评价主张实施适应学生个性化的学习风格，发展优势智能，以评价促进学生发展。教学评价应该是多元化、个性化的，要通过多渠道、多形式，在真实情境下切实考查学生，超越传统教学中以智力测验和学生学科成绩的单一评价方式。

1. 实施多元的课堂教学评价

首先要将学生纳为有效的评价主体。来自不同层面的评价群体有着不同的评价视角，因此，多侧面、多视角的评价能减少评价的片面性，使评价结果更加准确。学生作为重要且长期被忽视的评价当事人，其参与很重要。

第一，评价应以促进学生的发展为目标。重视学生自我参照评价，根据学生自身的意图和过去成绩来评价其进步情况；注重评价促进学生能力的发展，淡化甄别选拔，实现评价功能的转化；重视综合评价，关注学生个体差异，实现评价指标多元化；注重迁移化的知识与技能，强调学生通过多种方式积极交流并思考，向新的问题情境迁移应用所学；强调结合定性和定量评价，实现教学方法多样化；强调参与和互动，自评和他评结合，实现评价主体的多元化；注重结合总结性和形成性评价，实现评价重心的转移。

第二，教师在英美文学课程开始前向学生提出明确期望。建构主义英美文学课堂中，学生面临的学习任务是真实的，有较大的自主权。教师可以在正式教学前，通过展示范例、呈现教学目标等方法传达教学期望，让学生对自己要达到的学习目标和结果有明确的认识，自觉把期望当作引导其学习的参照标准，以免在学习中迷失。

第三，教师要让学生学会承担教学评价责任。调查发现，大部分学生认为，多给他们一点权力，让他们做出选择，能促进他们更好地学习。教师应该尊重信任学生，鼓励学生在评价上沟通交流。教师要关注学生的心理感受及对评价的认同，帮学生全面客观地认识自己，促进发展。同样，教师要给学生机会评价自身的教学，应该向学生说明评价的规则和方法，指导学生进行评价。为了发展学生的自我评价能力，学生应当在一定程度上，参与制订和使用评价标准，在评价中学会发现自身的问题，进而想办法改进学习方式。教师鼓励学生自评或互评，让学生对教学的过程和效果负责。除此之外，为了保障多元评价方式，应该形成多元评价的机制。在评价过程中，要应用有效的沟通、交流机制，整合评价者与被评者各自的作用。

2. 采用以一元为主的评价

本书提出一元为主的评价方式，主要是从目前我国教学评价状况和建构主义课堂教学管理的角度思考的。目前，课堂教学评价存在的问题很多，集中表现在为什么评价、如何评价、由谁评价和怎么评价四个方面。在分析传统教学模式的课堂教学管理问题时，对这几方面的问题都做了分析。新的基础教育课程改革对教学评价做出新的界定，要求发挥评价的教育功能，提出发展性教学评价等。这些理念与建构主义评价观是一致的。事实上，这些理念离真正落实还有很大的距离，在人们一时还无法接受或践行这些理念时，暂时以传统的单一评价为主，将这些新的理念点点滴滴逐渐加入其中，并用制度来保障实施，不失为一个可取的办法。

第三节 建构主义视野下英美文学课堂的架构与实施

建构主义教学理论是认知学习理论的重要分支，它对学生认知结构的形成和发展非常有利。该理论由瑞士著名心理学家皮亚杰于 20 世纪 60 年代提出，后经维果茨基、奥苏贝尔、布鲁纳等心理学家和教育学家的不断努力，不断丰富和发展，形成较为完整的体系。建构主义认为知识是主观的、动态的、情境的；学习是主动的、建构的。它认为学生是学习活动的主体，是自己认知结构建构的决定者；教师是指导者、促进者、组织者、帮助者。建构主义的学习观和教师观强调学生在知识建构中起主体作用，学生是信息加工的主体，是意义的主动建构者。在建构意义的过程中，学生主动搜集并分析有关的信息、材料，把要学的内容尽量和已经知道的事物相联系，并对这种联系加以思考，从而培养自主意识和创新精神，加强学生学习的积极性、创造性和独立性。

一、任务型教学——建构的基础

在任务型教学活动中，在教师的启发下，每个学生都有独立思考、积极参与的机会，易于保持学习的积极性。建构主义理论认为，知识是由学习者自己建构的，而不是由他人传递的。它强调学习者个人从自身经验背景出发，建构对客观事物的主观理解和意义，重视学习过程而反对现成知识的简单传授。然而，当前的英美文学课堂教学中，仍以教师讲授为主，学生被动地听，大多数教师都是按照事先设计好的思路按部就班地进行教学。很多问题的设计流于形式，教师问学生答，好像在进行互动，实际上学生并没有进行太多的思考，这也就违背了课堂设计的初衷，无法实现真正意义的课堂互动。真正的互动并非只是师生之间的一问一答，在英美文学课堂教学中应该创造一种氛围，让学生在不知不觉间陷入深度思考，并与老师和其他同学形成一种情感上的共鸣、精神上的共振。这是一种深层次的互动，而不只是一种形式。目前，陈旧的教学模式实际上仍然把学生当成容器，而不是一个具有创造性和积极性的鲜活生命个体。每一个学生身上都蕴藏着极大的创造潜力，都是具有积极的知识建构能力的主体。能够点燃学生创造热情的教师才是真正智慧的教师，这就要求教师不断重新思考和设计课堂教学活动。在英美文学课堂教学中，教师应注重激发学生思维的积极性，培养学生的问题意识。教师要设计合理的问题，设置适当的任务。在知识建构的过程中，任务可以由教师提出，也可以由学生自己提出，让学生在争鸣和探讨中自己解决。针对传统的英美文学课堂教学教师"一言堂""满堂灌"的弊端，应该改变教师的授课模式，以任务为驱动，让学生真正成为课堂的主人，发挥自身的主体性。

笔者在多年的英美文学课堂教学实践中，通常是以激发学生对文学的兴趣为主，让文学走进学生的内心。开学之初就布置本学期每个学生的课堂展示任务，通常会以小组的形式，一组为三人，负责完成对一个作家及其代表作的介绍与评价。围绕这一任务，学生阅读作品，查询相关信息，进行探究性学习。在这一过程中，学生通过合作性学习、探究性学习，联系旧有的知识体系，建构其新的知识结构。在每节课上都有表现出色的学生，教师及时进行积极的教学评价，学生学习的热情和兴趣在鼓励和赞扬中得到激发，学生越来越喜欢英美文学课堂，表现也越来越出色，逐渐形成了良性循环。因此，英美文学课堂教学的组织和设计应以学生为中心，以任务为途径，激发学生创造的热情，让学生真正成为知识建构的主体，在课堂上，教书和育人成为"一而二、二而一"的有机统一体。

二、问题意识的培养——建构的途径

在建构主义教学论中，教师首先要了解学生对问题的解决能力，包括背景信息、认知方向等，以帮助学习者形成学习的原始动机。这种动机源于学生的内心，而非外界力量。学习是一个不断建构和永恒发展的动态进程。在英美文学课堂教学中，教师要激发学生不断反思作品，培养问题意识。在学生解读作品的过程中，逐渐培养问题意识，从而积极推动学习者的创造性和自主性。经典作品只有经过不同时代、不同地域的读者从不同角度进行解读，才能真正激活经典作品的内蕴。文学课堂没有标准答案，"有一千个读者就有一千个哈姆雷特。"因此，教师要真正成为学生知识建构的促进者、意义建构的帮助者，激励学生从自身的理解出发，解读作品，想象作品，完成对文本的再创造。"文学的特点在于未定性与意义空白给予读者能动的反思和想象的余地。"真正伟大的作品往往已经预留了读者再创造的空间和余地。阅读不是被动接受的过程，而是在感受作品的过程中，与作品中的人物以及作家进行内心的对话与交流。因此，阅读是一个主动的创造性过程。

英美文学课堂教学更应该注重学生自身建构知识的动力和启发知识建构的多元途径。不把学生作为学习的主体，忽视甚至无视学生自身的创造力，将学生物化为无生命的知识容器，这样的课堂无法激活学生创造的热情，更不可能使学生从中获得情感和精神的提升。所以，在英美文学课堂上要真正做到让学生进入文本，自己发现问题，在老师的引导和组织下进一步解决问题。要培养学生发现问题的意识，继而在思考问题的过程中发展和培养解决问题的能力。在英美文学课堂教学中，组织和设计教学活动，使学生在思考和解决问题的过程中建构新知识，并培养学生的创造性。英美文学教学应强调学生积极参与文本的阅读，同时，围绕作品在课堂上进行讨论，师生之间、学生之间形成积极互动。

好的文学作品能够使学生在阅读和讨论的过程中，唤醒潜藏在学生内心的美好情感，并激发蕴藏在学生内心的巨大力量，从而在建构知识的过程中，也在建构自己的情感，并引领自己的现实生活。因此，文学学习自始至终是一个意义建构的过程。学生在文学学习的过程中建构起来的不仅是知识，还有思维能力、精神坐标、价值体系。

三、多媒体教学——建构的环境

建构主义学习观强调学生在学习中的主体作用，强调"以学生为中心、以学习为中心、以任务为中心"的教学模式，这也是多媒体英语教学最主要的特点和优势。近年来，我国高校大多数已经从根本上改变了传统的单一讲授的教学模式，采用了多媒体教学手段。"它以高质量的自然语言为材料，以良好的情景作为语境，以优越的可理解性和交互性为支撑，从语言学习最基本的技能——从听力入手，由浅入深，循序渐进，体现了较高的教育价值。"教学应在一个丰富多元的环境中进行，多维度、多视角的课堂活动帮助学习者建立丰富的联系，激活学生思维的各种链接，提高学生思维的广度和深度。多媒体辅助教学恰恰为外语学习提供了丰富的教学环境，教师从传统的教学资源提供者的过渡为课堂活动的组织者、设计者、促进者，很大程度上弥补了传统课堂教学单一讲授的弊端。多年来，笔者在英美文学课堂上精选一些经典作品改编的电影，让学生在影视欣赏的过程中全方位地投入对作品的理解和感受，提高了学生的语言水平，同时，这一过程也使学生的审美感受和审美判断逐渐得到提升。视频、音频大大地丰富了外语教学的内容，提供了新的教学手段，并与教师的点拨讲授水乳交融。在教学过程中，教师也可以穿插优秀的影片进行多模态教学。"运用改编电影进行多模态教学是为了达到英美文学教学的整体目的，体现名著名篇的整体意义，全方位提高学生英语水平。"通过这种方式，学习的主体和学习的客观环境之间有了更加便捷的交流和互动，学生与教师、学生与学生、学生与机器之间，因信息流量的增加，而拓宽了知识建构的渠道，丰富了知识建构的手段，从而促进学生更好地建构自身的知识体系及精神维度。多媒体辅助教学也因多元生动的呈现形式而激活了学生的情感，使学生全方位、多角度地与周围环境进行交流互动，加深了主体感受并提升了主体意识，大大提高了知识建构的效率。

综上所述，英美文学课应在建构主义理论指导下，不断增加学生知识建构的途径，改善知识建构的外部环境，建立知识建构的良好体系。文学教学本身就富于挑战，需要不断地进行理论探讨和深入学习，这就要求教师不断地思考，以应对不断变化的教学对象和外部环境。在英美文学的课堂教学中，应不断探索新的教学模式，以帮助学生建构属于自己的文学知识体系，提升学生的精神价值向度，让学生在学习的过程中，不但自觉进行了文学知识的建构，而且完成了价值体系的提升，从而提高了学生的人文素养，完成了教书和育人的双重目标。

第七章 文化视角下的英美文学教学

第一节 文化教学与文化英语专业教学概述

一、文化教学的概述

(一) 文化教学的定义

文化教学是指在高校英语专业教学中，将某个语言国家的国情、文化背景、文化知识等融到语言教学中的一种教学方式。这里所说的文化教学并不是一个狭隘的概念，不仅包含传授与语言教学和实践相关的文化知识，还包含对两种文化的异同点进行研究，努力培养学生处理语言中文化差异的敏感性，从而提高学生的跨文化交际能力。

(二) 文化教学的内容

传统的文化教学主要是指教授目的语国家的地理、历史、国家机构、文学艺术以及影响理解文学作品的背景知识。随着社会科学以及人类学和社会学的发展，语言学家及教学专家们开始意识到，了解和分析一个民族的居住环境、生活方式以及他们的思想、行为对学习该民族的语言十分重要。高校英语专业教学不仅要介绍语言知识并进行"四会"技能训练，更应该把这种学习与训练放到文化教学的大背景中进行，最终使学生具有语用能力。强调语言形式和内部结构的结构主义教学，割裂了语言形式与语言意义及功能的联系。用这种教法教出的学生也许很会做专门测试语法形式、结构的试题，但往往会因缺乏运用语言进行交际的能力(包括读、写的能力)而出现交际失误，最终无法实现学习外语的真正目的。

文化知识主要涵盖了三个层面：第一，英语国家文化，包括交际中的体态语、称谓语、问候语和告别语，饮食习俗、地理位置、气候特点、历史及人际交往习俗表达赞扬、请求、致歉并能做出恰当的反应。第二，本民族文化。包括关注中外文化异同，加深对中国文化的理解；初步用英语介绍祖国的主要节日和典型的文化习俗。第三，世界文化，包括了解世界上主要的文娱和体育活动、主要的节假日及庆祝方式等。在了解一定语言文化知识的基础上，教师应该根据学生的年龄特点和认知能力引导学生逐步发展跨文化交际的语用能力，如语言的正确选择和使用、跨文化交际策略的掌握。

(三) 文化教学的意义

1. 文化教学有利于拓展学习者文化视野和培养文化意识

文化教学是高校英语专业教学的重要内容和主要方法，可以优化学生的知识结构和能力结构，提高学生的社会文化领悟力，激发学生的学习兴趣。在教学中渗透文化知识，可以大大激发学习者学习语言的兴趣。教师可以通过发现、挖掘、拓展教材中的文化知识内容，使学习者获得与书本相关的文化知识以及拓展知识。教师也可以通过与教材主题相关的文化背景知识介绍，让学习者了解多元的语言文化背景。文化教学中文化知识的传授在激发学生学习兴趣的同时，有利于开拓学生的文化视野。当具备足够的文化知识储备后，学习者会逐步提高对文化的敏感度和学习文化知识的积极性。

2. 文化教学有利于学习者了解中外文化的异同和提高文化理解力

在文化知识的传递过程中，文化教学通过文化比较的方法呈现中外文化。学习者在中外文化异同的比较中既能感受到文化的多样性，也能提高对文化的理解力，做到对不同的文化兼容并蓄。

3. 文化教学有利于培养学生的跨文化交际能力

跨文化交际能力是国与国之间交流的重要桥梁。在文化教学中，教师应根据学习者的语言水平、认知能力和生活经验创设尽可能真实的跨文化交际情景，让学生在体验跨文化交际的过程中逐步形成跨文化交际能力。

4. 提高语言理解能力

文化教学关注语言和语用中的文化因素，有利于提高学习者的语言综合应用能力，文化教学中关注语言和语用中的文化因素，有助于学习者避免在跨文化交际中因文化误解和言语失误而导致的交际失误。

二、文化英语专业教学的概述

（一）文化英语专业教学的定义

具体来说，文化英语专业教学涉及两个层面的教学。一个层面是表层的语言教学，即传统意义上的英语词汇、语法、语篇等的教学。这种教学是当下英语专业教学着重进行的主要内容，但只涉及英语专业教学的表层现象，不足以让学生领悟词汇背后所蕴藏的深刻文化内涵。由于语言教学与文化教学的不可分割性，所以表层的语言教学也是文化教学的重要组成部分。另一个层面就是深层次的文化教学，即能对英语国家的文化价值观念和体系做出辨析，深刻了解英语国家人民的思维方式，进而对英语国家人民的行为模式有所洞悉，以达到成功交际的目的。

（二）文化英语专业教学存在的问题

1. 英语多元文化教学意识有待加强

传统意义下正在进行的英语专业文化教学主要聚焦在以英美国家为主的英美主流文化上，忽视了英语非母语国家的文化教学。在全球化视野下，英语国际化与本土化趋势加强，作为全球通用语言，英语在各个国家被重新建构并趋于本土化。因此，教师在进行英语专业文化教学时，不能再仅仅集中于以英语为母语国家的文化教学，如英国、美国、加拿大、澳大利亚，而要同时拓展自己的国际视野与全球意识，扩大文化涉及范围，关注英语非母语国家的文化，如新加坡、印度、非洲。

2. 学生英语文化学习态度有待端正

目前，学生对于英语文化的学习态度失之偏颇，主要存在两种不同的态度：一是对于英语文化学习的意识薄弱，没有认识到英语文化学习对于英语专业学习的重要性；二是对于英语文化的学习存在盲目西化的现象，认为西方文化是好的文化、先进的文化，对英语文化不加甄别，来者不拒，盲目崇拜，盲目学习。这两种英语文化学习态度都是不正确的，亟待教师予以纠正。

3．英语文化与母语文化比重有待均衡

英语专业教学的目的是提升学生的跨文化交际能力。跨文化交际是双向交流的过程，而不是单向的英语文化的导入，教师既要注重英语文化的导入，又要注重母语文化的传承，实现双语文化的交流。而传统英语专业文化教学聚焦于对英语文化的单向导入，相对弱化了母语文化与英语文化平等、双向乃至多元文化的交流。众所周知，文化是一个民族赖以生存和延续的基础，是一个民族屹立于世界民族之林的独特身份象征。因此，开展文化教学是进行英语文化与母语文化双向乃至多向之间的交流碰撞。由此可见，顺应文化多元化趋势、加强母语文化比重、促进英语文化与母语文化的交流势在必行。

(三) 加强文化英语专业教学的途径

1．拓宽国际视野，加强英语多元文化教学

英语作为国际通用语言被赋予了新的时代特征，已经不仅仅属于任何一个国家或民族。英语作为一种国际交流的工具，在被使用的过程中逐渐被各个国家或民族赋予其本土化的特征，并形成了各种英语变体，使得英语的人文性更加凸显。教师当下要注意的就是在进行英语专业文化教学时拓展自己的全球视野，不仅重视以英语为母语的国家的文化，也要逐渐加强对英语非母语国家的文化了解，提升学生对于多种英语文化的敏感度，加强学生对各种英语文化的辨析能力，洞察中西文化的异同，提升自身对于英语多元文化的包容能力。

2．完善价值观念，端正学生英语文化学习态度

针对学生出现的英语文化意识薄弱以及全盘西化的学习态度，教师有必要纠正学生片面的学习态度。首先，让学生树立面对不同文化时的选择、批判能力。面对不同于本民族文化的英语文化时，应树立一种批判意识，取其精华，去其糟粕，不敌视也不全盘吸收。其次，增强学生对不同文化的交流融合能力。面对异域文化，不能仅停留在表层理解阶段，还要洞悉英语文化与母语文化的异同，实

现两种文化的交流交锋与融合。要增强自身的民族文化自信,以平等的态度对待中西方文化,对英语文化有认同、有吸收、有质疑、有批判,与英语文化进行平等的对话交流。最后,培养学生正确的价值观念,提升学生对于多元文化的吸收、包容、借鉴、批判、创新能力,最终使学生以自信的态度与异域文化展开交流。

3. 加强英语文化本土化教学

将本民族的文化传统向外延伸并与其他多元文化相融合是当今社会全球化进程的一个显著特点。如果过多甚至过分地强调英语文化成为文化教学的全部内容,全然抛弃母语文化,就会导致我国在国际交往中丧失自身的文化身份,不利于学生形成平等的文化价值观,使跨文化交际过分依赖对方文化而导致跨文化交际的失误甚至失败。

因此,针对英语专业的文化教学,既不能采取激进的全盘西化教学,也不能仅采取保守主义的态度教学,而应采取批判、吸收、再创新的态度教学。对于英语文化要批判、借鉴再创新,形成具有中国特色的英语专业教学。利用英语的工具性特征,提升中华优秀文化的英语表达水平,以积极的心态、自信的文化态度促进中华文化走向世界,促进国际视野中的中国经典文化与英语文化的平等交流,真正提高学生的跨文化交际能力。

三、跨文化交际学的理论和实践

(一) 跨文化交际学的理论来源

跨文化交际学是传播学(Communication)的一个分支。1909 年美国的社会学家库尔利(Cooley C. H)曾对"传播"进行定义。传播是人际关系借以成立的基础,也是它得以发展的机理。就是说它是精神现象转换为符号并在一定的距离空间得到搬运、经过一定的时间得到保存的手段。"传播学"作为独立概念最早出现于 1945 年 11 月 16 日在伦敦发表的联合国教科文宪章中,1963 年,传播学作为一门正式的学科正式形成。传播学有多个研究方向,其中跨文化交际是它研究的主要方向之一。传播有两个方面的含义,既包括信息的分享,也包括信息的传递,与跨文化交际学中交际的含义相同。与传播学研究的侧重点不同，跨文化交际学主要研究文化与交流的关系以及文化对交流所产生的影响，重点在于不同文化的个人、群体之间阻碍彼此交流的文化因素。跨文化交际学作为一门独立的学科，产生于 20 世纪 70 年代末。跨文化交际学综合了传播学、社会学、社会语言学和社会心理学等学科的有关理论，并与实践紧密结合，因此，跨文化交际学是一门交叉学科。

社会学中对有关社会现象和社会行为的研究，尤其是对社会行为规律的研究，对跨文化交际学的形成具有重要意义。这是由于交际本身就是一种重要的社会现象，交际与社会相互依存，人类社会的重要特征是人们能够使用语言，通过交际行为维持社会个体间的联系，交际行为若没有社会环境，便失去了存在的土壤和前提。

社会语言学家对情境、交际的讨论成为跨文化交际学的理论源泉。1972 年，海姆斯和甘柏兹(Gumperz)出版了专著，目的在于从社会语言学的角度研究社会情境和交际的关系，对影响交际活动的各种情境因素进行分析。海姆斯将这些因素归纳为 SPEAKING，分别代表场景(S)、参与者(P)、目的(E)、行为顺序(A)、讯息传递方式(K)、使用的语言或方言(I)、说话的规则(N)和风格(G)。任何交际活动都同其自然、社会和文化环境融为一体，不可分离。甘柏兹认为，从理论上看，人们在相似情境中的交往可能具有共性，但某一具体情境在某一时刻，对交际者的社会期望或要求其所承担的义务以及完成的行为，可能因文化的不同而相去甚远。例如，在制约什么该说、什么不该说的礼貌规范的差异常常会导致跨文化交际失误。权势关系方面的变化也会产生语言使用规范的变化。结果是，尽管交际者尽最大努力做到彬彬有礼，也不能克服人们之间的距离。

社会心理学中诸多理论对跨文化交际学产生了巨大影响，如信息破译的过程、行为的知觉过程、言语社团理论、人际关系理论、领域与无领域依附感的认知理论等。社会心理学中，有关人际关系的论述为跨文化交际学提供了独特的视角。人际关系不同于社会关系，属于认知心理学的范畴，是人们通过交际活动产生的结果，体现为心理距离。影响人际关系的主要因素有文化因素、社会因素、心理因素、自然因素和空间因素。文化因素包括价值观、世界观和一系列规范，不同文化形成不同的人际关系取向。不同社会通过不同的交际方式影响人际关系，不同的社会规约形成了人们对同一交际行为的不同看法。心理因素是形成人际关系的重要因素，包括交际个体的认知、思维方式、性格、态度、能力等因素，这些因素赋予了交际主体的个性化特征，直接影响交际的进行。自然和空间环境同样影响了不同社会与文化氛围中人们的宏观认知背景，决定了不同文化中交际的潜台词。

（二）跨文化交际学的主要概念

跨文化交际学中的主要概念有文化和交际、文化身份、民族中心主义和文化相对论、定型和交际风格。这几个主要概念包含了跨文化交际过程的基本要素，它们从不同的角度对跨文化交际的动态过程构成影响。

1. 文化和交际

文化和交际是跨文化交际学中最重要的两个基本概念。对于"文化""交际"的定义和认识很早就有，而且有不同的角度和侧重点。在跨文化交际学中，"文化"和"交际"的关系尤为重要，即文化与交际密不可分，交际不可能脱离文化而孤立存在。文化是一个群体共享的意义系统，决定社会成员对世界主要事物的感知、认识和态度。任何一个社会的人，从出生开始就受到这一意义系统的熏陶。文化扎根于人们的脑海里，并时刻左右着人们的言行、思想和思维方式。格尔茨认为，在跨文化交际中，交际双方不可能完全摆脱本民族文化的制约和影响，而为了达成交际，必须克服不同文化的不同规约，使交际顺利进行。霍尔认为，文化是一个群体生活方式的系统，文化系统是有序的，是可以被该文化群体学习和掌握的，而且是可以分析和描述的。他还认为，交际就是文化本身。由此看出文化和交际水乳交融的关系。

2. 文化身份

文化身份(cultural identity)的概念来自社会语言学和文化学，是指"对某个有着共同符号意义系统、遵守相同行为规范的文化群体的认同，并被认为得到这个文化群体的接受"。

首先，文化身份具有多重性。文化身份总是相对于一定的文化群体，同一个体可能同时属于不同的文化群体，这个个体也就具有了不同的文化身份。文化群体包括民族文化(如中国文化、美国文化、英国文化等)，区域文化(如东方文化和西方文化)，一些主流文化中的亚文化(如美国天主教信徒的文化和美国浸礼教信徒的文化、美国男权主义者的文化和美国女权主义者的文化、美国异性恋者的文化和美国同性恋者的文化等)。因此，同一文化个体的文化身份可能是多样的，如地区身份、国家身份、民族身份、职业身份、性别身份、宗教身份等。

其次，文化身份具有动态性。在跨文化交际中，不同文化身份的人所遵循的符号意义系统和行为规范(文化身份)可能差别很大，因此为顺利达成交际，交际双方需要付出很大的努力。当交际一方随着个人对异文化的体验增加，完成了跨文化调适的时候，交际就很容易达成，那么交际一方则成为一个有着跨文化身份的文化个体。

3. 民族中心主义和文化相对论

民族中心主义(ethnocentrism)和文化相对论(cultural relativism)的概念来自文化人类学。文化对社会发展进程起着非常重要的作用，文化作为历史的沉淀，渗透在人类文明的各个层面，制约着人的各种生存活动，尤其极大地影响着人们的跨文化交际活动。人们的文化价值观，决定了跨文化交际过程的成败与否。

所谓民族中心主义，是指在跨文化交际过程中，人们都自觉或不自觉地认为自己的文化更优越，用本文化的标准去衡量、判断甚至要求他文化。民族中心主义崇尚自己的价值观和信仰，蔑视其他价值观和信仰。持这种观点的人，潜意识里存在"本文化所规约的语言或行为方式是对的"，"他文化中与其不一致的语言和行为方式都是错误的"认识，而这种认识显然不利于跨文化交际的实现，只会导致跨文化交际活动的失败，甚至引起国家间、民族间的对立和冲突。

与民族中心主义相对立，主张"文化无优劣之分"的是文化相对论。在文化人类学界，最早倡导文化相对论的学者是美国人类学家博厄斯。他坚决主张研究每一个民族、每一种族文化发展的历史，认为衡量文化没有普遍绝对的评判标准。因为任何一个文化都有其存在的价值，每个文化的独特之处都不会相同，每个民族都有自己的尊严和价值观，各种文化没有优劣之分。因此，一切道德评价标准都是相对的，不能用自身判断是非善恶的标准去判断另一种文化，不能用一己框架去套用或解释其他文化现象。博厄斯认为只有在每种文化自身的基础上才能研究每种文化。只有深入研究每个民族的思想，并把在人类各个部分发现的文化价值列入总的客观研究范围，客观的、严格的、科学的研究才有可能(杨雪晶，2005)。文化相对论认为，对不同的价值观念、文化习俗和言语行为应表示理解和宽容，感到自然，并能够根据不同的交际对象和场合，调整自己的行为和判断标准。文化相对主义这种宽容的态度和开阔的胸襟对跨文化交际的顺利进行起到了积极作用。

4. 定型

定型的概念来源于社会心理学，最早将定型引入社会心理学的是美国新闻记者利普曼(Water Lippmann)。1922 年，利普曼的《公众舆论》一书出版，首次使用"定型"这一术语，表示不同社会群体"在人们头脑中的形象"。社会心理学家在利普曼的基础上进一步发展了对定型的认识，认为定型观念是"对现实的某一方面，特别是某些个人或社会群体的相对僵化、过分简单或带有偏见的认识"。20世纪 50 年代至 80 年代末，心理学与跨文化交际学关于定型观念的解释出现多元的趋势，主要集中在两个方面。首先，定型观念是一种认识(belief)，这种认识带有类型化倾向；其次，定型观念是一种过度概括(overgeneralization)，呈简单化特征。定型呈现过分简单化的特征(如认为所有的英国人都很保守、所有的法国人都很浪漫、所有的犹太人都很精明、所有的日本人都很勤劳等)，是由于片面夸大了群体的相似性，而忽略了个体的差异(如部分英国人可能不保守、部分法国人可能不浪漫等)。

对于定型在跨文化交际中所起到的作用，高一虹称为"跨文化交际悖论"，即定型一方面起到了沟通文化差异的"桥梁"作用，帮助具有不同文化背景的人相互了解；另一方面，在定型基础上建立的对其他文化的理解是不客观的，有对其他文化"贴标签"之嫌，这种认识很容易变成"偏见"。定型对跨文化交际既有正面的沟通作用，又因其片面性阻碍了跨文化交际。人们对定型所应采取的态度是，既要做到探讨不同文化的共性和同一文化群体所共有的特点，又要注意文化的个性和同一文化群体内部各种亚文化及不同个体的差异。没有群体的共性就等于没有形成对异文化的认识，而没有个性的差异就证明对异文化的认识处于比较低的阶段。

因此，在外语专业教学的初级阶段，应建立目的语的文化定型，这是一种较快了解文化差异的方法。尽管这种定型可能很不全面，很不客观，但有助于外语学习者建立有关目的语文化的一系列认识。随着学习的深入，应对原有的相当幼稚的认识进行修正，打破原有定型观念，建立新的概括方式，从而达到认识的深化。

5. 交际风格

交际风格是指人们在传递和接收信息时喜欢或习惯采用的方式。古迪昆斯特等(Gudykunst)列举了四对不同的风格类型，直接和间接型、详尽和简洁型、个人为中心和语境为中心型、情感型和工具型。以美国人和中国人的交际风格为例，一般来说，美国人的交际属于直接型的，在交际时倾向于直截了当、直奔主题，而中国人的交际则是间接型的，习惯拐弯抹角、兜圈子。美国人的交际是介于详尽型和间接型之间的，而中国人则属于间接交际风格，谈话时往往表现得非常谦卑，在谈到主题时经常是点到为止，简洁扼要。美国人属于以个人为中心、工具型的交际风格，喜欢就事论事，不太注重社会文化因素和人际关系对交谈主题的影响，而中国人则属于以语境为中心、情感型的交际风格，交谈双方的地位关系非常重要，决定了谈话的方式、语言措辞的选择，交际的主要目的之一就是交流情感，建立良好的人际关系。不同的交际风格可能会引起交际双方的误解，美国人觉得中国人不真诚，办事缺乏效率；中国人觉得美国人自负、无礼。如果要避免不同交际风格对交际可能产生的不利影响，就应当事先了解对方的风格，同时，在交际过程中有意识地调整自己的风格。

(三) 基于教学的跨文化交际研究的主要方面

1. 跨文化交际的语用方面

在跨文化交际中，影响交际的因素并不仅是语音、词汇和语法，还有人们说话的方式不同以及对语码的使用不同。在语用学领域，言语行为理论、会话含义理论、礼貌原则的提出使人们开始关注语言外因素对语言使用的制约。然而，在跨文化背景下语言的使用规则会因文化和社会的不同存在差异，究其原因是不同文化存在不同的社会规范。研究这种差异对跨文化背景下的外语专业教学具有重要意义，可以帮助外语教师更加深刻地认识到，跨文化交际过程中文化准则和社会规范的错置(认为目的语文化的社会规范与本族语文化没有差别)会导致交际失败(pragmatic failure)，从而产生较大的心理或社会距离。这对于引导学生克服典型的文化语用失误、顺利达成交际具有深刻的指导意义。

由于不同文化环境中社会语言规则存在差异，各社会群体在问候、道歉、请求、感谢、祝贺等诸多言语行为方面都遵循其独特的规则，即使是在相同的情景，行使相同的社会功能，所实施的言语行为的语句也会截然不同。例如在称呼语中鲜明地体现了汉语的卑己尊人的礼仪规范，称呼对方的家人一般用尊称，如"令尊""令堂""令郎""令爱"，对自己的家人则用谦称，如"家父""家母""犬子""家女""贱内"，而在英语和俄语中均无相应的表达。在致谢的言语行为中，英语用"You are welcome"(乐意为您效劳)或者"It's my pleasure"(乐意为您效劳)回答对方的谢词，而非"It's my duty"(这是我的责任)之类汉语式的表达。除此之外，不同文化对合作原则(量的标准、质的标准、切题原则、方式原则)和礼貌准则(得体准则、慷慨准则、赞扬准则、谦虚准则、赞同准则和同情准则)的理解均有不同。在一种语言中符合交际准则的表达，放到另一种语言中就不一定适合，因此，在外语专业教学过程中，应当着重关注跨文化交际中语用方面引起的失误现象，力图加以克服。

2. 跨文化交际的语篇方面

较早对跨文化交际与语篇结构的关系进行深入研究的是卡普兰(Robert

B. Kaplan)。卡普兰认为，中国人的思维方式是曲线式的(indirection)，类似一种润轮线(gyre)，叙述时一般不直奔主题，而是从其他内容开始语篇的陈述，迂回地指出语篇的主题和大意；英美人的思维方式是直线式的(linear)，段落当中通常都有主题句，其后的内容是对主题句的充分展开，最后是对主要内容的总结。俄罗斯人的思维方式是文章中有一系列的猜想式的平行成分和一些并列成分，并且至少一半与句子的中心思想不相关；法国人和西班牙人的思维方式是在文章中穿插一些离题的句子；阿拉伯人的思维方式是用各种平行线表示的，而日本人的思维方式是"点式"的。

英语语篇具有直线型特点，汉语等东方语言则具有螺旋形特点；俄语的语篇存在一些偏离主题的内容，但与典型的"曲折型"语言(罗曼语系，如法语、西班牙语等)相比，在转题和分叉时更为自由。卡普兰曾用图表大致表示不同文化的思维方式，有相当多的文化学者认为，这些图示基本上代表了不同文化语篇的不同建构特点。

曲政和俞东明曾经进行过实验研究，探讨不同文化对语篇生成的影响。实验要求中国学生写一封由三段文字构成的信，内容是学生向他们以前的一位英语教师借一本英语词典。结果表明，35 位中的 29 位同学均在信的最后一段才提出要求，信的前两段主要谈及该教师对自己以往的帮助，这显然是汉语的思维方式和组织语篇的方式。按英美人的写法，应当在信的开头段提出自己的请求，即西方人的思维模式为要求－背景－确认请求(request-background-confirmation of request)。在跨文化交际中，如果在作文、翻译或口头交际时不注意西方人的思维习惯，仍使用中式思维模式，西方人就对这类文章或讲话产生不耐烦(不愿读下去或听下去)的反应，从而发生误解甚至导致交际失败。在外语专业教学过程中，应重视不同文化背景下不同语言的语篇特点，从而对教学实践(尤其是写作教学)有所帮助和指导。

3. 跨文化交际的教学应用方面

随着人们对语言认识的深化，语言能力、交际能力、跨文化交际能力的概念相继提出，外语专业教学的目标日渐清晰，培养学生的跨文化交际能力成为现代外语专业教学的目标。外语专业教学不仅要使学生具备语言能力(语法能力、生成合乎语法句子的能力)、交际能力(在一定的情境中生成合乎情境的句子)，还要使学生具备跨文化交际能力(在跨文化语境中达到成功交际的能力)。这就要求学生对异国文化有更深的了解，在外语专业教学中，通过英美文学课程的学习，让学生更加了解西方文化，更好地进行跨文化交流。

语法能力是指对语言本身的掌握，包括词汇、构词、构句、发音、拼写等语言特征和规则，是准确理解和表达话语字面意义所需要的基本能力。语法能力受到不同文化的影响，但是，文化对语法能力的制约明显低于其他方面。

社会语言能力是指能够依据各种语境因素恰当地运用与理解不同社会场合和环境的言语。从某种意义上说，社会语言能力就是文化，是语言运用的文化，习得社会语言能力实际上就是习得一种文化能力。人们在相互交往时，文化失误要比语法错误令人无法容忍，因此，英美文学教学中应特别注意避免文化失误的发生。

语篇能力是指能够合理地将语言形式与意义组织起来，构成各种不同体裁的、前后连贯的口头或书面语篇。语篇能力在较大程度上曲折地反映了特定文化群体的基本思维模式及其相关的价值观。例如，卡普兰指出，在篇章的组织结构方面，英语篇章主要呈直线型，汉语篇章主要呈螺旋形。所谓直线型即段首有一个主题句，然后再按照一条直线展开，对主题分点说明来发展中心意思。而螺旋形与汉族人思维的整体性(天人合一)以及八股文的结构有很大关系，有含蓄、委婉、间接、迂回的特点。因此，在外语教学中应帮助学生克服来自母语的语篇构成模式的干扰，避免出现英语语法和汉语结构混用的现象，让英语母语者听起来(或看起来)重点不突出、条理不清楚。

策略能力主要是指运用各种交际策略(communication strategies)，应付和解决由于外在条件或其他方面能力欠缺所导致的交际困难与问题。与社会语言能力和语篇能力的迁移不一样，因策略能力与文化较为疏离的关系，策略能力的迁移有助于跨文化交际双方的沟通和理解。

赵爱国和姜雅明认为，外语专业教学的跨文化交际能力包括语言能力、语用能力和行为能力。其中，语言能力包含语音、词汇、语法、语义四方面的能力；语用能力包含语境能力、语篇能力、社会语言学能力和社会文化领悟力；行为能力则包括社交能力、非语言交际能力及文化适应能力三个方面。

贾玉新则认为，跨文化交际能力应包括基本交际能力系统、情感和关系能力系统、情节能力系统和交际方略能力系统。基本交际能力系统主要是强调交际个体为达到有效交际所掌握的能力，包括语言能力、文化能力、交往能力和认知能力。在情感和关系能力系统中，移情作为重要的情感能力是指以他人文化准则为标准，解释和评价他人行为的能力，而关系能力则强调交际双方达成共识和彼此适应的重要性。情节能力是指在交际过程中交际双方根据实际场景调节交际行为的能力。交际方略能力系统包括语码转换策略、近似语策略、合作策略和非言语策略等。

第二节　英美文学阅读与赏析中的文化问题

一、英美文学阅读的定义

英语文学作品的阅读是英语阅读的一个重要组成部分，而英语阅读是整个英语教学的基础，有着不可替代的重要性，属英语学习中的基础工程。文化问题是文学作品阅读乃至整个英语阅读的重点和难点，但又常常被人们忽视。桂诗春指出："在阅读过程中起作用的，一是语言因素，二是非语言因素。我国在训练外语阅读能力过程中的一个偏向是把这两者混淆，甚至用前者代替后者，于是出现一种逐句分析语法结构的阅读训练方法。"桂诗春所指的"非语言因素"就是文化因素。文化问题在英语文学作品阅读中尤为重要，因为文学作品包罗万象，即关于社会生活的各个侧面、人类文化的各个侧面的描述应有尽有。如果对西方文化知识知之甚少或一无所知，那么英语文学阅读就会寸步难行，阅读中的交流就会被中断，甚至出现误读原文语篇，达不到交际目的的状况。

二、英美文学阅读与赏析中存在的文化问题

特定的语言总是与特定的文化相关联。语言是相关文化，特别是文学的关键。

各种语言本身只能在交织蕴藏语言的文化背景中才能被充分认识：语言和文化总是被一起研究的。语言与文化的关系如此密切，以至于在不同的两种文化中很难找到文化内涵完全相同的词语，所以学习外语必须了解目标语言的文化，即所谓的"To be bilingual one must be bicultural(要成为双语者，必须通晓双方文化)"。仅仅掌握语音、语法、词汇以及具有相应的听、说、读、写、译的能力，还不能保证学生能深入、灵活、有效和得体地表达思想，具有跨文化交际的能力。由此可见，文化问题是至关重要的问题，所以美国外语教学协会列入外语交际能力的内容不仅包括四种语言能力(听、说、读、写)，而且包括社会文化能力。

文化是一个民族在特定的历史阶段知识、经验、价值、态度、等级观念、宗教等的总和。文化具有继承性、持久性和渗透性。每个民族由于不同的地理位置、自然环境、宗教信仰、生活习俗和历史传统而形成不同于别的民族的文化，这一独特的文化必然反映并沉淀在该民族的语言中，成为该民族不可分割的一部分。

但是，文化不仅隶属于民族和时代，而且可以超越民族和时代。文化中核心的价值判断和审美情趣等会一代代传下去。另外，随着各民族文化交往的逐步加深，不同文化还会互相影响，互相促进。每一文化中普遍的东西还会跨越自己的文化，成为全人类的共同财富。在跨文化交际过程中，文化信息如价值判断、思维模式必然会通过语言或隐或显地表露、传达出来。如果学生对西方文化没有深入的了解，就不可能真正领会英语所要传达的文化信息，有时甚至会曲解原意，不能与原语文化进行沟通与交流。

英国语言学家利奇(Geoffrev Leech)把词义置于社会文化的广阔背景之中，围绕词义的交际功能，进行了详尽的分类研究。他认为，词义可分为以下几种类型。①理性意义：关于逻辑、认识或外延内容的意义；②内涵意义：通过语言所指的事物来传递的意义；③社会意义：关于语言运用的社会环境的意义；④情感意义：关于讲话人或写文章的人的感情和态度的意义；⑤反映意义：通过与同一个词语的另一意义的联想来传递的意义；⑥搭配意义：通过经常与另一个词同时出现的词的联想来传递的意义；⑦主题意义：组织信息的方式(语序、强调手段)所传递的意义。利奇以联想意义概括除理性意义和主题意义之外的其他五种意义，因为它们是人们在使用语言时联想到的现实生活中的经验，传达人们在使用语言时情感上的反应，并具有特定社会的文化特征。每一种语言在其历史演变过程中，总是与说该语言的民族文化生活融为一体，营造一种特殊的情感氛围，并能引起一定的文化联想，产生联想意义。每一种民族语言中的词汇所包含的文化含义也不完全相同，有些词汇的文化含义十分丰富。很难在另一语言中找到恰当的对应词。譬如，对中国人来说，中国诗歌中的一棵柳树就会引发无限联想，译成英语，则无法引起与之相同的联想，许国璋称这类词为"文化含义丰富的词汇"。文学阅读与欣赏中，对于这类词汇的把握显得尤为重要，因为它关系到学生正确理解原文与正确接受原文的信息，关系到原文所传达的美学意蕴与韵味。因此，对于英语文学阅读中的文化问题，必须引起高度重视。把文化问题作为文学中一个首先需要解决和不断需要解决的问题。

第三节　文化差异对英美文学的影响

一、文化差异的基本内涵

(一) 文化差异的概念

文化的独特性是世界各民族屹立于世界并保持民族自尊的重要体现。在历史的发展长河中，世界各个国家历史发展的不同、所处地区的不同以及长期的生活习惯的不同。造就了被本民族人民所熟悉的、能够保护其传承发展的独特的民族文化。独特民族文化竞争力的不断提高已经成为现今综合国力竞争的重要组成部分。

(二) 中西文化差异的主要表现

中西文化差异是在长期历史发展的过程中形成的，文化的发展植根于经济社会的发展。就这一方面而言，造成中西文化差异的原因主要是中西国情、国家体制和历史发展不同。其具体的文化差异如下所述。

1. 风俗观念

中西文化差异中对英美文学翻译影响最为明显的是两者文化中的丰富观念。

艺术来源于生活，又高于生活。英美文学作为艺术的组成部分，无可否认的是其灵感的来源和艺术作品的创作主要是对人们现实生活的反映。一部有灵魂、有情感、能够引起人们共鸣的文学往往是真实地反映了其所处的特定时代的文化印记及人们的生活现实。所以，在进行英美文学翻译的过程中注重中西文化差异。最为根本的就是能够集中体现不同地区人们生活态度、生活习惯的综合，即风俗观念。风俗观念是一个兼具历史性和现代性的文化名词。不同地区的人们拥有不同的风俗习惯，而这种风俗习惯已经渐渐地形成一种潜在的文化模式，深刻地反映在人们的社会道德等方面。例如，我国提倡尊老爱幼，在公共场合特别注重保护幼儿、老人的人格尊严及其人身安全。但是在西方国家，其长期的生活习惯及盛行的价值观念旨在培养幼儿独立的人格，所以西方国家将公共场所视为一个幼儿彻底社会化的重要平台，并不提倡我国的尊老爱幼理念。这是一个最根本的能够体现中西风俗观念的差异。

2. 宗教习俗

宗教习俗观念是中西方在历史发展过程中存在时间较长、对人们生活有着重要影响的存在。对于西方国家而言，信仰宗教的人数很多。而在中世纪的欧洲国家，宗教更是凌驾于政治权力之上；由宗教体制所衍生出的宗教信仰、宗教习俗禁锢着人们的思维方式和生活习惯，并且在此后的几百年中仍然深刻地影响着人们的生活，所以在英美文学中经常能看到宗教习俗的踪影。而就这一方面而言，在进行文学翻译的过程中，要特别注重对宗教习俗文化差异的研究。在了解基本价值观念的基础上进行相关文学的翻译是对文化工作的负责任，同时是对所引进国家和地区的文化负责任。

3. 事物象征意义的理解

与上述两点基本相同的是，不同的历史文化中同一事物有着不同的象征意义，在人们生活中所处的地位和受人们爱戴的程度也是不同的。其中最为普遍的就是"龙"。"龙"在我国是非常神圣的，甚至有些人将其作为生活美好、国家繁荣昌盛的伟大象征。但是对于西方国家而言，"龙"是消极事物的代表，人们将其视为不吉利的象征。由此可见，同一事物在不同的文化中由于其存在历史和人们观念的不同，其象征意义是不同的。因此，在学习英美文学的过程中熟悉这些不同事物的特定象征意义是非常重要的。

4. 思维认知和价值观的差异

现代化世界的发展虽然在很大程度上倡导普世的价值观念，即人人平等、人们享有自由的权利，但是具体到某一个事物的认识上，不同国家和地区仍然会有自己独特的思维认知和价值观差异，这深深地反映在文学创作的过程中。最为明显的就是西方一贯奉行个人主义，所以在英美文学中，90%的文学都是对个人主义的提倡和宣扬。而我国在长期的历史发展过程中倡导集体主义，并且这种价值观念一直影响着现代人们的生活。除此之外，西方文学创作的过程中采用西方的认知思维方式，即非常注重创作句子的主谓宾结构，而且关注对客观事物的描述；而我国的认知思维方式比较注重句子的转折、递进，而且在描述客观事物时通常会借助客观事物表达主观感受，非常注重个人情感的表达。这两种不同的文化价值观念和认知思维方式对英美文学的翻译有着深刻的影响。

二、文化差异对英美文学影响的体现

(一) 文化发展载体的差异

语言是民族文化发展的一个重要载体，也是民族文化的重要表现形式。民族文化发展的差异性必然会通过语言表现出来。在英美文学中，一些作品所创作的语言，多由提炼凝聚而成。文化差异对英美文学的影响，在很大程度上是由英式英语与美式英语两种语言之间的差异带来的。

英国历史悠久，有着良好的民族文化底蕴。因此，英语属于文化历史发展的正宗语言，有着较为优越的条件。对传统文化的继承，在英国文学作品中得到了良好的表现。在对英国文学作品进行评论时，对古老传统文化的崇拜使得评论展现出中规中矩的特点。

美国英语是英国英语的衍生品，在本质上虽然没有变化，但是美国作为一个摆脱英国殖民统治的国家，其政治、经济、文化等制度都是新生的。因此，在发展过程中，美国英语也具有创新特质。因为在经济、政治及文化方面并没有留下太多问题和负担，使得评论家在评论美国作品时较为张扬并充满个性。

(二) 文化内涵的差异

英国文学评论在传统文化的传承与挣脱中挣扎着，由明显的宗教色彩转变为荒诞的创造手法，体现了17世纪至18世纪英国文学对传统的继承与打破之间的抗争。20世纪，英国文学发生了巨大变化，开始重新审视和思考之前的理论。

美国作为殖民地，其文学作品深受欧洲大陆文学的影响，特别是英国文学与印第安文学。美国文学即便受到诸多因素的影响，但最重要的还是其自身特性的影响。美国文学是对英国文学的创新发展，虽然其继承了英国文学的优良基因，但始终是一个独立的个体。

(三) 文化历史的差异

就文化历史发展差异而言，英国文学所具有的传统特色为人本主义。英国的人本主义，是相对于禁欲主义与神权主义而提出的。在英国文学作品中，关于描述人本主义的观点相对来说较为保守，这与英国资产阶级革命在文化历史发展中的不彻底性与妥协性有着紧密的关系。例如，乔叟在评论自身创作的文学作品时，主要是对人本主义进行一种广泛的宣传。人本主义发展到最后，就是对全人类和平、自由、友爱的实现，此时人与人之间完全没有阶级束缚。乔叟在文学作品评论中提出的人本主义观点在英国文学作品中较为典型，对英国文学今后的发展产生了深刻的影响，并形成了稳定且牢固的传统人本主义观点。但是随着人类社会文明的发展与进步，英国文学所宣扬的人本主义观点越来越受到人们的质疑，甚至被人们否定。其主要原因：社会若要完善、快速地发展，革命是其推动力，只有借助革命的力量，才能支撑和推动社会实现质的发展。由此，相对于较为保守的人本主义观点，实现社会完善与发展的重要条件就是创新。

美国文学对人本主义观点采取激进态度的同时，保留了其独创性。这主要取决于美国并不像英国一样背负着沉重的历史包袱，也不存在文化历史遗留下来的问题。故美国文学在发展中可以实现轻装上阵。由此，在美国文学作品评论中，多数评论者对人本主义观点持有较为激进的态度，有时候还表现出独具特色的创新人本主义。

第四节　文化视角的英美文学教学问题分析

一、文化与英美文学研究

（一）文化与英美文学的发展

英国文学是世界文学的重要组成部分。英国文学的发展起源于文艺复兴时期，并经历了文艺复兴、浪漫主义和现实主义时期。第一次世界大战和第二次世界大战后，英国文学的发展更趋向于多元文化的发展，其作品反映了社会的变化和发展。在文化全球化的趋势下，英国文学的写实角度不断深入社会，其作品反映了英国的社会、政治、经济、文化等。

美国文学的发展始终贯穿于欧洲传统文化和北美新大陆文化。基于这一线索，可以把美国文学作品进行细化，大致可以分为三个阶段：殖民地时期、18 世纪末至 19 世纪中期浪漫主义时期以及其后的多元文化特征时期。其中，在殖民地时期，美国文学依赖欧洲文学，还不能摆脱欧洲文学的范式。在第二阶段，即 18 世纪末至 19 世纪中期的浪漫主义时期，美国文学开始摆脱欧洲文化的影响并寻找自我文化，在自身的创作意识上慢慢地达到成熟。这一时期产生了许多优秀作家。进入 20 世纪，60 年代的实验说到 70 年代的多元文化的发展，体现了不同时期的历史文化的变化特点。

综合英美文学的发展情况可看出，它们鲜明地反映了不同时期社会变迁和文化的沉淀，是对人类社会自身文化存在的描绘，是整个文化系统最能接近人文精神层面的多元系统。

（二）英美文学的解读与文化差异

文学作品的表现方法是作者写实手段的灵魂。它源于作品对现实社会的再现，是对社会政治、经济、文化的总结与归纳。英美文学的语言文化知识及其文体风格彰显了语言文化的传播张力，是丰富多彩且多元化的。文学作品的研究需要加入英语语言文化，在作品解读的过程中融入个人的思考和见解，能够更好地实现对艺术价值的欣赏，并且形成基本的价值观认识。进一步说，对文学的解读其实就是英美文化的渗透与理解过程，其中包括作品作者的价值取向及意识形态的解读。因此，对英美文学及文化的研究是一个理解作品内在意识的过程。

对英美文学的研究，需要结合文化意识上差异性和文学特点进行本源化的分析与解读。这有助于提高对不同地区的文化识别能力，感悟不同地区的文化差异性。就中西文化而言，教师应理解中西两种不同文化的差异性，促进不同文化的融合，从而提高跨文化交际能力。因此，学习英美文学的过程到对其作品进行研究与解读的过程，是一个不断消除文化障碍，减少文化冲突，促进中西文化交流的过程。

二、文化视角下英美文学的教学现状及改革

（一）文化视角下英美文学的教学现状

高校英美文学教学改革势在必行，为了让学生走出文学课程的"困境"，教师需要反思如下问题。

1. 高校英美文学教学瓶颈主要是发展模式单一性

在文学授课过程中，以解读为主，即教师进行知识灌输，学生被动地接受知识；文学研究不够深入，只停留在作品知识的表象上，作品的独特性被忽略了；教师对同一时期作品的解读太传统，对作品与作品之间的文化背景异同性不加以区分。

2. 教学互动性不足

英美文学的教学大多采用以教师为核心和以教师为主导的教学模式，忽略了教师与学生之间的互动性。教师只从文学背景、文学作品内容等方面进行解读，刻板硬套，失去了文学作品的灵活性。学生失去了话语权，被动地接受文学作品

常识，对英美文学作品本质内涵没能理解，从而失去了文学作品的生命力。

3．忽视教学中的文化知识

英美文学的研究与教学大多只侧重于文学基本知识，而忽略了作品内容中的文化知识。这有悖于学生的人文素质培养和自身素质的提高。从另一角度来讲，教师进行英美文学的教学，不仅要为学生提供了解英美文化传统、社会政治制度等背景知识的机会，而且要提供英美文学作品所包含的文化知识、文学知识及其具有的哲学、人文、美学等知识，因为它们也是英美民族社会文化的缩影。也就是说，教师在进行英美文学的教学时，不仅要服务于学生，而且要以提高学生的人格和自身文化素质为己任。

（二）文化视角下英美文学的教学改革

1．教材的改革

首先，在教材上要打破过去"以史为序"的框架，采用类似"断代文学"的做法，不妨从注重情节、语言规范、最适合初学者的 19 世纪文学学起，打破以往的学习顺序；题材的选择上也依照学生的接受程度，按小说、散文、诗歌、戏剧、评论排列。其次，在文学史与文学选读的关系上，基本上遵守以文为纲。但为了保持文学发展的整体面貌，清晰地呈现文学的产生与继承发展的线索，教师应在选读进行当中加入文学史部分的课程，或者作为课外阅读布置给学生，课堂上只进行讨论和概括。如此，可达到事半功倍的效果。

2．英语教师教学观念的转变

担任英美文学教学组织的教师必须在教学观念上做出调整，清醒地认识到自身的职责，在教学实践中重视对学生批判性思维能力的培养。对文学课教师而言，批判性思维能力的培养不在于教会学生某种技巧，而在于让学生逐渐养成敢于理性质疑的批判性态度。换言之，在文学教师的引导下，学生在学习英美文学作品的过程中，不仅能够运用批判性的眼光对教师授课方式、教材内容、所学文本提出不同的见解，还能够提供支撑自己独特见解的翔实材料，由此对所学之物、所见之事的真实性、精确性、性质与价值进行个人的判断，从而获得更为宽广的视野和更加开阔的思路。

3. 充分利用现代教育技术手段

通过利用现代化技术手段，进一步提高文学教学效果。文学是一种资源、财富和修养，现代教育技术为更好地开发文学资源提供了强有力的手段。科学技术的迅猛发展和信息时代的到来，为教育手段的现代化提供了一定的条件和保障，也为英语教学提供了丰富的资源。教学手段的现代化关系到人才培养的质量，文学课也要充分利用现代化教育手段，为提高教学效率、培养学生有效地学习创造条件。在文学阅读初级阶段，教师可利用现代化教学手段组织学生观看由英美文学原著改编而成的影视作品。影视作品的音、画、影、像提供了直观的艺术形象，使阅读材料变得形象、具体、生动，激发了学生的兴趣和想象力。到了提高阶段，在学生阅读原著的基础上，让他们看改编的影视作品，如此能对学生产生视听冲击力，从而激发他们的情感，启迪他们的想象和联想，让他们在饶有情趣的状态下进入作品意境，进一步加深对文学作品的认识和理解。

4. 英美文学教学内容的调整

在英语专业的英美文学课程设置中，大学三年级开设的英国文学一般为 32 或者 64 个学时，美国文学为 32 个学时。由于学时有限，教学内容一般以"文学史+选读"为主。在讲授中，英美文学教学内容除了应包含常规的文学史和文学作品，还应适当地补充相关知识。例如，在讲授英国文学史上的启蒙运动和启蒙时期的文学时，不仅可以追溯启蒙运动的思想与世界观，还可以列举康德(Immanuel Kant)、法兰克福(Frankfurt)学派等对于启蒙的不同观点，引导学生批判性地看待这一术语。在讲授培根的散文时，教师可以对培根"知识就是力量"的论述提出自己的观点，并引导学生从多个角度探讨这个问题。

第八章　英美文学课堂教学改革的思考

第一节　英语教学改革的演变历程

任何事物更好的发展都有赖于对现阶段出现问题的正确认识，英语教学也不例外。只有对英语教学改革进行透彻的分析，认识到当前做得好的地方和出现的不足，才能更好地推进英语教学的改革朝着理想的目标前进。

一、英语教学改革的背景

（一）以学生为中心的时代新要求

新时代下，英语教学要求体现出以学生为中心的理念，从而培养他们终身学习的习惯和能力。

为了体现以学生为中心的新教学理念，以促进学生在大学时期的全面发展，英语教师不仅担任着传授英语知识的职责，同时还要着重培养学生的社会责任感、积极的情感、严谨的治学态度等。这些要素的培养仅仅靠教师在课堂上授课是不够的，还要充分调动学生的积极性，让学生充分参与到课堂中去，发挥学生在课堂上的积极作用。

（二）多媒体、网络技术的应用

随着互联网科技的进一步发展，现在课堂多运用多媒体进行教学，或者以网络教学的形式传播知识。这样的新趋势使英语教学变得更方便和快捷。与传统的英语教学方法相比，多媒体和互联网教学为学生的英语学习提供了更为自主和新颖的学习空间，可以更好地促进学生学习英语的积极性和主动性，其优势主要体现在：

第一，传统由教师授课的课堂中，采用的是教师读单词和课文，学生跟读的教学方式。但由于口音和老师本身发音不标准的现象存在，使得学生不能学到更为地道的发音。计算机软件的开发解决了这样的难题，可以将每个单词的发音更为地道和生动地呈现给每个学生，便于学生的学习。

第二，多媒体技术改变了传统教学中只有文字和少量图片的局限，在授课过程中将图、文、影、像等教学资料有机地结合在一起，使学生的学习过程更为有趣，可以提高学生的学习积极性。同时多媒体技术的应用，使得学习不仅在课堂上可以进行，也可以通过网络的形式，实现在何时何地都可以学习的愿景。

第三，网络技术在英语课堂上的应用，使学生的学习和教师的教学变得更为自由。学生可以通过网络学习，教师也可以根据学生在网络学习的反馈，及时做出指导和布置任务，从而减轻了教师和学生的双重负担。

在时代不断发展的进程下，英语教学的改革要紧跟时代的潮流，充分把握好时代发展的新机遇，将互联网技术和教学更为有机地结合，使互联网在更大程度上发挥其在教学方面的新优势。

(三) 教学评价方式的多元化趋向

在英语教学过程中，为了促进教师更好地完成自己的教学目标，需要实施一定的教学评价来检验在某一教学阶段教师完成教学目标的程度。

在传统的教学评价模式中，其评价方式具有单一性、机械性和落后性的局限。随着时代的发展，教学评价方式也与时俱进地进行了相应的改革，如相比于客观题，主观题在测试中的比重增加，终结性评价不再具有至高无上的权威性，而实行终结性评价和形成新评价权重并行的评价方式。现今，评价方式也逐渐运用了互联网科技，新形成的评价方式多具有开放性、形成性和多维性的新特点。例如，学生可以参加多次考试，可以让他们清晰地看到自己每一个阶段的成功和不足之处，尊重学生的差异性，对他们在学习过程中学习接受程度的不同要有耐心。

二、英语教学改革的历程

为了使每一代的学子都可以接受到最好的教育，英语的教学改革一直在不断进行着。但英语教学改革的过程中也不可避免地出现过一些失误，当然更主要的是取得了一些引人注目的成就。本小节主要对英语的教学大纲、课程设置、师资建设和教材建设这四个主要方面的发展和改革历程作一个简单的概括。

(一) 教学大纲改革的历程

1. 1962 年《英语教学大纲(试行草案)》

《英语教学大纲(试行草案)》是我国的第一份大学英语教学大纲。该大纲制定时，我国中学阶段的教学才刚受到重视。该草案认为我国英语教学的主要目的有以下三点：一是英语教学要服务于学生以后的阅读；二是英语教学的内容要以科技英语为主；三是英语教学要为学生的语言能力打好基础。

2. 1980 年《英语教学大纲(高等学校理工科本科四年制试用)(草案)》

《英语教学大纲(高等学校理工科本科四年制试用)(草案)》是改革开放后公布的第一份英语教学大纲。

《英语教学大纲(高等学校理工科本科四年制试用)(草案)》制定之际，我国正处于"文化大革命"结束三年后拨乱反正的历史时期，当时我国的经济和社会发展正在逐渐复苏。该大纲主要适用于高等学校理工科本科四年制的各类专业。

该大纲的一些具体规定如表 8-1 所示。

表 8-1　《英语教学大纲(高等学校理工科本科四年制试用)(草案)》规定的具体教学内容

词汇教学要求	基础阶段	掌握单词 1500～1800 个，一般要求能英汉互译，能正确识别词类，选择词义。
	专业阅读阶段	掌握词汇 800～1000 个，要求能英汉互译，能正确识别词类，选择词义。
阅读教学要求		1. 基础阶段结束时能阅读与后期课文难易程度相当，内容可以为学生理解的科普或一般科技文章，理解正确，并能作中文摘要。阅读速度为每小时 2500～3000 印刷符号(生词不超过 15 个)。
		2. 专业阅读阶段结束后，阅读有关专业书刊的速度应达到每小时 4000～5000 印刷符号。从基础阶段后期要注意快速阅读能力的培养。
听说写能力教学要求		1. 能听懂课堂用语；
		2. 能听懂及回答根据课文提出的问题；
		3. 能听写词汇熟悉的短文；
		4. 能把结构不太复杂的句子正确地译成英语。

续表

教学安排	1. 基础阶段的教学时数，工科应在 240 学时以上，理科应为 300 学时左右，一般安排在第一至第四学期； 2. 专业阅读阶段一般每周安排 2 学时，持续 2～3 个学期。
教学对象	中学学过英语的学生，他们入学时应掌握 700～800 个单词及最基本的语法知识，能比较顺利地朗读学过的课文。

该大纲体现了因材施教的教学理念，对以后的英语教学大纲的制定具有一定的借鉴意义。

3. 1985 年《英语教学大纲(高等学校理工科本科用)》和 1986 年《大学英语教学大纲(高等学校文理科本科用)》

1985 年《英语教学大纲(高等学校理工科本科用)》和 1986 年《大学英语教学大纲(高等学校文理科本科用)》较之前制定的大纲更为详细。其中《英语教学大纲(高等学校理工科本科用)》的教学要求如表 8-2 所示。

表 8-2 1985 年《英语教学大纲(高等学校理工科本科用)》内容

基础 阶段	基本 要求	1. 语音：能运用国际音标和基本读音规则拼读单词。朗读时语音语调基本正确； 2. 词汇：掌握3800～4000单词以及一定量的习语，并具有按照基本构词方法识别生词的能力。对其中2500左右的常用词，要求拼写正确、能英汉互译，并掌握它们的基本用法(中学所掌握的单词和习语包括在内)； 3. 语法：在中学原有的基础上，进一步扩大与加深基本语法知识，侧重语法结构在语言交际活动中的运用； 4. 阅读能力：掌握基本阅读技能，能顺利阅读并正确理解语言难度中等的一般题材文章和科普、科技读物，阅读速度达到每分钟50词。阅读难度略低，生词不超过3％的材料，速度达到每分钟80个词，阅读理解的准确率以70％为合格； 5. 听的能力：能听懂英语讲课，对题材熟悉、句子结构比较简单、基本上没有生词、语速为每分钟120词的听力材料，一遍可以听懂，听力理解的准确率以70％为合格； 6. 写的能力：能按规定的题目和提示在半小时内写出100词左右的短文，基本上能表达思想，无重大语法错误； 7. 说的能力：能用英语进行简单的日常会话，能就教材内容进行问答； 8. 翻译的能力：能借助词典将与课文难度相仿的文章翻译成汉语，理解正确，译文达意，笔译速度达到每小时300英语单词。

续表

| 基础阶段 | 较高要求 | 1. 词汇：掌握5000～5300个单词以及一定量的习语，并具有按照基本构词方法识别生词的能力。对其中3000个左右的常用词，要求拼写正确、能英汉互译，并掌握它们的基本用法(中学所掌握的单词和习语包括在内)；
2. 阅读能力：掌握较高的阅读技能，能顺利阅读并正确理解语言难度较高、内容比较广泛的一般题材文章和科普、科技读物，阅读速度达到每分钟70个词。阅读难度略低、生词不超过总词数3％的材料，速度达到每分钟120个词，阅读理解的准确率以70％为合格；
3. 听的能力：对题材熟悉、句子不太复杂、基本上没有生词、语速每分钟约140个词的听力材料，一遍可以听懂，听力理解的准确率以70％为合格；
4. 写的能力：能在半小时内写出120个词左右的短文，包括书信、文章摘要等。文理基本上通顺；
5. 说的能力：能用英语进行简短的会话。经过准备，能就课文内容或某一问题进行简短的发言，基本上能表达思想；
6. 翻译的能力：能借助词典将与课文难度相仿的文章翻译成汉语，理解正确，译文达意，笔译速度达到每小时 350 个英语词。 |
| | 专业阅读阶段 | 1. 词汇：掌握 1000～1200 个单词以及一定量的习语(不包括中学和基础阶段的词汇量)；
2. 阅读能力：能顺利阅读并正确理解有关专业的书籍和文章。阅读速度达到每分钟 70 词，阅读理解的准确率以 70％为合格；
3. 翻译的能力：能借助词典将有关专业的文章译成汉语，理解正确，译文达意，笔译速度达到每小时 350 个英语词。 |

另外，大纲规定，基础阶段的教学时数应高于 240～280 学时，安排在第一学年和第二学年。基础阶段的教学按照难易程度分为六个级别，每个级别有 60～70 学时，每学期为一级。学习成绩一般的学生在两个学年的学习过程中可以从第一级学到第四级。对于一些英语底子好的学生，可以从第二级或者第三级学起，以第五级或者第六级为最终目标。而对于那些英语底子较差的学生，可以从预备一级或者预备二级开始学起。

通过上述的分析可以发现，新大纲对新时代的教学目标和要求进行了量化的处理，创新性地提出了分级教学的教学理念，促进了大学英语教学的进一步发展。

4．1999 年《大学英语教学大纲(修订本)》

《大学英语教学大纲(修订本)》提高了对学生的阅读能力的要求。在该大纲中，认为教学安排应分为基础阶段和应用提高两个阶段。

5．2004年《大学英语课程教学要求(试行)》

《大学英语课程教学要求(试行)》刊发于2004年1月，该大纲将教学要求分为三个层面：第一个层面是一般要求，这是任何大学生在毕业之前都应该达到的目标；第二个层面是较高要求；第三个层面是更高要求。较高要求和更高要求是对英语学习底子较好的学生提出的学习目标。

《大学英语课程教学要求(试行)》在课程设置上的原则是将必修课程和选修课程进行结合，同时要具有一定的创新性和时代性，要体现出"个性化"，对先进的信息技术要广为应用等。

《大学英语课程教学要求(试行)》更注重学生在课堂中的主体性。需要注意的是，新型教学模式的建立不能完全摒弃传统的教学模式，最好将传统和现代完美地进行结合。

另外，教学管理和大学英语师资队伍建设首次出现在《大学英语课程教学要求(试行)》文件中。

总而言之，《大学英语课程教学要求(试行)》是大学英语教学改革过程中一份具有相当分量的文件，但需要注意的是，由于时代的局限，文件中仍存在一些需要改进的地方，需要引起我们的注意。

6．2007年《大学英语课程教学要求》

《大学英语课程教学要求》在2007年由教育部办公厅正式印发。《大学英语课程教学要求》是以《大学英语课程教学要求(试行)》为蓝本，对其中的不合理和不适应时代的地方进行一些修正，如教学性质、教学要求、课程设置、教学评估等内容。《大学英语课程教学要求》对我国大学英语教学改革的影响是重大的，将在当前和以后很长一段时期对英语教育者有很重要的指导意义。

(二) 课程设置改革的历程

1．初始阶段

初始阶段指的是1962年到1984年间。

(1) 1956 年，我国始设大学英语课程，但当时只是一门公共选修课，并没有给予英语学习应有的重视。1962 年，《英语教学大纲(试行草案)》颁布，旨在"为学生今后阅读本专业英语书刊打下扎实的语言基础"。

(2) 1977 年后，我国的政治、经济和文化生活逐渐恢复，英语教育业逐渐得到了重视。在 1978 年举行的座谈会期间，廖承志对大中小学的外语教育提出了建议。1979 年，党中央印发了全国外语教育座谈会的纪要《加强外语教育的几点意见》，在该文件中，有两条值得注意的建议：一是要更为重视中小学的外语教育；二是要重视大学的英语教育，要适当地增加高校外语的学习课时。

2．分类分级阶段

分类分级阶段指的是 1985 年到 1993 年间，其主要特点如下：

(1) 重视语言基础。

(2) 教学要求的相应提高，要求学生的阅读应为每分钟 50 个词。

(3) 采用分级教学模式，将大学英语的教学进行等级划分，其中第一级别到第四级别为必修课，第五级别到第六级别为选修课。

(4) 突出分类指导。

3．统一大纲、考试阶段

统一大纲、考试阶段指的是 1994 年到 2001 年间这一段时期。这一阶段的标志性事件是 1999 年《大学英语教学大纲(修订本)》的形成，其主要特点如下：

(1) 强调语言基础教学。《大学英语教学大纲(修订本)》提出大学英语教学旨在帮助学生在英语学习的基础阶段学好英语，使学生具有一定的听说读写译的能力，更好地适应新时代的发展。

(2) 重点培养阅读能力。在教学目标中，《大学英语教学大纲(修订本)》规定培养学生的阅读能力最为重要。

(3) 统一大纲、统一考试。《大学英语教学大纲(修订本)》不管是对文科还是对理科同样适用，同时，不论是重点大学还是其他高校学生也都要遵守新大纲的规定。在该大纲中规定全国各类高校的大学生在毕业前都应该通过大学英语四级考试。

4．听说领先、计算机教学阶段

我国从 2002 年至今正是处于听说领先、计算机教学阶段。该阶段的英语改革力度较大，其主要体现在：

(1) 培养目标的变动。其一，对大学生英语听说能力的重视；其二，对我国传统的大学英语教学模式进行了一定的改革和创新。

(2) 改革内容的变动。这次改革把大学英语的教学重点改为培养学生运用英语学习和研究能力。

(三) 师资建设改革的历程

1．1978 年以前的师资建设

1978 年之前，我国的大学英语师资非常匮乏。1978 年，我国召开了外语教育座谈会，会议形成了《加强外语教育的几点意见》，其中提出了我国当前存在的两个重要问题：其一，新中国成立初期过于重视俄语的学习，对英语教育的重视程度却远远不够；其二，注重对专业外语的教育，却忽视了高校公共外语教育和中小学外语的教育。由于外语政策对英语教育的忽视，使得当时大学英语师资队伍的建设极为不理想。基于此，国家教育部规定要扩大高校英语专业的招生规模，同时要为英语专业的人才提供多种多样的进修机会。

2．20 世纪八九十年代的师资建设

北京外国语学院和上海外国语学院等 16 所院校相继开展了对英语专业教师的培训活动，另外 9 所高校主要负责对公共英语教师的培训工作。经过这次培训高校英语教师的教学水平得到了很大的提升，对我国的英语教育产生了深远的影响。

1984 年，国家教育部又一次提出要扩大高校英语专业的招生规模，并明确规定了 15 所院校要进行扩招。20 世纪 80 年代，我国英语教师人数达到了一万多人，在一定程度上缓解了高校英语师资匮乏的难题。

3．21 世纪的师资建设

自 20 世纪末，高校英语专业学生的招生规模在逐渐扩大。在扩大的招生规模

的时代要求下，每个英语教师都加大了自身的工作量，难以保障英语教学的质量，使得我国的英语教学出现质量低下的问题。

为了解决现有的问题，教育部提出要健全教师的培训机制的规定。然而，由于教师忙于教学工作，没有空余时间参加培训活动，使得健全教师培训机制的目标不能实现。虽然如此，各高校仍在为解决高校英语师资的难题而继续努力。2006年，教育部发布了《关于开展大学英语教学改革巡讲活动的通知》，使计算机技术和英语教学有机结合起来，从而提高高校英语的教学质量和水平。2006年，在教育部高教司的组织下进行了3批巡讲，对高校英语教师进行了关于英语教学方法的培训，此培训取得了很大的成效，在很大程度上促进了我国英语教学的改革。

然而，我国大学英语师资队伍建设仍存在教师数量较少、师资质量不高等问题，这需要教育部门高度的重视，从而改善现有的状况，使大学的英语教学更好地发展下去。

(四) 教材建设改革的历程

1．第一代大学英语教材

第一代大学英语教材编订于1949—1966年间，该教材以培养学生的阅读能力为主要的教学目标。

2．第二代大学英语教材

第二代大学英语教材编订于1977—1985年间。根据1977年教育部制订的《英语教材编写大纲》和1978年颁布的《加强外语教育的几点建议》，对第二代大学英语教材进行了相应的改革和创新，如注意对国外英语教材的引进，教材语言更为原汁原味，提出听说读写并重的教学目的和要求。

和上一时期相比，第二代大学英语教材取得了一定的成就，但教材内容仍以科技内容为主，同样具有一定的局限性。

3．第三代大学英语教材

第三代大学英语教材编订于1986—2000年间。总体来看，第三代大学英语教材的整体水平得到了较高的提升，继承了上两代英语教材的优点，同时进行了一定的革新。其中，一些编写方式为后续英语教材所借鉴，对现今英语教材的编写仍具有一定的指导作用。

4. 第四代大学英语教材

第四代大学英语教材指的是从 2001 年至今编订的大学英语教材，主要具有三个方面的特点：一是以学生为中心；二是在编写读、写教材的同时，注重对听、说教材的编写；三是注重对网络信息技术的应用。

三、英语教学改革的现状

任何事物的良好发展，都有赖于对现状存在问题的理性认识。只有理性认识存在的难题，才能推进我国英语教学的进一步发展。

（一）学生英语水平的现状

中国的学生从入学起始，便花费大量的人力和物力去学习英语。从高校以四六级的形式作为统一考核学生英语水平的考试以来，英语更是得到了广泛师生的重视，但是我国学生的英语水平仍没有得到提高。

随着时代的发展，各高校也有了一定的资本为英语教学提供较为高端的设备和良好的教学和学习条件，由于升学和就业的压力，各个阶段的学生也对英语学习投入了大量的时间。但是这些为提高学生英语水平的举措，却没有收到预期的成效，学生的英语水平仅限于做题，听说能力较为欠缺，这样的现状和英语教学的目标之间存在着巨大的鸿沟。

以应试为主要诉求的英语学习，并不能从实质上提高学生的英语水平，使得高校学生经过四年的英语学习，其英语水平甚至可能会出现下降的趋势，听说写的能力仍与教学目标之间存在着很大的差距。这一英语学习现象让人感觉到尤为无奈。

从客观进行分析的话，英语水平和英语教学的方式有很大的关系。可以说，目前我国高校学生英语水平普遍低下的问题，大多可以归因于当前英语教学方式的不当。在我国现在的高校课堂上，大多是英语教师唱独角戏，学生的学习接受过程相当被动，在课堂上缺乏用英语进行沟通交流的学习过程，无法从根本上提高学生的英语水平。

(二) 公共英语教学的现状

现在，我国的公共英语教学的现状也不容客观，存在着诸多问题。

1．教学模式传统单一

由于受到大纲的制约，现在高校大学英语存在教学模式单一的问题，这主要体现在两个方面：其一，在授课过程中，并没有体现以学生为中心的时代新要求，教师在课堂中扮演的是独角戏的角色，学生只是被动地接收者；其二，英语教师在课堂上主要教授的是英语基础知识，而对英语的综合应用能力没有给予应有的重视，使学生掌握的英语并不能真正运用到现实生活中。这样的问题，在近些年引起了相关学者专家的注意，并积极探索新型的教学模式，但是革新不是一朝一夕的事情，在大学英语课堂上，这种"填鸭式""灌输式"的教学模式仍然大量存在，这样的英语教育培养出来的学生，并不能真正地学以致用，和《大学英语课程教学要求》的教学目标相违背。

2．教学方法不够科学

在经济文化全球化的背景下，社会对英语人才的需求呈递增趋势。需要注意的是，现今社会需要的英语人才，并不是只能应付考试的英语学习者，而是具备英语听说写综合能力的英语学习者。社会的需求不断变化，这要求英语的教学方法也要与时俱进。然而，当前我国英语的教学方法形式仍比较传统单一，教师是主导者，学生过于被动，这样培养出来的学生并不能真正适应社会的新需求。

另外需要注意的是，在高校课堂中，对非英语专业的学生主要采用的是大班授课。在英语大班中，英语教师难以兼顾不同层次的学生，这样造成了教学方式不合理现象的发生。在一些资金充足、师资力量雄厚的高校中，也会考虑采用小班授课的方式，但是大多数的教师采用的仍是传统的教学方法，无法从根本上提高学生的英语综合能力。

3. 英语教材陈旧落后

教师在授课过程中，主要依赖的学习工具是教材。在大多数情况下，教师的课堂教学都是按照教材的编排顺序来展开，故教师的教学内容和方向直接受到教材的影响，足见教材在英语教学过程中的重要性。但是，纸质的英语教材更新速度较为缓慢，跟不上时代的快速发展，在内容上和社会实际现象严重不符。然而，教师的教学内容和学生的学习内容都是围绕着这样落伍的教材展开，对学生的英语学习造成的负面影响可想而知。因此，英语教材必须与时俱进，编写出符合时代要求、紧跟时代潮流的英语教材是当前英语教学革新的重要工作之一。

4. 师资素质呈下降趋势

目前，我国高校大多扩大了招生规模，高校的招生人数逐年增多。但是，我国英语师资力量较为薄弱，许多高校英语教师超负荷工作。为了缓解这样的压力，高校相关负责人便委派一些研究生担任授课的任务，但这样势必会造成英语教师授课水平的下降，使高校学生丧失学习英语的积极性和主动性。可以说，提高英语教师的素质是当前英语教学改革的当务之急。

5. 过于重视对应试能力的培养

众所周知，我国的英语学习贯穿了一个人从幼儿到成年的整个学习过程，投入时间、精力和物力之大，让人震惊，但是仍没有收到预期的成效。由于我国应试教育的影响，培养出来的英语学生大多只掌握了简单的单词和语法，并不能真正把英语当作一门语言来使用。

我国大学英语四六级考试的推行更是对只注重应试的学习风气起到了推波助澜的作用。不可否认，四六级考试在一定程度上提高了学生学习英语的积极性，为我国的英语教学事业做出了贡献。但是由于四六级考试并不能对学生的综合英语能力进行考察，使得我国英语的教学和学习仍存在很大的问题，并不能真正培养出社会所需要的人才。

6. 教育管理未被具体落实

针对英语教学中存在的诸多问题，教育部曾多次对推进公共英语教学改革做出指示。这些指示在一定程度上为大学英语教学改革指明了道路、标明了前进方向。各高校相关负责人也积极响应教育部的号召，采取相关的措施推进英语教学的改革。

但是在改革过程中，一些历史遗留问题仍不能得到妥善的处理，在课堂上，仍存在教学方法过时，考试内容不能反映英语教学目标和要求等问题。

7. 文化教育的重要性被忽视

在英语教学过程中，教师和学生应该明白的是，英语是一种用来沟通交流的语言。在我国的高校课堂中，师生一致存在把英语简单等同于词汇、语音、语法的认知，这使得教师和学生只注重对语言知识的传授和学习。我们需要明白，只有了解了语言背后所承载的文化，才能更好地用一门语言进行沟通。英语教师只有帮助学生了解英语国家的文化背景知识，才可以帮助学生真正掌握英语。

8. 多媒体技术未得到充分利用

目前，多媒体技术在英语课堂中仍没有得到充分的利用。多数英语老师使用多媒体技术，仅限于以 PPT(演示文稿)的形式展开教学内容，和传统板书的形式并没有太大的差异，学生学习的积极性和主动性不高，学习效率并不理想。为了更好地调动学生学习的积极性，英语教师可以利用音频、视频系统将教学内容和图、文、声、像结合起来，让课堂内容变得更有趣，更好地集中学生的注意力，以此来提高学生的英语水平。

第二节　英美文学课程开设及改革的必要性

英美文学课是以提高学生的人文素质，增强学生的文学欣赏能力，扩大学生知识面，培养学生语言能力为目标而开设的，其在语言、文化学习中的重要性不容置疑。然而，英美文学课堂教学境遇尴尬，怎样激发学生对文学课的兴趣，焕发文学课的魅力是文学课教师应该思考的问题。

一、英美文学课开设的必要性

教育部新批准实施的《高等学校英语专业教学大纲》已明确将英美文学课划分为英语专业三大板块课程之一，也明确规定应在大学三年级和四年级分别开设英国文学和美国文学。

英美文学作品在英语课堂教学中的重要性、特殊性，已是国内外英语教学界认同的事实。国外学者柯利斯·莱特(Collie Slater)在《文学在语言课堂》(*Literature in the Language Classorom*)一书中，对为什么要学习文学做出了论述，"其中主要的一条理由就是文学提供了大量的各种不同类型的书面材料，这些材料的重要性在于它们是谈论人类的基本问题，而且这些问题是持久的而不是短暂的……一部文学作品可以超越时间和文化同另一国家或不同历史时期的读者直接交谈。"

文学是对人生体验的文化表征。文学作品隐含对生活的思考、价值取向和特定的意识形态。阅读英美文学作品，是了解西方文化的一条重要途径，可以接触到支撑表层文化的深层文化，即西方文化中带根本性的思想观点、价值评判，西方人经常使用的视角以及对这些视角的批评。

文学具有多功能性：

(1) 认识功能。帮助人们了解历史与现实、社会与人生、文化与心理，扩展人们的自然和人文知识，丰富人们的生活经验和生存智慧，升华人们的精神境界，提高人们的道德品质，净化人们的灵魂。

(2) 娱乐功能。人们通过阅读文学作品得到娱乐和消遣。

(3) 补偿功能。使读者神游于广阔无垠、精彩纷呈的艺术世界，使读者在精神上获得一种替代性的满足。

英美文学是对时代生活的审美表现，是英国人民和美国人民创造性使用英语语言的产物。英语表意功能强，文体风格变化多，或高雅，或通俗，或含蓄，或明快，或婉约，或粗犷，其丰富的表现力和独特的魅力在英美作家的作品里得到淋漓尽致的发挥。阅读优秀的英美文学作品，可以感受到英语音乐性的语调和五光十色的语汇，回味其弦外之音。

英美文学名著为我们提供了有价值的权威的语言材料。文学作品可以穿越时空，了解所学语言国家不同历史时期的文化。同时，由于文学作品涉及不同阶层、不同阶级的形形色色的人，他们是虚构的人物，但又是生活中的人物，学习他们的语言就是学习活生生的语言，学生的语言知识会得到极大地丰富。阅读文学作品可以丰富学生的文化知识，这已是一个有效方式。学生能够在小说戏剧的虚构世界所提供的全方位生活场景中，感受来自各个阶层、各种社会背景的虚构人物的思想、感情、风俗习惯、语言习惯等。这些都是在精读课上不能感受到的，是学习语言的一种有效有益的补充。所以，在英语教学的过程中，英美文学课的开设是很有必要的。

二、英美文学课在语言学习中的特殊教学意义

(一) 丰富学生的跨文化知识

语言是文化的载体，文化是语言的内容。抽离了文化内容的语言，仅是一套抽象、机械的符号系统，是无源之水。英语学习需要和英美文化学习紧密结合，使两者互相促进。英语教学也需要和文化教学衔接，不能脱离文化内容，让英语成为机械化的无意义表达公式。

开设文学课目的是传播文化。文学是一种文化现象，是一个民族的社会缩影和民族心理透镜。它不仅反映出某一社会生活和人的主观世界，还深刻地透视出整个人类共有的基本问题。文学不是稍纵即逝的现象，而是持久永恒的文化积淀。文学作品传递的意义不会随时间的流逝而消失，如莎士比亚戏剧被重新用精神分析法和辩证法加以分析、理解以迎合现代读者的口味。这样，一部文学作品超越时间和文化与不同文化背景、不同历史时代的人们直接交流，文学作品的意义不再是静止不变的了。作为教学手段，通过对作品内容的分析，学生获得各方面的文学知识，因为文学作品具体综合地反映了一个国家的文化传统、风土人情、历史发展和哲学思想等。恩格斯说过，看巴尔扎克的作品，比读当时法国所有历史学家、经济学家的著作学到的东西还多。在语言这种跨文化教学中，教师应意识

到时空、文化所带来的障碍。学一种语言而不了解该语言国家的文化是无论如何学不到家的，这一点毋庸置疑。因此，英语教学过程中强调语言学习与文化学习并用，并将文学作品作为综合而集中地体现和传递文化的最好媒介，使学生欣赏文学作品，获得跨文化知识的同时又反过来深化语言的学习。

（二）提高学生的语言能力

英语阅读与英语学习发展关系密切，对提高学生的语言能力有着不可估量的作用。英语阅读量的大小、阅读成效的高低，往往决定一个人英语学习发展的进度和趋势。我国学生往往根据有限的教材内容来"学得"英语，自己主动接触英语、感受英语的时间太少，加之生活在汉语的语言环境之中，不由自主地失去了交际所需的时空。认知心理学认为，感知、记忆、思维、行动是一个由输入、储存、编码、输出等环节构成的信息加工系统；人有与生俱来的语言习得能力，从而获得语言能力，有了语言能力就能"形成"语言行为、运用话语。这种认知理论在我国英语教学中根深蒂固，其所产生的认知教学法把学习过程分为三个阶段，即：理解(语句结构及其内容)—形成(语言能力)—运用。而实际学习过程中，从认知角度出发，就不自觉地进入这样一个教学误区：只有认知了语言的规则，才可能获得语言能力，因而就有了"语法先行"的套路。这无疑给学习者增加阅读量设置障碍，大大影响了英语学习的进展。

研究表明，习得主要基于听和理解语言，而不是说和写。习得语言是无意识地掌握语言，是在自然交际情景中培养运用语言的能力，并在无意识中习得语法一般规则。自从有文字以来，人类的语言交流就有两种主要形式：口头的和文字的。阅读是读者与笔者之间的交际，在可理解的信息交流中，读者与笔者之间搭起了互相沟通的桥梁，其情其景无异于人与人之间的自然交际情景，甚至还要深刻得多。因为文字所描绘的世界比口头语言所描绘的世界要更为广阔、更为精彩、更为深邃。因而，在阅读过程中，习得语言的基本原理同样是存在的。无论是听还是读，理解信息的过程就是习得语言的潜意识过程。

在英语学习的过程中，阅读文学作品对提高语言能力有着特殊的积极作用。

文学语言不总是日常交际的语言，有其特殊性。它是语言的精华，有时复杂细腻，有时简洁粗放，但寓意丰富无穷。文学是语言的艺术。一部文学作品是对语言的创造性运用，是语言的精华。文学作品是具有语言真实性的阅读材料，虽然大多数文学作品不是以语言教学为目的，但对教科书及其他材料是有价值的补充。阅读文学作品时，学生有机会熟知、掌握此种语言的不同使用特点。学生对一部文学作品的透彻理解对语言学习和语言能力的提高有着很大的促进作用。文学作品提供了应用中的语言结构，这些可以作为语言技巧训练的基础，特别在阅读理解后可附有不同的语法分析和解释。

毫无疑问，广泛阅读能增加学生的词汇量，能促进学生向更高更活跃的知识形式转变。同时，文学作品中有些古旧语言现象正是当代语言中某些习语的渊源所在。讲清来龙去脉，学生就会对语言有深一层的理解，运用起来更加贴切。文学作品有其丰富的语境。在这种语境中，词汇、词组和句法语项变得更容易记忆。在阅读小说和戏剧时，学生可根据语言线索做出推理和判断，又可根据上下文推断出词、句的意思。

阅读技巧和能力是靠广泛的阅读来提高的。广泛的阅读和写作能力是紧密相连的，而阅读文学作品能扩展丰富学生的写作技巧，文学作品提供了最优秀的语言写作范本。阅读一篇语境丰富的文学作品能使学生学到、熟知许多语言的写作特点。通过阅读文学作品，学生还会接触、掌握不同的文体风格、题材及修辞方法。文学作品中，语言的精华是修辞，如反讽、暗喻、明喻、夸张等修辞手法。文学课可以潜移默化地影响、提高学生的写作技能。文学语言既是文化的载体，也是传播文化的工具。作为教学目的，通过对语言本身的分析，既可以明确作品的特色风格，也可以透视出语词、语句中所蕴含的丰富的社会文化内涵，从而提高学生对语言的理解，提高运用语言的灵活度，全面提高学生的语言素质和语言能力。

三、英美文学课堂教学的困难因素

既然文学课在英语学习的过程中有那么多明显的优势，其重要性也被广大的英语教师和学生所认知和接受，那么，为什么学生对学校开设的英美文学课反应冷淡，甚至有的只是为了修学分来上文学课呢？与文学课曲高和寡的现象相比，课堂之外，大学生们对文学的热情仍然很高，他们表示更喜欢在课堂外以自己的方式接触文学。笔者在几年的英美文学教学实践中渐渐感到，困难大致来自如下几个方面，如学时、教师、教材、教法、学生等，这些都是制约文学课顺利实施的因素。

学时问题：文学课在实际教学中并未得到足够重视，其突出表现是授课量和教学内容已被大大压缩。很多学校安排的学时都达不到教材所要求的课时，教学计划要求一个学年完成英美文学的授课任务，即一个学期利用 36 个课时完成英国文学课，另一个学期 36 个课时内完成美国文学课。面对浩瀚精深的英美文学，实在让教师和学生深感力不从心，很难达到文学课开设的目的。

教师问题：如何焕发文学的魅力，文学教师是个关键。文学课的特殊性要求文学教师既有相当多的专业知识，又有其独特的人格魅力。而很多学校都没有配备专业的英美文学教师，只有少数相对合适的教师担当了文学课的教学任务。而这一部分教师还得担当其他课程的教学任务，使得文学课的备课时间相当有限。教师仅局限于读懂课本上的知识，文学课的讲授仅局限于传授文学知识，对于文学欣赏部分是心有余而力不足，导致文学课堂死板枯燥，学生没有参与意识，学生的文学修养和文学鉴赏力得不到提高。

教材问题：虽然教学的成败与教师有着直接的关系，但是教材在很大程度上制约着教学。在目前调整专业、压缩课时的情况下，我国现已出版的十余种英美文学教材难以适应新时代的要求。普遍存在的问题是"篇幅过大""厚古薄今"，介绍内容多评价性内容少，很少涉及文学批评方法的介绍。

学生问题：大多数学生对文学课的重要性认识不够，没有充分认识到文学在语言学习、语言沟通能力的培养和文化素养的提高等方面所发挥的特殊作用。另外，学习方法不当，自主能力不强，依赖心理严重。"文学是一种资源、一种修养、一种审美的敏感性，而不是纯粹靠灌输来得到系统的知识。"再者，由于基础阶段语言基本功不扎实，相当多的学生阅读文学作品显得很吃力，有的甚至感到困难重重。当然，教材与学生语言程度不相适应，也是造成这种困难的一个不可回避的原因。

教法问题："文学学习本身就是一种参与，一种交流，一种感受。没有学习者的参与、解读和接受，文学就不复存在。"长期以来，文学课没有摆脱以教师为中心的传统教学模式。这种传统教学方法对于初学者来说，具有积极的引导作用，但也容易养成学生懒惰及被动学习的恶习。长此以往，学生的参与意识会被渐渐瓦解，使学生由积极地接受知识变为消极地接受知识，更谈不上以学生为中心来积极参与文学欣赏，提高文学修养和提高文学鉴赏力了。

四、改进教学方法，提高文学课质量

为了改变目前文学课遭遇的困境，让文学课堂真正成为学生提高语言能力、提高文学修养和文学鉴赏力的园地，笔者认为应从如下几个方面入手：

第一，提高教师的素质是当务之急。教师不但是教学的组织者，也是课堂参与者，教师知识水平、文学修养等对课堂影响很大，直接关系到学生对文学课的兴趣。所以，应该选派专职文学教师任课，并给文学教师提供更多进修、学习、提高的机会。同时，也可利用学校里的外籍教师资源，进行文学课的"合作教学"。

第二，教师要认真钻研教材，挑选出真正符合学生语言程度的教材。以作品选读为中心，适当兼顾文学史，激发学生学习文学课的兴趣，让他们体会文学的魅力，真正达到提高学生阅读、欣赏文学作品能力和分析作品、理解作品能力的教学目的。

第三，大力加强教学法的研究。在有限的课堂时间内，教师的讲解应以"精"为主，"精"应该是对理解和欣赏作品至关重要的内容，能够引发学生的发散性思维；应该将最新的信息介绍给学生，促使学生进一步讨论和探索，使学生进行更深入的研究。为了达到文学作品要有意义的目的，教师在阅读中要引导学生做到"洋为中用、古为今用"，将学习英美文学作品同现实结合起来。这样的学习目的性明确，可比性增强，学生的学习兴趣和积极性自然会被激发。教师要引导学生掌握文学鉴赏的方法。文学鉴赏是一个极其复杂的心理过程，它包括感受与重建，不仅是读者从头至尾把握作品的语言符号的过程,同时也是重建艺术形象的过程,要引导学生在阅读文学作品的过程中学会体验与共鸣。

第四,根据学生的不同特点及文学素材的差异,采取灵活的教学方法。例如,①在表演中学习、领会、欣赏文学作品。有一些英美文学名著是以戏剧的形式出现的,教师可以组织学生进行英语戏剧表演。这种方法不仅可以加深学生对作品的理解,同时也能极大提高学生的英语语言运用能力和交际能力。②将英语原版电影引入英美文学课堂。由于电影和文学的诸多相似性,大量的文学作品被改编成电影,这也促进了文学的发展以及人们对文学作品的兴趣。通过观看电影,可以使学生直接了解到国外当今以及历史上的语言的发展。对英美国家的历史、文化、建筑等多方面的社会状况有一个立体的、全方位的了解,电影艺术的声情并茂、情景交融的场面感染着英语学习者。这种方法很容易激发学生的学习兴趣,常常取得事半功倍的教学效果。③利用现代技术手段提高单位时间教学效果。在英美文学课的教学之中运用多媒体技术,可以增加单位时间内的教学内容,使得教学内容更直观更生动,更容易激发学生的兴趣,使英美文学课不再是枯燥无味的讲述而是身临其境的感受。

总之,文学教师应竭尽全力,广开思路,想方设法提高英美文学课的教学质量,把文学从死板的课堂里拯救出来,让文学课成为文学欣赏的盛宴,真正实现提高学生文学鉴赏能力、提高学生语言能力的终极目标。

第三节　英美文学课堂教学改革的多层次分析

英美文学课程历史跨度大,内容丰富浩瀚,而学生在接受水平、基础知识方面存在着极大的差异。在进行教学改革的实践中,笔者根据不同的教学对象有针对性地施行教学方法。例如,对于基础较好且整齐的本科学生,尽量少用作品的中文译本,阅读完整作品,多增加理解、欣赏性的课后思考题,并额外补充国内外不同观点的评论文章,提供对比和进一步思考的空间。而对于基础相对较差的三年制及五年制专科的学生,则以节选作品片段为主,提供汉语译文,并适当运用根据原著改编的英文原版影片以增强感知。经过不断摸索和实践，笔者就施行英美文学课堂教学模式总结如下。

一、教学方法改革创新

（一）学生研讨与教师讲授相结合

当前本科开设的英美文学课程，多数学生对作家及其语言风格、作品所知不丰，对各种文学流派更是非常陌生。笔者投入大量时间和精力，根据学生的知识水平及生活经验，精心选材，设计问题，将讲授重点放在文学发展脉络、文学评论和鉴赏方法以及作品欣赏过程中涉及的文化典故和疑难词句等方面。

每次课前，让学生着手查阅即将讲授作家的相关资料、研读教材节选作品。上课时教师介绍生平及主要著作之后，开展有的放矢的自由讨论，鼓励学生发散思维，各抒己见，发表个人独到的观点，达到信息交流的目的。教师根据同学们的讨论及口头汇报，进行点评、补充和总结。如此一来，虽然教师是讲授主体，但用时不多，大部分时间留给了学生进行讨论，教学过程不再是传统教学中教师滔滔不绝的"一言堂"。教师与学生、学生与学生之间的互动使得课堂气氛很活跃，几乎让每个学生都会积极主动地参与到教学中来，并有所收获。

诗人、小说家和剧作家从各自不同的角度对生存状况进行反思，作品中凝聚了他们对社会和人生的真知灼见。文学是语言的艺术，英语作为当今世界的第一通用语言，表意功能极强，有着丰富的表现力和独特的魅力。因此，笔者注重通过启发和引导，让学生设身处地去感受体验作品中所蕴含的情感和内涵，特别强调培养学生独立开展研究工作的能力，体味语言之美，真正理解作品。传统教学中常有的理性抽象与概括、统一理解模式和死记硬背，最容易损害学生的参与热情。改革之后，学生不仅切身感受到语言大师们的语言艺术，而且学会从文学作品中认识社会体验人生，并进一步了解西方深层文化。

例如，*A Red，Red Rose*(《红玫瑰》)是苏格兰诗人罗伯特·彭斯(Robert Burns)献给恋人的爱情诗篇，意象优美结构整齐，隔行交互押韵的诗体读来极富乐感。若按照传统教学方式，对诗歌逐字进行讲解分析和翻译，其生硬沉闷可想而知，学生必然不能体会出其中蕴含的浓郁情意，更谈不上主动参与了。于是，笔者先进行引导，然后让学生独立思考和探讨。特别挑选了汉乐府民歌中的《上邪》、英国诗人托马斯·卡鲁(Thomas Carew)的 The True Beauty(《永不凋谢的美》)和威廉·巴特勒·叶芝(William Butler Yeats)的 When You Are Old(《当你老了》)等三首主题相似的诗歌，与这首诗一起展示，让学生在认真阅读赏析后进行比较。此举大大地激发了学生的主动性，大家在仔细思考热烈讨论之后，得出自己的观点：

(1) 彭斯根据苏格兰民谣而改编的诗歌中有"直到所有大海枯竭，亲爱的，直到所有岩石为烈日销熔(Till all the seas gang dry，my dear，and the rocks melt withe sun)"的山盟海誓，而与他远隔万里且相距千年的古代中国，也有同样以自然环境的意象表达坚贞爱情的纯朴民歌，两种文化有着异曲同工之妙。

(2) 彭斯的诗遣词造句纯朴清新，极富乡土气息，诗人笃实的誓言和无限的情感得到很好地表达。

(3) 卡鲁的诗歌表明无论是芳容(rosy cheek)、朱唇(coral lip)，还是星眸(star-like eyes)都不能让爱情维持长久，因为它们终究会为岁月所侵蚀。只有坚毅的意志(smooth and steadfast mind)、怡然的性情(gentle thoughts)和淡泊的物欲(calm desires)，这种永恒的内在美，才是爱情中最重要的元素。

(4) 叶芝和卡鲁持有类似观点，认为慕恋娇艳容颜的爱是不真实的，是假意(false love)。

最后，学生们做出总结：彭斯的诗与另两位诗人的作品比起来，虽意境优美，立意稍微逊色了些，但他以农民诗歌为源泉，收集整理并改编大量民间歌谣，赋予它们新的艺术生命，不愧是最伟大的苏格兰诗人。这样一来，不仅有效提高了学生的学习积极性，也培养了他们分析问题的能力。

(二) 学生主讲与教师引导相结合

在传送教学信息期间，学生主动性的发挥、学习环境的积极构建、学习过程的维持是否良好很大程度上取决于学生学习动机的激发。让学生处于并保持在想学的状态中，对教师来说是相当大的困难和挑战。文学教学通常实施的教学方法，有意无意地培养了学生的惰性，他们只习惯于跟着教师的思路和板书，勾画重点照描理论，基本不会也不愿独立思考，所学自然也就难以化为己用。因此，认真阅读美国著名心理学家、学科结构运动的倡导者布鲁纳(J. S. Bruner)的发现法后，笔者在学生接受理论、研讨作品效果良好的基础上，大胆尝试学生为主要讲授者，教师仅在必要地方加以指导的方法。

据研究，学生参与教学的最佳形式之一是小组活动，以小组为单位的合作学习不仅能提高学生学术上的技能，还能提高交际技能。笔者在仔细研读相关文献资料之后，根据文学课程和学生学习的特点，引导学生自行组队、分工合作，以小组为单位选择一位作家进行准备。课前协作搜索查询作者生平、人物塑造、作品主题及文学历史、社会背景等内容时，学生会主动地、有意识地寻找知识的重点，并针对较有价值的一点，挖掘更深层的含义和蕴藏的价值。这就促使学生对知识的来源、看待问题的视野不会局限于教科书，必须拓展到图书馆、阅览室以及互联网等更为丰富的资源中。在获取千头万绪的资料后，做出判断、选取并加以利用，无疑培养并锻炼了学生的研究学习能力。因为要在课堂公开讲授，学生必须先阅读分析节选作品，充分消化，对其有较透彻的了解并形成自己的看法和感想后，再组织语言以便讲解。这一过程中，团队成员必然不断认真沟通探讨，形成良好的支持和契合，提高文学作品的鉴赏能力。在课堂上，由于是自行动手制作课件、设计教学程序，通常学生的讲授比较全面流畅，听课的学生也格外专心关注。成员全部讲完之后，笔者要求留出一定时间提问答疑，加以补充和指点。实际上，这是由学生教学生，教师不再是课堂的主导者，而成了组织者和引导者。独特各异的授课风格和个性化的课件设计吸引了听课学生的好奇心，激发了讲课学生的积极性，无论台上台下都是热情激扬，全神贯注，对教学的注意力由此获得并得以维持。

同时，因为讲授者不断变化，教学内容往往新颖富于变化。比如，学习美国著名学者拉尔夫·沃尔多·爱默生(Ralph Waldo Emerson)时，对他的关注通常在超验主义理论及其著作赏析上，而2015级本科班第三小组同学认为，爱默生的超验主义理论不仅体现在他的名作《论自然》《论自助》中，更在他的"为爱牺牲一切／服从你的心，什么都能放弃，然而，你听我说，你必须要保留今天，明天，你的整个未来，让它们绝对自由／不要被你的爱人占领"等诗句中充分展示，从另一方面表现出作家强调自由、崇尚直觉、反对权威的观点。

二、教学内容层次递进

(一) 分阶段阅读

人选教材的作品不是名著节选就是有着独特韵味的单品，文体风格变化多，或高雅，或通俗，或含蓄，或明快，或婉约，或粗犷，英语在这些优秀作品里得到了最为淋漓尽致的发挥。但由于东西方文化的差异以及随处可见的生僻单词，让本想尽情体会英语之美的学习者面对这文化宝藏望而却步。因此，遵循由浅入深的原则，笔者逐步引导学生分阶段以适当的进度，从阅读简易读物起到可以独立赏析原著。开课初期，由教师指定一批书目，如奥斯卡・王尔德(Oscar Wilde)的 *Happy Prince and other Tales*(《快乐王子》), *A House of Pomegranate*(《石榴屋》)，查尔斯・兰姆(Charles Lamb)的 *Tales From Shakespeare*(《莎士比亚的事集》)及外语教学与研究出版社的书虫系列等书，每个人一学期内选择其中三本完成后，再依照自己的喜好和水平自由选取读物，并完成至少两篇读书笔记，多则不限。文学课开课一学年，第一学期结束时，多数学生能够在不用辅助工具的情况下理解所读作品的 60%。至第二学期结束时，学生已基本可以读完教材中大部分的作品，并能通过思考有自己的观点和感受。

(二) 作品阅读与写作练习相结合

文学作品是生活和时代的审美表现，阅读欣赏优秀的小说、诗歌、戏剧、散文作品，实际上是翻阅各个特定时代的案卷。认识英美文化中根本性的思想观点、价值观念、作家们经常使用的视角及对这些视角的批评，是重要的认知和审美活动。笔者考察发现，在普通院校中，英美文学教学普遍忽略了评论写作训练。因此，学生虽学习阅读过一些作品，却不知道如何评论作品的好坏，更不知道如何撰写文学论文。实际上，阅读与写作是相辅相成的，阅读是输入，可以为写作提供素材；写作是输出，在整理思路的过程中，加深对作品的理解。在教学中，笔者除在课堂引导学生讨论分析作品之外，还特别注重指导学生运用正确的方法和理论，将在文学作品鉴赏过程中获得的对作品的理解用文字表达出来。通常采取布置写读后感、读书笔记、讨论报告或是短论文的形式，篇幅从短到长，内容由简单到复杂。这样的方法，使学生不但获得了文学体验，也在一定程度上培养了良好的鉴赏力并强化了书面表达能力。这是传统教学所不具备的，它意味着教师必须付出更多的精力和时间，不断充实自己的文学素养，从而予以学生更好的引介。

　　例如，在讲授维多利亚时代诗人时，笔者先向学生交代了时代背景：这一时期英国诗歌表现出与浪漫主义截然不同的诗风，诗人们不再沉湎于主观感情的发泄，而是注重形式的典雅，对诗艺精益求精。之后，布置学生分组分析讨论两首诗歌的艺术形式和语言特色，并自行寻找相关内容进行比对，完成读书笔记。教材中选编的是阿尔弗雷德·丁尼生(Alfred Tennyson)勾勒苍鹰气势的 *The Eagle*(《鹰》)和纪念早逝好友的 *Break，Break，Break*(《拍岸曲》)两首抒情诗，风格凝重典雅。有一组学生在查阅图书资料及网络资源后，分别找出杜甫描绘鹰之神态的《画鹰》与苏轼悼念亡妻的《江城子》两首中国古诗词与它们进行比照。最后，在笔者的指导下，学生在提交的读书笔记中分析如下：丁尼生在 *The Eagle*(《鹰》)中用语简明晓畅，第一节中苍鹰头顶天穹，背负蓝天傲然孑立，第二节中则如雷霆般扑向海面，虎虎生风，静动结合使鹰的威严和凶猛跃然纸上。同时诗人运用皱缩(wrinkle)、匍匐(beneath)、蠕动(crawl)等词形容本是波澜壮阔的大海以反衬苍鹰，将其矫健雄劲的身姿勾画得如在眼前。杜甫的诗本是为题画而作，起笔便让观者感到一股风霜肃杀之气，接着寥寥数语将雄鹰的飞扬神采搏击之态勾勒得呼之欲出。两首诗中均不见一字一词用以刻画外表，雄鹰刚强的神韵却处处可见，读起来干净利落，畅快淋漓。*Break，Break，Break*(《拍岸曲》)是丁尼生为感怀亡友而作，通篇没有凄清惨淡之词句，也看不到任何与死亡有关的内容，初读仿佛哀思甚少。细读之后发现诗人将渔家兄妹的戏耍、年轻水手的歌唱和出海船只的归航等现实存在，与英年早逝好友的身影声音等永远沉寂不见的意象对比，再配合使用双元音和长元音起头结尾，读来如泣如诉，怀念之情绵长悠远，感人至深。《江城子》是苏轼梦见故去十年的妻子醒来满怀感念而成，抒臆诉怀，字字含泪句句幽怨，传诵千古。篇中"茫茫，凄凉，孤坟，泪千行，肠断处"等悲情之词比比皆是，伤痛之深溢于言表。两首体裁不同的诗词，虽然一是悼爱侣，一是怀挚友，且风格迥异，但读来对诗人内心强烈沉重的哀痛感同身受。可以看出，这样的分析结果是学生在独立思考的基础上，积极主动地动脑动手而成，远比教师手把手教学完成的效果好。

(三) 教学理论的讲解与运用

对于很多英美文学作品，要想更深入透彻地理解作品的精髓和要旨，在具体文本分析时，应适当地渗透一些相关的西方文艺理论、西方哲学理论和心理学观点，并指导学生在理解的基础上加以运用。通过借鉴不同的文艺批评理论，对某个作家作品进行个案分析与研究，学生可以从不同角度赏析同一部作品，在不同的思维方式和审美体验中收获快乐，获得启迪，从而在更高层次上引导了自己的专业学习，培养了创新能力和一定的科研能力。

西方多元的文化及其流派体现了西方多元的思维方式和学术界的思辨传统，尽管这些流派存在着一些弱点甚至缺陷，但是对它们的了解和掌握既可以开拓我们的思维空间，使我们对文学的掌握和讲授获得更多的张力，同时也拓宽了学生的眼界，显然利大于弊。

三、教学手段丰富多样

教学手段是教学活动中师生互相传递信息的工具，随着教学改革的推进，运用多媒体技术进行教学是高等教育发展的必然趋势之一。英美文学本就包含着庞大的信息量，又有着浓厚的理论色彩，再加上为数众多的文学名著屡屡被搬上银幕，使得文学教学非常有必要大量采用多媒体教学。

在教学实践中，笔者订阅专业杂志、浏览文学网站网页，把握外国文学动态及文学理论发展，对各种信息进行筛选、整理和提炼，准确把握和分析教学目标及教学内容，充分准备和设计信息资源。

在教学进程中，根据需要穿插介绍时代背景及文学知识点，放映名著影视作品或片段，设计问题，引入名家观点或点评，留下思考题指导学生课后继续通过网络寻找相关信息，以达到深化学习的目的。

实践证明，有了多媒体和网络的辅助，有效的客观资源得到利用，学生更为充分广泛地利用外部资源，对教师的依赖性相对减少，学习自主性明显提高。同时，教师和学生的地位与传统教学相比有了一定改观，单一的教师主导变为师生互动，师生的思维意识都需具有前瞻性。教师由单一的知识的传授者，转变为群体的协作者、信息资源的开发引导者、学生的学术顾问等角色；学生则成为信息加工的主体，是主动的建构者，如此一来，无论教师还是学生都必须更加积极地加强学习，取得更加理想的教学效果。

四、教学评价综合系统

对学生成绩进行评估是教学程序的一个重要组成部分，在考核与评价学生的学习情况时，鉴于文学课极强的艺术性，笔者比较注重综合性测评。除课堂参与、平时作业、出勤、课件制作等方面，还有学期作业，包括两篇 3000 字左右的读书报告、一本原著摘抄笔记。在全面考核后，给出较为合理的最终评判成绩。上课期间，不定时地让学生置换作业，互评后再自评，以拓宽视野，增加责任感。

在课题即将结束之际，笔者发放了 437 份英美文学教学问卷调查表，跟踪调查发现在进行系列变革之后，学生对文学课的满意度较高。

在课题研究过程中，随着教学方式的不断改良，学生的主动学习意识大为提升，教学效果较为良好，英美文学学习进入一个良性循环。但是，在实践中仍存在着不少问题，如由学生讲授时，容易因为水平不够而影响知识的深度等，教师要根据班级差异因材施教，灵活机动，才能收到更好的成效。总之，在英美文学课堂教学中，多管齐下，综合运用多种方法和手段，才能收到较为理想的成效，让学生真正学有所得。

第四节　高校英语专业英美文学课程思政研究
——以内蒙古免费师范生为例

自党的十八大报告首次提出把立德树人作为教育的根本任务以来，教育部近年来颁布一系列文件，提出深化各类教育课程改革，以最终落实立德树人的根本任务。而免费师范生是国家重点培养的对象，师范院校在免费师范生的成长过程中应着重从师范生的师德、专业知识与技能、创新性思维等几个方面进行培养。为了切实提高内蒙古高等院校免费定向师范生的综合素质和实践能力，坚定其长期服务教育的信念，为内蒙古地区乡村学校培养一批下得去、留得住、教得好的教师，课程思政建设在免费师范生的培养过程中是极其重要的环节。因此，以内蒙古高等院校英语专业免费师范生英美文学课程思政为例，探究将高校思政教育融入英美文学教学，建构专业导向教学和价值观导向教学的师范生综合素质教学模式，将有助于实现英语专业免费师范生专业能力与师德素养综合同步提高的人才培养目标。

与其他专业课程相比，目前国内对英语专业思政教学改革的相关研究还处于初始阶段。通过中国知网CNKI学术期刊数据库检索，自2014年国家首次提出"课程思政"以来，对于英语专业课程思政的相关研究论文共有40余篇，其中有从整体上论述英语专业课程思政的理论性研究，也有对翻译、商务英语、基础英语、综合英语、跨文化交际、英美文学等英语专业课程的课程思政具体实施策略的研究。如查明建、纪婧许以新的《英语专业本科教学质量国家标准》为指导原则，指出人文课程不应是简单的人文知识传授，而是要通过这些课程拓展学生的人文视野、培养文化自觉意识，培养思辨能力；李梦、莫海萍从英语专业教材思政内容的挖掘，传统文化融入等方面探讨高校英语专业思政元素融入专业课程教学的途径；陈丽霞、崔永光、韩春侠通过对英语专业核心课程的教学目标、教学内容、教学方法和载体等环节进行有效设计和改革，挖掘其思政教学价值内涵，最终达到英语专业课程树立文化自信、树立正确价值观的"课程思政"的育人目标；刘瑾则结合当前的时代背景，指出外语专业新的历史使命，即外语专业应该在服务中国文化"走出去""一带一路"建设和构建人类命运共同体等国家战略中，肩负起重要的时代使命。

目前，国内高校英语专业在教学过程中普遍存在重知识技能、轻人文素养的功利化的现象。尤其是高校英语专业英美文学课程，教师在教学过程中往往侧重对英美文学及文化的单向度讲授，而缺乏对中西方文化的融会贯通、进行批判对比，无法对学生进行中国文化的传播和教育，这种以西方文化为中心的传统英美文学教学模式容易造成"中国文化失语"现象。国内英语专业课程思政研究虽然已取得了一些成果，但大都只从某一方面提出课程思政的设想，而英美文学课程思政研究尚缺乏对其实践教学整体性体系化建构的研究。因此，对高校英语专业英美文学课程思政的全方位、整体性的研究还有待进一步加强。

一、内蒙古高等院校英语专业免费师范生学习现状

根据免费师范生的培养目标，英语专业免费师范生的培养应包括师德教育、英语教学理论、师范生教学技能培养及教学实习实践四个方面。"英语教育理论与研究方法教学、师范生方法技能教学和教学实践是提高英语专业免费师范生自身素质的重要途径，是推进教师专业化发展的重要手段，但是，免费师范生培养是集师德培养、教师专业化发展、师范生实践教学技能提高为一身的综合性工程"[2]在对免费师范生的培养过程中，及时了解免费师范生学习现状，并以此为依据有针对性地调整教学模式，可以更好地实现免费师范生的培养目标，促进免费师范生教育的良性发展。

内蒙古民族高等院校免费师范生生源分布主要来自内蒙古地区，其录取分数要远低于全国六大师范院校招收的免费师范生。根据免费师范生培养计划，免费师范生在毕业后会从事本专业的中学教育工作，并且有编有岗。这也就意味着与其他毕业生相比，他们面临较少的就业压力。但政策规定免费师范生毕业后要回到生源地相关的苏木乡中心区、嘎查村及镇的农牧区义务教育学校。那么，这一政策是否会对免费师范生的学习自我效能感程产生积极或消极的影响？依据美国学者班杜拉提出的自我效能理论，个人对自己完成某方面工作能力的主观评估和期望即自我效能感。自我效能感会"通过目标设置、自我监控、自我评价和策略运用等自主学习过程来影响学习动机及最终学习的效果"。[3]

表 8-3 是基于对内蒙古民族大学招收的 2018 年及 2019 年两届英语专业免费师范生共 84 名学生的学习自我效能感调查。

表 8-3　学习自我效能感各维度平均分表

自我效能因素项目	实验组(N=84)		对照组(N=84)		差异量
	Mean	Std.D	Mean	Std.D	
职业规划	5.2	2.875	19.6	2.027	4.4
学习策略	12.7	3.326	15.7	2.982	3.0
课堂学习行为	12.1	1.595	16.0	1.326	3.9
自主学习能力	10	1.027	13.2	2.731	3.2

(注：Mean 代表平均分数，N 代表参与人数，Std.D 代表标准差)

通过上述调查数据分析，发现免费师范生在职业规划效能感、学习策略效能感、学习行为效能感、自主学习能力四个方面均低于对照组(非免费师范生)的分值。其中，在职业规划/学习动机和课堂学习行为两方面的差异尤为明显。究其原因，内蒙古高校免费师范生毕业后要回到生源地相关的苏木乡中心区、嘎查村及镇的农牧区义务教育学校；而与国内六所教育部直属师范院校的免费师范生相比，内蒙古高校英语专业免费师范生英语基础相对薄弱，并且将任教的农牧区义务教育学校对英语教师的英语听说读写译等能力及教学科研能力要求不高，因此，导致内蒙古高校英语专业免费师范生的学习自我效能感普遍偏低。因此，针对免费师范生的未来职业认同、具体学习中存在的问题和课程需求方面的感受和看法，探究有效的课程思政教学模式以提高学生的专业能力与师德素养综合培养是当前内蒙古高校英语专业免费师范生培养迫切的需要。

二、人文视野下的英美文学课程思政教学

新的《英语专业本科教学质量国家标准》明确指出："人文课程不应是简单的人文知识传授，而是要通过这些课程拓展学生的人文视野、培养文化自觉意识、思想能力和学术能力。"[4]英美文学是英语专业核心课程，英美文学中蕴涵的人类普遍认同的价值观、道德观、审美观和思维方式，以潜移默化、润物无声的方式进行德育教育，从而在培养学生的文学审美能力的同时提升其人文关怀精神和道德素养。

通过该课程的思政教学，在增强学生的英语语言表达能力，还可以培养学生

的批判性思维和综合人文素质。一方面，英美文学教学中人文思想的渗透可以影响学生的人生价值理念，让他们受到人文思想的洗礼，进一步提升对事物的认知能力；而另一方面，英美文学作品中会或多或少地存在宣扬西方的政治、宗教及文化价值观的成分。人文视野下的英美文学课程思政教学有利于培养学生的思辨及批判能力，对英美文学作品中所体现的西方文化"取其精华，去其糟粕"，从而有效地利用这种课程的优势，带给学生更多有用的人生价值和宝贵财富，并培养出具有中国情怀和国际视野的英语人才。例如，在讲授英国作家简奥斯丁的小说《傲慢与偏见》时，不但要向学生指出简奥斯丁对英国 19 世纪社会等级森严的婚恋观的揭示与批判，而且也要指出作者受到当时社会思想的局限而表现出的一些潜在的负面思想。在奥斯丁描述的五种婚姻模式中，虽然男女主人公达西和伊丽莎白的婚姻是以爱情为基础的，但是还是没有完全摆脱财产、地位的束缚。在奥斯丁笔下的完美婚姻模式中，爱情和财产是必不可少的要素，二者对于婚姻起着同等重要的作用，其本质还是困窘中的"公主"被"王子"拯救的灰姑娘式童话故事。由此可见，通过英美文学课堂引导学生以马克思主义辩证批判的思维解读文学经典，能更好地提高其批判性思维和人文素养，避免其盲目崇拜西方文

三、英美文学课程思政教学与中国文化话语的建构

英美文学作为培养英语专业学生语言能力与人文素养的核心课程，其教学应该注重学生跨文化意识的双向成长，"这是底蕴相当的异质文明间冲突和调适的历史逻辑的必然。"[5]目前，中国学生在国际交流活动中表现出的"中国文化失语现象"是由于中国英语教学中一味注重英美文化的输入而忽视本土文化意识的培养。[6]英美文学课程虽然主要以英美文学史的时间发展为线索，以各个时期著名作家的代表作品为研究重点，旨在让学生了解英美历史、社会、文化及文学方面的知识，但是中国文化融入也应成为英美文学课程思政教学的重要内容。目前，国内高校英语专业英美文学课程，教师在教学过程中往往侧重对英美文学及文化的单向度讲授，而缺乏对中西方文化的融会贯通、进行批判对比，无法对学生进行中国文化的传播和教育，这种"以西方文化为中心的传统英美文学教学模式，

是以割裂中国文化学习与英语文化学习的联系为主要表征的"，容易造成"中国文化失语"现象。[7]因此，探索英美文学课程思政教学的新模式，培养英语专业学生双向跨文化交际能力，已成为英语专业教育的必然趋势。

以文化对比的教学理念为指导，在教学过程中将英美文学中的西方文化及其价值观与中国文化价值观进行对比，引导学生以批判的思维解读英美文学作品所反映出的社会问题及其深层社会、政治、经济及文化蕴涵，可以提升学生对中国优秀传统文化、中华传统美德的认识，培养学生的中国文化自信和爱国情怀，引导学生自觉传承弘扬中国优秀传统文化，使学生成为兼具国际视野与家国情怀的英语人才。如在讲授简奥斯丁的小说《傲慢与偏见》时，将其作品与中国作家舒婷的《致橡树》中的婚恋观进行对比，就会让学生清楚地感受到中国作品中表现出的积极爱情观：一方面西方文学作品中等待救赎的"灰姑娘"，另一方面是中国文学作品中热情而坦诚地追求真爱而同时又要求并肩而立、各自独立又深情相对的爱情观。通过中西文学作品的对比的课程思政模式，在了解英美文学作品以及文化蕴含的同时，展现了中国文化的视野，这对于中国当代大学生树立积极正面的价值观具有重要作用。

四、英美文学多维度课程思政教学策略

内蒙古高等院校英语专业免费师范生作为未来内蒙古乡村地区的教师队伍，他们的师德师风及专业素质对内蒙古农村英语教育的发展将起到决定性的作用。因此，在免费师范生培养中，应将专业免费师范生的语言知识传授与价值引领相结合，将高校思政教育融入教学和实践的各个环节中，建构专业导向教学和价值观导向教学的师范生综合素质教学模式。英美文学课程思政教学是一个体系化的教学改革，通过对教学目标、教学内容、教学方法和教学评价等环节进行多维度的有效设计和改革，可以有效加固传统英美文学课程存在的思政薄弱环节，充分发挥英美文学课程教学对大学生的价值取向的渗透和引导作用，实现全过程全方位育德于教的目标。在课程内容与选材方面，要充分利用英语课程的特点，选用具有教育意义的学习素材，加强其中国优秀文化因素与西方文化的比较思辨，将

课堂精读与课下泛读的内容涵盖思政教学和德育的元素，从而让学生潜移默化地体会课程思政的价值内涵。在课堂教学实践中，在讲授给学生语言和文化知识的教学过程中，采用启发讨论、案例分析等教学方式，通过语言教学提高其思辨能力，帮助他们成为语言能力，同时又有责任有担当、有家国情怀的外语专业人才。

五、结论

课程思政的核心是"将高校思想政治教育融入课程教学和改革的各环节、各方面，实现立德树人润物无声充分发挥教书育人的作用"。[8]英美文学教学课程思政采用人文教育和文学教育相结合的教学模式，与此同时在讲授英美文学作品的过程中，从中西双重文化视角切入，融入中国文化，对英美文学作品中的文化意蕴进行深入分析，培养思辨能力，最终达到培养学生树立文化自信，彰显"中国话语"的德育目标。由此可见，建构基于课程思政的英美文学教学内容体系，可以极大地提高英美文学课程对大学生的价值取向的渗透和引导作用，这对于英语专业免费师范生专业能力与师德的综合培养，从而培养造就出师德高尚、素质优良、扎根乡村的内蒙古乡村教师队伍将起到积极的作用。

参 考 文 献

[1] 刘润清．论大学英语教学[M]．北京：外语教学与研究出版社，1999．

[2] 袁振国．教育新理念[M]．北京：教育科学出版社，2002．

[3] 十二院校．教育学基础[M]．北京：教育科学出版社，2002．

[4] 周卫勇．走向发展性课程评价[M]．北京：北京大学出版社，2002．

[5] 王笃勤．英语教学策略论[M]．北京：外语教学与研究出版社，2002．

[6] 潘懋元．高等学校教学原理与方法[M]．北京：人民教育出版社，2011．

[7] 叶澜．教育概论[M]．北京：人民大学出版社，2012．

[8] 南京师范大学编．教育学[M]．北京：人民教育出版社，2012．

[9] 文秋芳．英语学习策略论[M]上海：上海外语教育出版社，2013．

[10] 朱德全．教育学概论[M]．重庆：西南师范大学出版社，2013．

[11] 章兼中．国外外语教学主要流派[M]．上海：华东师范大学出版社，2014．

[12] 陈桂生．教育学的建构[M]．长沙：湖南教育出版社，2014．

[13] 张廷凯．新课程设计的变革[M]．北京：人民教育出版社，2014．

[14] 张正东．外语教育学[M]．重庆：重庆出版社，2015．

[15] 李秉德．教学论[M]．北京：人民教育出版社，2016．

[16] 王道俊，等．教育学[M]．北京：人民教育出版社，2016．

[17] 梅汝莉．多元智能教育学策略[M]．上海：开明出版社，2016．

[18] 陈桂生．教育原理[M]．上海：华东师范大学出版社，2018．

[19] [美]小威廉姆．E．多尔．后现代课程观[M]．北京：教育科学出版社，2000．

[20] [美]卡罗林．查普曼．在课堂上开发多元智能[M]．北京：教育科学出版社，2014．